IHR CYBORG-BIEST

INTERSTELLARE BRÄUTE® PROGRAMM: DIE KOLONIE - 4

GRACE GOODWIN

Ihr Cyborg-Biest Copyright © 2018 durch Grace Goodwin

Interstellar Brides® ist ein eingetragenes Markenzeichen
von KSA Publishing Consultants Inc.

Alle Rechte vorbehalten. Dieses Buch darf ohne ausdrückliche schriftliche Erlaubnis des Autors weder ganz noch teilweise in jedweder Form und durch jedwede Mittel elektronisch, digital oder mechanisch reproduziert oder übermittelt werden, einschließlich durch Fotokopie, Aufzeichnung, Scannen oder über jegliche Form von Datenspeicherungs- und -abrufsystem.

Coverdesign: Copyright 2019 durch Grace Goodwin, Autor

Bildnachweis: Deposit Photos: Improvisor, Angela_Harburn

Anmerkung des Verlags:
Dieses Buch ist für volljährige Leser geschrieben. Das Buch kann eindeutige sexuelle Inhalte enthalten. In diesem Buch vorkommende sexuelle Aktivitäten sind reine Fantasien, geschrieben für erwachsene Leser, und die Aktivitäten oder Risiken, an denen die fiktiven Figuren im Rahmen der Geschichte teilnehmen, werden vom Autor und vom Verlag weder unterstützt noch ermutigt.

WILLKOMMENSGESCHENK!

TRAGE DICH FÜR MEINEN NEWSLETTER EIN, UM LESEPROBEN, VORSCHAUEN UND EIN WILLKOMMENSGESCHENK ZU ERHALTEN!

http://kostenlosescifiromantik.com

INTERSTELLARE BRÄUTE® PROGRAMM

*D*EIN Partner ist irgendwo da draußen. Mach noch heute den Test und finde deinen perfekten Partner. Bist du bereit für einen sexy Alienpartner (oder zwei)?

**Melde dich jetzt freiwillig!
interstellarebraut.com**

GRACE GOODWIN

1

CJ, Abfertigungszentrum für Interstellare Bräute, Miami, Florida

„ICH STEHE. KEIN BETT." EINE TIEFE, grollende Stimme füllte meine Gedanken. Meinen Geist. Meinen Körper. Dieser Körper kannte diese Stimme. Kannte sie, und zitterte voller Vorfreude. Irgendwie wusste ich, dass dieses männliche Wesen mir gehörte. Er war riesig. Nicht in seinem normalen Zustand. Er hatte eine Art Krankheit. Ein Fieber, das ihn wahnsinnig machen würde, wenn ich ihn nicht zähmte. Fickte. Für immer zu meinem Eigentum machte.

Ich spürte etwas Weiches, ein Bett, in meinem Rücken—meinem *nackten* Rücken—und dann wurde ich hochgehoben, als wäre ich schwerelos. Was ein Witz war, denn ich wog eine ganze Menge. Ich war kein Strich in der Landschaft, und auch kein Unterwäschemodel. Also gut, ich war zwar so groß wie eines, so etwa eins neunzig groß, aber ich hatte Busen und Hüften. Starke Hände legten sich um meine Taille und wirbelten mich herum, sodass mein Rücken an seine Brust gedrückt war. Seine *nackte* Brust. Hände glitten an mir hoch und umfassten meine Brüste.

Oh.

Wow.

Ähm.

Ja. Gott, ja.

Es war verrückt. Absolut verrückt. Ich wurde nicht gern rumgeschubst. Verdammt, für gewöhnlich war ich diejenige, die rumschubste. Schwache Männer aß ich zum Frühstück, und bis zum Mittagessen hatte ich dann auch die

Stärkeren zum Heulen gebracht. Alles an einem Arbeitstag.
Aber ich war gerade nicht bei der Arbeit.
Ich hatte keine Ahnung, wo zum Geier ich war, aber dieser Kerl wusste genau, welche Schrauben er an mir drehen musste, um mich scharf zu machen. Oder besser gesagt, an *ihr* drehen. Ich war nicht ich selbst. Also, ich war zwar hier, aber nicht als Ich. Die Gedanken in meinem Kopf, die Dinge, die ich wusste, das waren nicht meine. Aber die Reaktionen? Ein kurzes Zupfen an meinen Nippeln, und meine Pussy war feucht und sehnsüchtig. Leer.
Ich spürte das heiße Pochen seines Schwanzes in meinem Rücken. Er war groß, richtig groß, wenn ich mir so ansah, wie weit das Bett sich nun unter mir befand. Meine Brüste passten gut in seine Hände. Normalerweise quollen sie hervor. Mit Körbchengröße Tripel-D war das nun mal so, aber nicht bei ihm. Oh nein.
Ich fühlte mich... klein.
Aber das hier war nicht ich. Oder doch?

Ich *fühlte* mich, als wäre ich es.

„Besser", knurrte er und brachte uns beide zu einem Tisch. Wir waren in einer Art Zimmer, steril und unpersönlich, wie ein Hotelzimmer mit einem großen Bett, einem Tisch und Stühlen. Ich konnte sonst nicht viel sehen, aber ich suchte auch nicht danach, denn sobald meine Schenkel gegen die kühle Tischkante stießen, beugte er sich vor und zwang mich, mich über die Oberfläche zu strecken. Ich wehrte mich. „Runter, Gefährtin."

Gefährtin?

Ich sträubte mich gegen die feste Hand, die mich nach unten drückte, gegen seinen herrischen Ton. Dieses Wort. Ich war niemandes Gefährtin. Ich hatte keine festen Freunde. Ich fickte, klar, aber ich war diejenige, die sich danach aus dem Staub machte. Ich hatte die Oberhand, die Kontrolle. Aber jetzt? Ich hatte überhaupt keine Kontrolle, und das war unangenehm. Aber der Drang, loszulassen und diesem Typen das Sagen zu überlassen? Ich wollte es. Also, meine Pussy zumindest. Meine Nippel auch. Und die Frau, in deren Körper ich gerade steckte, die wollte das auch. Aber anders als ich hatte sie keine Angst. Sie wehrte sich nicht gegen das, was geschah, oder gegen ihn.

Sie widersetzte sich, weil sie wusste, dass er das von ihr wollte. Wusste, dass es seinen Schwanz hart machen und seinen Puls zum Rasen bringen würde. Wusste, dass es ihn an den Rand der Selbstbeherrschung bringen würde. Sie wollte dafür sorgen, dass sie, was Kontrolle anbelangte, überhaupt keine hatte. Beim Gedanken an die Handschellen—Handschellen? —die ihr, wie sie wusste, bevorstanden, zuckte ihre Pussy hitzig zusammen.

Was für mich einfach nur verdammt eigenartig war, aber ich konnte nichts dagegen tun. Ich war Zeugin und Teilnehmerin, aber ich war nicht wirklich hier. Ich fühlte mich wie ein Geist in ihrem Körper, lebte die Fantasie einer anderen Person aus.

Eine scharfe Fantasie, sicher. Aber nicht real. Das hier war nicht real.

Diesem Körper ging es nur darum, den großen Kerl alles tun zu lassen, was er wollte. Mein Verstand hatte da andere Vorstellungen. Aber ich hatte hier keine Kontrolle. Dieser Körper gehörte nicht mir. Die Gedanken, die mir durch den Kopf gingen, gehörten auch nicht mir. Diese Frau—ich—wer immer ich auch gerade war—wollte ihn provozieren. Sie wollte dominiert werden. Sie wollte erobert werden. Kontrolliert. Gefickt, bis sie schrie. Und ich war einfach nur Beifahrerin. „Ich werde nicht gerne herumkommandiert", sagte ich/sie.

„Lügnerin." Ich sah, wie sich eine große Hand neben mir auf den Tisch legte, sah die stumpfen Finger, die Narben. Spürte, wie sich die andere große Hand in meinen Rücken drückte. Stärker. Beharrlicher.

Ich zischte, als meine Brüste die harte Oberfläche berührten, und ich streckte die Ellbogen vor, damit ich nicht ganz hinunter gedrückt werden konnte. Aber er änderte seine Taktik, und seine Hand glitt von meinem Rücken zu meiner Pussy, wo zwei Finger tief in mich glitten. „Feucht. Meins."

Ich spürte seinen breiten Oberkörper in meinem Rücken, seine heiße Haut, den harten Schaft seines Schwanzes über meinen nassen Schlitz reiben, mit mir spielen. Und er hatte recht. Ich war feucht. Heiß. So gierig nach ihm, dass ich befürchtete, dass diese verrückte Frau— deren Körper ich derzeit bewohnte— nachgeben und *betteln* würde. Betteln!

Seine Lippen streiften über meine Wirbelsäule, Finger schoben mein Haar zur Seite, und seine Küsse setzten sich über meinen Nacken hinweg fort, während seine Hände weiter ihr Wunderwerk trieben. Eine drückte mich sanft, unweigerlich, in die Bauchlage auf den Tisch. Die andere rieb über meinen bloßen Hintern, riesige Finger wanderten meinem Kern entgegen, glitten tief hinein, kamen wieder hervor, um mein empfindliches Hinterteil zu streicheln, in einer neckischen Schleife, unter der ich mich wand.

Die Berührung war sanft, sogar verehrend, und völlig widersprüchlich zu seiner Dominanz. Zwei Armreifen aus Metall tauchten in meinem Blickfeld auf, und er legte sie vor mir ab. Silberfarben, dick und breit, mit dekorativen Gravuren.

Der Anblick machte mich noch schärfer, die Reaktion der Frau war nahezu orgiastisch. Sie wollte sie um ihre Handgelenke spüren, schwer und permanent. Sie würden sie als seine Gefährtin kennzeichnen. Für immer.

Ich hatte keine Ahnung, woher sie kamen, aber mein Kopf konnte nicht klar denken und ich kam nicht dahinter. Nicht bei diesen weichen Lippen, seiner geschickten Zunge, den Stupsern mit seinem Schwanz gegen meine nassen Furchen und dem Rausch des Verlangens, das mich erfüllte.

Die Armreifen sahen alt aus und passten zu jenen, die bereits um seine Handgelenke lagen. Mir waren sie bisher nicht aufgefallen, aber das überraschte mich nicht.

Er rutschte zur Seite, öffnete einen Armreif und legte ihn mir ums Handgelenk, dann den anderen. Obwohl sein massiver Körper mich gegen den Tisch drückte, fühlte ich mich nicht bedroht. Es fühlte sich an, als würde er mir irgendwie ein Geschenk machen, etwas Wertvolles geben.

Ich hatte nur keine Ahnung, was.

„Die sind wunderschön", hörte ich mich sagen.

Er knurrte wieder, und das Grollen vibrierte von seiner Brust in meinen Rücken. „Meins. Böses Mädchen. Jetzt ficken."

Ich hatte keine Ahnung, warum ich ein böses Mädchen sein sollte, besonders, wenn sein Schwanz so groß war, wie er sich anfühlte. Ich wollte es.

„Ja. Tu es!" Ich spreize die Beine weiter, wusste nicht, was mich erwartete, aber wusste sehr wohl, dass es mir völlig egal war. Ich wollte, dass er mich fickte, jetzt. Ich wollte nicht brav sein. Ich wollte böse sein. Ganz, ganz böse.

Ich hatte anscheinend meinen Verstand verloren, denn ich wusste nicht einmal, wie er aussah. Wer er war. Wo ich war. Doch all das war belanglos. Und warum gefiel mir der Gedanke daran, rumgeschubst und sogar verhauen zu werden, so gut wie nie zuvor?

Er rückte seine Hüften zurecht, schob seinen Schwanz über meine Furchen und positionierte sich an meinen Eingang. Ich

spürte die breit Spitze, so groß, dass sie meine nassen Lippen teilte, und als er sich an mich drückte, wimmerte ich.
Er war riesig. So richtig enorm. Er war vorsichtig, als er mich füllte; als wüsste er, dass er womöglich zu viel für mich war.
Ich rückte die Hüften zurecht, bemühte mich, ihn aufzunehmen, aber meine Innenwände zogen sich zusammen und drückten, versuchten, sich anzupassen. Meine Hände fanden auf der glatten Oberfläche keinen Halt, und ich ließ mich hinunter sinken, legte meine Wange auf das Holz und streckte die Hüften nach oben.
Er glitt noch einen Hauch tiefer in mich hinein.
Ich keuchte auf, schüttelte den Kopf.
„Zu groß." Meine Stimme war leise, gehaucht. Das war er nicht. Er würde passen. Er tat mir vielleicht weh, erschreckte mich vielleicht, aber ich wollte ihn. Jeden verdammten Zentimeter.
„Schh", raunte er.
Aus dem Nichts heraus kam mir eine Erinnerung. An diesen Mann und wie er mit mir darüber sprach, dass ich mir

wegen dieses Augenblicks Sorgen machte. Über sein Biest—was war ein Biest? *Du kannst den Schwanz eines Biests aufnehmen. Du bist dafür geschaffen. Du bist für mich geschaffen.*

Als er bis zum Anschlag in mich stieß und ich spürte, wie seine Hüften gegen meinen Hintern klatschten, musste ich ihm zustimmen. Ich molk und drückte ihn, passte mich daran an, so tief ausgefüllt zu sein. Es fühlte sich gut an.

Oh Gott, und wie.

„Bereit, Gefährtin?"

Bereit? Wofür? Er war ja schon drin.

Aber als er sich noch einmal herauszog, und meine Furchen sich an ihn klebten, bevor er tief zustieß, da wurde mir klar, dass ich darauf nicht vorbereitet gewesen war.

Das Pumpen raubte mir den Atem, aber ich kam beinahe. Ich hatte keine Ahnung, wie, denn ich war noch nie zuvor von Penetration alleine gekommen. Ich musste mir ansonsten den Kitzler mit den eigenen Fingern reiben.

Als er es wieder tat, wurde mir klar,

dass Finger hier mit Sicherheit nicht notwendig sein würden.

„Ja!", schrie ich. Ich konnte es nicht zurückhalten. Ich wollte es. Brauchte es. Ich rückte mich zurecht, streckte mich zurück, als er noch einmal in mich fuhr.

Seine Hand bewegte sich, packte mich an den Handgelenken, hielt die Armreifen fest.

Er drückte mich nieder und fickte mich. Es gab kein Entkommen. Keine Atempause. Keine Möglichkeit, ihn aufzuhalten, während der Orgasmus sich zu etwas Gefährlichem aufbäumte. Und ich wollte alles davon. Ich wollte *ihn*.

„Komm. Jetzt. Schrei. Ich fülle dich."

Er stand also auch auf Dirty Talk. Nicht so sehr auf ganze Sätze, aber das machte seinen Charme aus.

Ich war so nass durch ihm, dass ich das Klatschen unserer Körper hören konnte, während er in mich pumpte. Ich konnte die Nässe auf meiner Haut unter der kühlen Luft spüren. Wie sie aus mir tropfte und mir über die Schenkel lief.

Er drückte mich mit einer Hand nach

unten und packte mit der anderen meinen Hintern, eine schöne Handvoll für ihn, und er zerrte und öffnete mich. Weit. Er drückte sich tiefer in mich hinein. Stärker. Ich warf mich auf dem Tisch herum, zugleich erregt und verletzlich, vor ihm ausgebreitet. Unfähig, mich zu bewegen. Unfähig, Widerstand zu leisten. Ich würde annehmen müssen, was auch immer er mir geben wollte. Vertrauen. Hingabe.

Der Gedanke daran ließ mich aufstöhnen, und meine Lust wirbelte höher und höher, während ich dagegen ankämpfte, meinen endgültigen Niederfall zurückhielt.

Er ließ meinen Hintern los, und ein einzelner, scharfer Hieb landete wie flüssiges Feuer auf meiner nackten Haut. Und dieser Orgasmus, den er mir befohlen hatte? Der, den ich zurückhalten wollte? Ja, da war er. Ich schrie, streckte den Rücken durch, und meine harten Nippel rieben über die Tischoberfläche. Ich verlor die Kontrolle, wurde blind, und ein Abgrund öffnete sich vor mir und verschluckte mich. Ich zerbarst.

Ich verlor meine Sinne, meine einzige Realität das harte Zustoßen seines Schwanzes, der in mich pumpte, während meine Pussy ihn molk.

„Gefährtin", sagte er, bevor er sich tief versenkte, kurz stillhielt und dann wie ein Tier brüllte.

Es war, als wäre er von einem Biest besessen, eingenommen worden. Und dieses Biest nahm auch mich in Besitz.

Ich spürte, wie sein Samen, heiß und dick, mich tief in meinem Inneren benetzte. Ich konnte nicht alles davon in mir behalten, und als er sich wieder bewegte, mich durch seinen Höhepunkt hindurch fickte, floss sein heißer Samen aus mir heraus und lief an meinen Schenkeln hinunter.

Es fühlte sich so gut an, und so böse. Kontrolliert. Überwältigt. Schamlos in Besitz genommen.

Unartig. Unartig. Unartig. Ich war gerade sooooo unartig.

Ich versuchte erst gar nicht, mich aufzurichten. Nicht einmal, als er meine Handgelenke losließ und meine Hüften packte, um mich hochzuziehen. Ruckartig.

Ihr Cyborg-Biest

Er hob meinen Hintern vom Tisch und zog mich auf seinen Schwanz, der bereits wieder anschwoll. Bereit für mehr. Ich stöhnte, wollte meine Arme bewegen. Vergeblich, aber etwas klapperte. Ein seltsames Geräusch. Fehl am Platz.

„Stillhalten." Er grunzte den Befehl hervor und stieß wieder in mich hinein. Mich ihm zu unterwerfen widerstrebte meinem innersten Wesen, und doch...meine Pussy zuckte bei seinem unsanften Kommando zusammen. Vielleicht war ich nicht ganz so, wie ich es mir vorgestellt hatte.

Seine Finger vergruben sich in meiner Haut, zogen mich zu ihm, bis er wieder bis zum Anschlag in mir war.

Ja!

Ich war schon wieder scharf. Bereit für mehr. Hungrig. Ich hätte stundenlang so weitermachen können...

„Caroline." Die Stimme kam wie aus dem Nichts. Kalt. Klinisch. Eine Frauenstimme.

Wer?

Alles um mich herum verblasste,

obwohl ich mich bemühte, in diesem Körper zu verbleiben, wo er sich aus mir herauszog und mich langsam erneut füllte. Mich weit dehnte. Ich stöhnte, kämpfte dagegen an. Kämpfte darum, bei ihm zu bleiben.

„Caroline!" Diesmal ein scharfer Ton. Fordernd. Wie eine Lehrerin, die ihre Schülerin rügt.

Oh Gott. Die Tests...

Ich keuchte auf—diesmal nicht vor Lust—und meine Augen öffneten sich weit.

Anstatt Armreifen waren Riemen um meine Handgelenke geschnallt. Ich war nackt, aber ich war nicht vornübergebeugt mit den Händen meines Liebhabers an den Hüften. Ich war an einen medizinischen Untersuchungstisch geschnallt und in ein Nachthemd des Abfertigungs-Zentrums der Interstellaren Bräute gekleidet. Das Logo auf dem Krankenhaus-Hemd zeigte ein Muster in ordentlichen Reihen, Weinrot auf grauem Stoff.

Klinisch. Steril. Unpersönlich.

Ich war nicht über einen harten Tisch gebeugt. Ich wurde nicht gefüllt und gefickt, bis mein ganzer Körper explodierte. Es gab keinen riesigen Mann. Es gab nur mich und eine streng dreinblickende Frau Ende Zwanzig. Graue Augen. Dunkelbraunes Haar, das in ihrem Nacken zu einem strengen Knoten gesteckt war. Sie sah aus wie eine schlecht gelaunte Ballerina, und ihr Name kam in mein Bewusstsein zurück, noch bevor ich ihr Namensschild lesen konnte.

Aufseherin Egara. Sie führte meine Tests durch. Tests für das Interstellare Bräute-Programm. Ein Prozess, der mich einem Alien zuordnen und mich ins Weltall schicken würde, um seine Frau zu werden.

Für immer.

2

Kampflord Rezzer, Die Kolonie, Basis 3, Krankenstation

WÄRE DIES EIN NORMALER TAG, DANN hätten mich nicht einmal die beiden massiven Prillon-Krieger, die mich festhielten, zurückhalten können.

Aber heute war nichts normal. Ich war schon nicht mehr normal, seit ich Krael und den Hive-Integrationseinheiten in jene Höhle gefolgt war.

Maxim und Ryston hielten mich jeweils an einer Schulter fest, und ich knurrte den Arzt an. „Was meinen Sie, das Biest ist für immer verschwunden?"

Ich funkelte Doktor Surnen an und wartete auf eine Erklärung, auch wenn ich genau wusste, dass keine kommen würde. „Ich kann es nicht erklären, Kampflord. Was immer der Hive Ihnen angetan hat, ich kann es nicht ungeschehen machen."

Hinter ihm starrte mich Maxim und Rystons Gefährtin, eine Menschenfrau namens Rachel, aus großen, traurigen Augen an; ein betrübter Blick, dem ich gerade nicht begegnen konnte. „Wir werden das wieder hinkriegen, Rezz. Ich verspreche dir, ich *werde* es hinbekommen."

Rachel war eine brillante Wissenschaftlerin, und sie hatte bereits Maxim und mehrere andere vor bedrohlichen Einflüssen des Hive gerettet.

Dennoch, jedes meiner Gliedmaßen fühlte sich schwach an. Leer. Mit jedem Tag, der verging, war ich fester davon überzeugt, dass es zu spät für mich war.

Maxim und Ryston drückten mich in den Stuhl. Nicht nur, weil ich wütend war, sondern auch, weil ihre wunderhübsche

Gefährtin so nahe war. Ich hatte aber nicht meine Ehre zusammen mit meinem Biest verloren. Ich würde ihr kein Haar krümmen. Um das zu tun, müsste ich in Rage geraten. Um irgendjemandem in diesem Raum wehzutun, müsste ich zum Biest werden. In Rage verfallen, oder ins Paarungsfieber. Irgendwie hatte der Hive mir das geraubt, und so war ich nur wütend.

Ich war schwach geworden. Kein Atlane mehr, denn ein wahrer Atlanen-Mann hatte ein inneres Biest. Und das hatte ich nicht mehr. Kein Biest. Gar nichts.

Ich ignorierte Rachels Versprechen vollkommen und wandte mich wieder an den Arzt. Versprechen hatten keinen Platz in meinem Leben, nicht auf dieser Welt, denn ich war zu einem Leben hier—auf der Kolonie—verdammt, gemeinsam mit den anderen verseuchten Kriegern. „Ist das je zuvor schon einmal vorgekommen? Bei einem anderen Atlanen?"

Der Arzt überflog wieder sein Tablet. Seine Stirn runzelte sich in Sorgenfalten. Doktor Surnen hatte schon mehr Tod und

Zerstörung gesehen, als ich genauer wissen wollte. Er leistete hier, unter uns Verseuchten, seine Dienste, weil es auch ihm nicht gestattet war, in seine Heimatwelt auf Prillon Prime zurückzukehren. Seine linke Hand war zur Gänze ausgetauscht worden. Er war Cyborg. Alien. Hive.

Meine Aufgabe war es gewesen, den Hive in Stücke zu reißen. Ich war nicht dazu da, um den Schaden zu reparieren, den sie anrichteten. Ich hatte überlebt. Die Cyborg-Implantate in meinem Körper machten es mir unmöglich, auf meinen Heimatplaneten Atlan zurückzukehren. Und nun schien es, als ob mir auch noch der Kern dessen, wer und was ich war, geraubt worden war.

Maxim fluchte. „Du hättest niemals diesem Scheißer Krael in die Höhle folgen sollen. Wir hätten erst die Flotte herbeirufen sollen."

Rystons Griff um meinen Arm zog sich fester zusammen, als er dem Gouverneur widersprach. „Wir *sind* die Koalition. Nur, weil wir Cyborg an uns haben, heißt das nicht, dass wir weniger wert sind. Wir dürfen nicht anfangen, so zu denken. Der Hive ist hier, in unserem Nacken, und wir müssen uns darum kümmern."

Rachel lief auf und ab und raufte sich ihr dichtes Haar. Sie rieb sich die Schläfen, als wäre sie aufgebracht. Als würde ihr Kopf vor lauter Nachdenken schmerzen. „Ich verstehe einfach nicht, was sie hier erreichen wollen. Als sie dich gefasst haben, warum nahmen sie dann nicht eine Hand wie bei Doktor Surnen, oder sogar einen Arm? Warum dein Biest rauben? Und wie zum Geier haben sie das zustande gebracht? Was kann ihnen das nur bringen?"

Maxim schüttelte den Kopf. „Das weiß ich nicht, Gefährtin, aber wir werden es herausfinden." Er blickte mich mit seinem üblichen scharfen Blick an. „Hör gut zu, Rezz. Du kannst nicht aufgeben."

Ich lehnte mich im Untersuchungsstuhl zurück. Nicht, weil sie mich niederdrückten, sondern weil es mir zu egal war, um noch zu widersprechen. Tatsache war nun mal Tatsache. Ich konnte es spüren, zusammen mit der seltsamen Apathie, die den Platz dessen einnahm, was mir nun fehlte. Ein essentieller Teil von mir. Der Hive hatte mein Biest geraubt. Das, was mich zu dem machte, wer und was ich war. Ein Kampflord, ein Biest unter Männern, furchterregend auf dem Schlachtfeld. Mächtig genug, um jedes Hindernis zu bewältigen, eine Frau zu behüten, um des Titels Kampflord würdig zu sein. Und nun empfand ich rein gar nichts, obwohl ich doch Rage empfinden sollte. Ich hätte mich verwandeln sollen. Wachsen. Zum Biest werden. Die Krankenstation in Trümmer legen.

Aber nein. Ich war taub. Kalt. Tot. Das war meine neue Existenz. Als ich Rachel ansah, sah ich keine wunderschöne Frau. Nicht mehr. Es war, als hätten sie mir mit dem Biest alles genommen, was mich lebendig fühlen ließ. Ich konnte nun auf die sanften Rundungen ihrer Brüste blicken, die zarte Haut auf ihrem Gesicht, und...nichts empfinden. Nicht einmal Neid auf die beiden Prillon-Krieger, die ihr den kupferfarbenen Kragen um den Hals gelegt und sie zu ihrem Eigentum gemacht hatten.

Der Arzt wandte sich von uns ab, und seine dunkelgrüne Uniform spannte sich um seine breiten Schultern. Er war ebenfalls Prillon-Krieger, gefährtenlos und alleine, so wie die meisten Bewohner der Kolonie. Ein paar Bräute waren inzwischen auf der Kolonie eingetroffen, und über die letzten paar Monate hinweg hatte ich zugesehen, wie in Rachels und Kristins Bauch ein Kind herangewachsen war. Hatte das Glück und die Zufriedenheit auf den Gesichtern meiner Kampfbrüder gesehen.

Mit der Ankunft der Bräute hatte ich gedacht, dass vielleicht auch mein Leben anders werden könnte. Da ich nicht länger ein Krieger unter den Sternen sein konnte, konnte ich doch ein Gefährte sein. Aber ich irrte mich. Der Hive hatte mir nun auch noch diese Hoffnung genommen.

Der Arzt wandte sich an Maxim, und ihre Blicke trafen sich. Ein kurzes Nicken des Gouverneurs war meine einzige Warnung, bevor dicke, schwere, Schellen aus dem Tisch hervortraten und mich an Ort und Stelle festmachten. Nicht nur um die Fuß- und Handgelenke, sondern sie

Ihr Cyborg-Biest

legten sich auch um meine Taille und meine Schenkel. Und die ganze Zeit über hielten Maxim und Ryston mich weiter fest. Sie gingen kein Risiko ein. Wäre mein Biest zur Stelle gewesen, um in Aufruhr zu versetzen, hätte mich selbst das nicht aufgehalten. Aber in diesem Fall waren die beiden Prillon-Krieger mehr als stark genug, um mich in Schach zu halten.

„Was zur Hölle machen Sie da, Doktor?" Ich blickte zu Rachel, die sich auf die Lippe biss und besorgt dreinschaute. „Was zur Hölle stellen Sie mit mir an? Reden Sie mit mir, sofort."

Rachel trat einen Schritt näher heran und stand am Fuß des Untersuchungsstuhls. Sie blickte mir in die Augen, während die Krieger dies vermieden. Das würde ich ihnen später weder vergessen, noch verzeihen.

„Hör zu, Rezz, es gibt nur noch eine Sache, die wir noch nicht versucht haben. Eine Sache, von der wir denken, dass sie funktionieren könnte, dein Biest zurückzuholen und dich zu heilen."

Ich blinzelte langsam. Nicht auch nur ein Funke Hoffnung erwachte durch ihre

Worte zum Leben. Ich war jenseits der Hoffnung. Wir spielten dieses Spielchen schon seit Wochen. Injektionen. Tests. Gespräche mit der Koalitionsflotte und ihrem Geheimdienst. Sogar Unterhaltungen mit Ärzten auf Atlan. Noch niemand hatte dies je erlebt. Ich war der erste Fall, und der einzige. Ich starrte auf die Gefährtin von Maxim und Ryston, auf ihren flehenden Blick, und spürte ein kaltes Bangen meine Wirbelsäule entlang kriechen. „Was machst du mit mir?"

Rachel legte mir eine Hand aufs Bein, aber Maxims wütendes Fauchen ließ sie sofort wieder zurückschrecken. Bevor mir der Hive die Seele geraubt hatte, hätte ich die Geste zu schätzen gewusst, wäre sogar amüsiert gewesen über Maxims Beschützerinstinkt. Nun empfand ich gar nichts. Ohne das Biest in mir fühlte ich mich leer. Hohl.

Der Arzt drückte auf ein paar Knöpfe, änderte ein paar Einstellungen an seinem Schaltpult an der gegenüberliegenden Wand. Ich wusste nicht, was zum Teufel er vorhatte. Ich war kein Arzt. Ich war ein Kampflord. Ich jagte Hive. Ich tötete Hive.

Ich beschützte. Ich geriet in Zorn. Das waren meine Aufgaben. Das war es, was ich kannte. Als er sich also wieder zu Rachel gesellte, mit einem leichten Schweißfilm auf der Stirn, wusste ich: was immer er mir zu sagen hatte, war nicht gut. Wenn ich es nicht besser wüsste, hätte ich sogar angenommen, dass der Doktor Angst davor hatte, wie ich reagieren würde.

Der Doktor nickte diesmal Ryston zu, und ehe ich mich versah, hatte Ryston etwas an meinem Kopf angebracht. Etwas, das ich nicht wollte.

Ich blickte dem Arzt in die Augen. Er hielt meinem Blick stand, weigerte sich, sich abzuwenden oder zurückzuweichen. „Tests für das Interstellare Bräute-Programm. Es ist das einzige, was wir noch nicht versucht haben, Rezz."

Rachel trat vor, machte nach einem kurzen Blick zu Maxim jedoch schnell wieder einen Schritt zurück. Der Blick, den sie ihm zuwarf, war ihre Entschuldigung dafür, vergessen zu haben, dass er es nicht wollte, wenn sie mich berührte. Ich konnte es ihm nicht verübeln. Ich war defekt. Keine Frau sollte mich anfassen wollen. Genau das machte dies zu einer so lächerlichen Idee. Rachel räusperte sich und verschränkte die Arme. Versuchte, hartnäckig dreinzublicken. „Dein Biest ist stark, Rezz. Du musst es nur wieder aufwecken. Es wiederbeleben. Dein Biest wird wieder zum Leben erwachen, wenn deine Gefährtin eintrifft. Es wird kommen. Es wird für sie kommen. Er wird durchbrechen, was immer der Hive mit dir angestellt hat."

Sie schien ihre Worte zu glauben, aber sie hatte keine Beweise. Keinen Grund, das zu sagen, außer, mir ein gutes Gefühl zu geben. Diese Art von Zuversicht war schmerzhaft. Ich verspürte Scham, aber zumindest fühlte ich *irgendetwas*. Ich schloss die Augen, um meine Reaktion vor ihr zu verbergen.

Sie wollte, dass ich eine Gefährtin bekam.

Nein. Ich war nicht länger würdig.

Ich konnte nicht zum Biest werden. Ich konnte eine Frau nicht ordentlich in Besitz nehmen, wie ein wahrer Atlane. „Eine Frau für mich herbeizubeschwören ist nicht akzeptabel. Ihr könnt mir die Tests aufzwingen, da ihr mich in der Mangel habt." Ich sah mit finsterem Blick zu Ryston und Maxim hoch. „Aber ich werde die Zuordnung ablehnen."

„Sie werden es ablehnen, Ihre Gefährtin zu akzeptieren?", fragte der Arzt.

Ich knirschte mit den Zähnen und öffnete die Augen, damit er sehen konnte, wie die Wut sich in mir zusammenbraute, die Wut, die ich nicht ausdrücken konnte, die Wut eines Atlanen, dem alles genommen worden war, das ihn ausmachte. „Ich lehne die Zuweisung ab. Seht mich doch an. Ich bin keiner Frau würdig. Ich kann sie nicht beschützen. Ich kann sie nicht in Besitz nehmen. Es wäre falsch."

„Sie würden lieber sterben?", fragte er. „Denn in diesem Moment ist Ihre einzige Alternative eine Exekution. Außer, Sie wollen, dass ich Sie an den Geheimdienst überstelle und deren Wissenschaftler an Ihnen rumexperimentieren lasse. Sie können nicht zurück nach Atlan. Sie können nicht zurück in den Kampf. Und wir können Ihnen nicht gestatten, zu bleiben—"

„In diesem Zustand", führte ich zu Ende, und meine Seele verkümmerte, wurde schwarz, als mit jedem Wort mein hoffnungsloses Gefühl wuchs. „Denken Sie, ich weiß nicht, was meine Optionen sind?", fragte ich. „Ich bin nicht dazu geeignet, ein Gefährte zu sein. Ich bin nicht dazu geeignet, in der Flotte zu dienen. Ein Gnadenschuss wäre das Richtige für mich. Schickt mich in die Sicherheitszellen auf Atlan und bringt die Sache zu Ende."

„Nein!", protestierte Rachel. Sie legte mir die Hand aufs Knie und ignorierte Maxim, als er fauchte. „Du kannst nicht aufgeben. Schlimmer noch, du kannst nicht zulassen, dass die dich unterkriegen. Sie hatten dich, und du bist entkommen. Hast überlebt. Versuch es doch nur. Versuche es. Lass dich testen. Nimm das Resultat an. Lern sie kennen. Rede mit ihr. Wenn du sie nicht in Besitz nehmen kannst, wenn du sie nicht willst, dann wird sie einem anderen zugewiesen. Jemand anderem auf der Kolonie. Es gibt nichts zu verlieren und alles zu gewinnen, Rezz. Bitte."

In mir breitete sich Taubheit aus, doch ich erkannte die Logik in ihrem Argument. Ich war als Krieger wertlos. Als Gefährte wertlos. Aber ich konnte eine gute Tat tun. Ich konnte eine Braut auf die Kolonie bringen, sodass ein anderer, würdiger Mann Glück finden konnte.

Ich blickte zum Doktor. „Gut, dann tun Sie es. Aber gleich. Bevor ich es mir anders überlege."

Rachel sprang hoch und raste geradezu an das Steuerpult. Die Drähte und Vorrichtungen auf meinem Kopf stießen eine seltsame, summende Energie aus. Es war hypnotisch, und ich wehrte mich nicht gegen den tranceartigen Zustand, ließ mich hineinziehen in etwas, das sich wie ein Traum anfühlte.

Es hätten ein paar Minuten sein können, oder ein paar Stunden. Ich hatte keine Anhaltspunkte, und ich konnte mich nicht daran erinnern, was vorgefallen war. Aber als meine Augen sich wieder öffneten, starrten alle vier auf mich hinunter, und selbst Maxim hatte ein Lächeln auf dem Gesicht.

Doch Rachel war es, die ihre Aufregung nicht für sich behalten konnte. Sie lachte und schaukelte hin und her, und ihr dicker Bauch, ganz rund und gefüllt mit dem Kind von Ryston und Maxim, stieß beinahe gegen den Untersuchungsstuhl. „Wir haben sie gefunden, Rezz! Du bist zugeordnet worden. Und sie ist menschlich. Sie ist schon unterwegs hierher."

„Menschlich?", fragte ich.

„Ja! Von der Erde. So wie der Rest von uns. Ich kann es gar nicht erwarten, sie kennenzulernen."

Der Rest von uns, damit meinte sie die anderen Frauen aus dem Bräute-Programm, die Mitgliedern der Kolonie zugeordnet worden waren. Es schien, als hätten wir alle großen Appetit auf Erdlinge.

Ich blickte zu den Prillon-Kriegern um mich herum—Maxim, Ryston und Doktor Surnen. Sie alle drei nickten. Aber es half mir nichts. Ich verspürte keinerlei Aufregung, nur ein leichtes Bangen und ein ungutes Gefühl im Magen. Angst davor, dass ich sie sehen und keine Reaktion empfinden würde. Dass die Zuordnung dank meines verworrenen Zustandes, dieser Verseuchung mit Hive-Technologie, schiefgelaufen war. Dass diese Menschenfrau nur einen Blick auf ein gebrochenes Atlan-Biest werfen und sich beschämt abwenden würde. Und Angst vor der Gewissheit, dass es da draußen eine wahre Gefährtin für mich gab, und sie mich abweisen würde...

„Wie bald wird sie eintreffen?", fragte ich und schluckte einen plötzlichen Angstklumpen hinunter.

„Jede Minute. Sie wird von der Erde transportiert, also hast du wahrscheinlich gerade genug Zeit, dich frisch zu machen und dir etwas anzuziehen, das weniger—" Rachel blickte mich von oben bis unten prüfend an, und sie lächelte nicht. „Geh und zieh dir richtige Kleider an. Du siehst aus wie ein wandelndes Waffen-Arsenal. Du wirst die arme Frau noch zu Tode erschrecken."

Die Fesseln lösten sich, und ich seufzte. Ich hasste es, festgenagelt zu sein, so wie jeder andere auf diesem Planeten. Wir waren alle in unterschiedlichen Ausmaßen vom Hive in Fesseln gelegt und integriert worden. Nachdem ich dem entkommen war, wollte ich dieses Gefühl nicht unbedingt wiederaufleben lassen.

Ich blickte auf meinen Körper hinunter. Auf die Standard-Koalitionsuniform, die Waffen, die mir nie von der Seite wichen. Nicht mehr. Nicht einmal im Schlaf. Mein Biest zu verlieren, hatte mich geschwächt und mich für Attacken anfällig gemacht. Und obwohl ich nicht daran gewöhnt war, diese Behelfe zu meinem Schutz einzusetzen, hatte ich nun keine Wahl. Nicht, solange Krael und der Hive in den Höhlen unter der Planetenoberfläche herumlungerten und mir wie Wasser durch die Finger glitten. Ich konnte es mir nicht leisten, weitere Risiken einzugehen. Ich würde nicht zu ihnen zurückkehren. Sie hatten bereits genug von mir genommen. Ich funkelte Rachel an. „Ich kann meine Gefährtin nicht beschützen, wenn ich keine Waffen habe."

Ihr Cyborg-Biest

Sie seufzte. „Ihr Alphamännchen seid solche Plagegeister."

Vor ein paar Wochen noch hätte mich ihre freche Schnute zum Lachen gebracht. Die andere Menschenfrau, die ich kannte, Kristin, sagte oft ähnliche Dinge zu ihren Gefährten. Woraufhin Hunt und Tyran üblicherweise lachten und sie in ihr Quartier schleppten, um ihr Privatunterricht darin zu erteilen, wie dominant so ein Alphamännchen sein konnte. Und das hatten sie ihr bald genug bewiesen, da auch sie nun ein Kind in sich trug und die ganze Kolonie gespannt darauf wartete, das erste neue Leben unter uns begrüßen zu dürfen.

Rachel, die mit ihrer Hand auf ihren eigenen, kleineren Bauch gelegt vor mir stand, würde nicht lange danach das zweite Baby auf unseren Planeten bringen.

Ich betete, dass Kristins Kind ein Mädchen sein würde, dass sie zart und klein und wunderhübsch sein würde und uns alle daran erinnerte, wofür wir unsere Opfer erbracht hatten. Uns daran erinnerte, dass, auch wenn wir alles verloren hatten und von unserem Volk verraten worden waren, es noch unschuldige Wesen gab, die wir beschützten. Wunderschöne, verletzliche Leben, die uns brauchten.

Maxim und Ryston traten zurück, und ich war endlich wieder frei. Ich erhob mich, und marschierte zum Transporterraum um meine Gefährtin kennenzulernen. Ich hoffte, dass ihre Anwesenheit stark genug sein würde um das zu bewältigen, was auch immer der Hive mit mir angerichtet hatte. Falls nicht...

Ich verließ die Krankenstation und ging den Gang entlang auf den Transporterraum zu, meine vier Kompagnons im Schlepptau, um diese unbekannte Frau von der Erde in Empfang zu nehmen. Ich hatte den Doktor nicht nach irgendwelchen Details gefragt, Namen oder Alter. Ich wollte nichts über sie wissen. Es war mir egal. Sie war ein Experiment. Die letzte Prüfung. Am Ende würde sie nicht mir gehören. Je weniger ich wusste, je weniger ich sah, umso besser war es für mich. Und vor allem für sie.

Es gab andere auf der Kolonie. Andere

Ihr Cyborg-Biest

atlanische Kampflords, die länger und härter gekämpft hatten als ich, die ihr Biest immer noch heraufbeschwören konnten. Die einen würdigen Gefährten abgeben würden für eine Frau, die so feurig oder so schön war wie die anderen Bräute, die zu uns gekommen waren. Die Tatsache, dass mir dabei nicht das Herz brach, machte mir deutlicher als alles andere, wie abgestumpft ich geworden war. Ich hatte keine Hoffnung.

3

Ich betrachtete Aufseherin Egara. Sie schien seelenruhig zu bleiben, während sie über den Rest *meines Lebens* sprach.

Mit einem Alien-Ehemann. Im Weltraum. Obwohl, wenn er wie dieses riesige Biest von einem Mann aus meinem Traum war, wäre das vielleicht gar keine so schlechte Option. Es war auf jeden Fall besser als mehrere Jahre im Gefängnis, nach denen meine Karriere und mein Ruf ruiniert sein würden. Ich würde nie wieder an der Wall Street arbeiten. Ich würde neu durchstarten müssen. Mit einer Vorstrafe und ohne Freunde. Ich war kein großer Fan davon, alles hinter mir zu lassen und ins Weltall zu gehen, aber meine Optionen waren mies.

Mein Atem ging schwer, und Schweiß benetzte meine Haut. Es fühlte sich an, als wäre ich aus einem Alptraum hochgeschreckt, abrupt und panisch. Aber die Gefühle, die mir durch die Adern rauschten, waren nicht Angst, sondern Lust. Sie verflog rasch.

Der Traum machte mir keine Angst. Ich fürchtete mich allerdings riesig davor, was er bedeutete. Warum es mir gefallen hatte. Was er mit mir angestellt hatte.

Nein, was ich zugelassen, hatte, dass er mit mir anstellt. Er hatte mich nicht vergewaltigt. Weit davon entfernt. Er hatte mich nicht einmal wirklich gezwungen. Es schien so, als wäre ich grob herumkommandiert worden, aber er hatte mich so behandelt, weil es scharf war. Es war das, was ihn antörnte, und er wusste, dass es auch seiner Gefährtin Freude bereiten würde. Und so war es für sie auch —für mich—was auch immer. Ich hatte noch nie in meinem Leben einen solchen Orgasmus gehabt. Noch nie.

Und es war nicht einmal real gewesen.

„Geht es Ihnen gut?", fragte Aufseherin Egara. Sie saß an einem Tisch in meiner Nähe, ihr Tablet vor sich. Sie trug die Uniform des Interstellaren Bräute-Programms, komplett mit dem Logo für Interstellare Bräute, das sie als Mitglied der Koalitionsflotte auswies. Ihr ruhiger, kühler Blick half mir dabei, zu atmen. Sie schien nicht davon befremdet zu sein, dass ich mich während des Tests so ungewöhnlich verhalten hatte. Hatte ich geschrien? Gestöhnt? Gekreischt?

War es überhaupt ungewöhnlich gewesen?

„War der Test normal?", fragte ich, leckte mir über die trockenen Lippen und wünschte, ich könnte mein Gesicht in den Händen vergraben, aber die Ketten an den gepolsterten Klettverschlüssen hielten mich davon ab. Und plötzlich juckte meine Nase.

War ja klar.

Sie zog eine dunkle Augenbraue hoch. „Normal?"

„Sie wissen schon. *Normal*." Ich würde sie ja wohl nicht fragen, ob sie wusste, dass ich einen Orgasmus gehabt hatte. Ob ich geredet hatte. Darum gebettelt, während sie hier saß mit diesem höflichen kleinen Lächeln auf dem Gesicht, und alles mitanhörte.

Sie schenkte mir ein Lächeln, das aussah, als würde das gegen die Regeln verstoßen. Sie hatte mit den Freiwilligen im Programm zu tun, aber auch mit Häftlingen wie mir. Ich war keine Mörderin oder so, nur ein Dummkopf, der gierig geworden war und sich zu weit aus dem Fenster gelehnt hatte. Ich hatte gewisse Kenntnisse. So wie tausend andere Menschen auch. Aber sie hatten nicht jeden an der Wall Street ertappt. Nur mich. Wirtschaftskriminalität, eine Verurteilung wegen Insider-Handels. Tja, nicht die beste Entscheidung, die ich je getroffen hatte, aber ich musste den Angebern um mich herum dabei zusehen, wie sie mit schmutzigen Geschäften Millionen verdienten, und ich wollte auch ein Stück vom Kuchen.

Wie es aussah, würde ich stattdessen

einen riesigen Alien-Schwanz bekommen. Und nach diesem Traum dachte ich allmählich, dass das vielleicht gar nicht so schlecht wäre.

Vielleicht machte mir der Traum genau deswegen so viel Stress. Ich ließ sonst keinen Mann die Kontrolle über mich erlangen. Aus absolut keinem Grund. Ich war schon von so einigen Beziehungen ein gebranntes Kind. Von Arbeitskollegen. Chefs. Verdammt, sogar Lehrern. Aber ins Gefängnis gesteckt zu werden, während die Schleimer, mit denen ich zusammenarbeitete, mit Hilfe von Offshore-Händlern und geheimen Konten genau das Gleiche taten wie ich, nur dass sie damit davonkamen?

Die ganze Sache brachte mein Blut zum Kochen, und ich hatte kein Vertrauen in Männer. Punkt, aus.

„Ja, das war völlig normal. Die Tests dringen tief in Ihr Unterbewusstsein vor, und wir bemessen Ihre tiefsten Bedürfnisse und Ihr Begehren, um einen passenden Gefährten für Sie zu finden."

Ich verzog das Gesicht. „Ich habe kein Interesse an einem Gefährten."

Sie kniff die Augen zusammen, als wäre sie verwirrt. „Sie wissen aber schon, dass Sie sich fürs Bräute-Programm haben testen lassen, korrekt?"

Ich nickte. Viel mehr konnte ich nicht tun, so festgeschnallt in diesem eigenartigen Zahnarztstuhl. Ich streckte die Lippe vor und blies mir eine Haarsträhne aus dem Gesicht, die mich an der Wange kitzelte. „Ja, das weiß ich, aber die einzige Anforderung war, dass ich mich freiwillig melde. Nicht, dass ich den Kerl gut finde."

„Technisch gesehen ist das richtig", antwortete sie langsam. Zögerlich.

Ich seufzte. „Hören Sie. Sie kennen meine Geschichte. Es steht doch alles in diesem Tablet da, richtig?"

„Ja."

„Also wissen Sie, was mir passiert ist. Warum ich im Knast sitze. Ja, ich bin schuldig, aber da waren andere, die noch viel schuldiger waren als ich, die mit allem davongekommen sind. Insider-Handel ist schlimm, aber es ist ja nicht so, als hätte ich jemanden umgebracht. Ich habe alles verloren. Meine Lizenz, meine Wohnung, meine Freunde. Ich werde nie mehr irgendwo eingestellt werden. Und diese Kerle, mit denen ich zusammengearbeitet habe? Die haben Millionen gescheffelt. Einer von ihnen hat sogar ein Haus am Meer gekauft, und da es Juli ist, nehme ich an, dass er sich gerade jetzt dort befindet. Und wo bin ich?" Ich blickte nach unten. „In einem verdammten Untersuchungsstuhl. Meine einzigen Optionen, um mein Leben wieder in die Hand nehmen zu können, sind es, dem Interstellaren Bräute-Programm beizutreten oder im Knast zu verrotten."

„Sie könnten sich als Kämpferin zur Koalitionsflotte melden", erinnerte sie mich.

Ich wusste, dass auch Frauen das konnten. Ins Weltall ziehen und gemeinsam mit den anderen Soldaten den Hive bekämpfen. Darüber musste ich lachen. Ich, mit einer Weltraum-Kanone? Kam gar nicht in Frage. Ich würde nur ein Gesundheitsrisiko darstellen. „Wie ich Ihnen bereits sagte, ich bin kein Killer. Beim Anblick von Blut wird mir schlecht. Ich will nur mein Leben wiederhaben.

Oder zumindest meine Fähigkeit, zu entscheiden, welche Kleidung ich trage, wann ich esse. Verdammt, ich hätte wirklich gern eine Klotür."

„Sie werden nicht zur Erde zurückkehren."

„Meine Entscheidung", antwortete ich. „Habe ich nicht dreißig Tage Zeit oder so? Wenn ich ihn nach dreißig Tagen noch nicht mag, dann bin ich frei." Das war mein wahres Ziel. Ich war eine Plage, zu vorlaut, zu aufdringlich, zu undamenhaft, um einen Mann zu finden. Ich war vollster Zuversicht, dass auch dieses Alien mich nicht wollen würde. Dreißig Tage. Ich würde die Spinnweben aus meiner Vagina rausbekommen, meinen neuen Alien-Gefährten vergraulen—so wie jeden anderen Mann bisher—und würde mit einem netten Batzen Geld vom Interstellaren Bräute-Programm auf dem Konto wieder nach Hause kommen. Genug für einen Neuanfang. Vielleicht würde ich sogar meine eigene Anlageberatungsfirma gründen können. Ich konnte nicht mehr selbst auf dem Börsenparkett stehen, aber es gab Mittel und Wege um diese Einschränkung herum. Es gab immer eine Hintertür in meiner Branche. Immer. Und beim nächsten Mal würde ich diejenige mit dem verdammten Bankkonto auf den Cook-Inseln sein.

„Sie werden einem Mann zugeordnet, den der Computer auswählt, und Sie haben dreißig Tage lang Zeit, die Zuordnung anzunehmen oder abzulehnen. Soweit stimmt das." Ihre Augen verengten sich, und sie legte den Kopf schief, als würde ich ihr auf die Nerven gehen. „Das hier ist kein Scherz, meine Liebe. Diese Krieger sind ehrenhafte Männer, die gekämpft und gelitten haben, und ihre Brüder sterben sahen. Eine Interstellare Braut ist ihr ultimativer Lohn. Sie werden vergöttert werden. Umsorgt. Verführt und verwöhnt. Es wird nicht so leicht sein, dem den Rücken zu kehren."

Ich schnaubte nicht und verdrehte auch nicht die Augen, aber das fiel schwer. Ich? Der *ultimative Lohn*. Der arme Scheißer. „Mein Unterbewusstsein gibt vielleicht an, wohin ich geschickt werde, aber der Kerl gefällt mir entweder, oder eben nicht. Diese Gefährtensache wird nach meinen Regeln laufen."

Aufseherin Egara lachte doch tatsächlich laut auf, und ich spürte, wie meine Wangen knallrot anliefen. „Sie sind mit den Männern in der Flotte nicht besonders vertraut, oder?"

„Nein. Ich habe Siebzig-Stunden-Wochen gearbeitet, und mein einziges Ziel war es, ein Büro mit Aussicht zu bekommen. Ich hatte nicht einmal Zeit, meine eigene Wäsche zu waschen, geschweige denn, mich über die Männer auf all den Koalitionsplaneten zu informieren."

„Ja, das ist offensichtlich", raunte sie und wischte mit dem Finger über ihren Bildschirm. „Männer auf den teilnehmenden Planeten sind *ausgesprochen* dominant. Sie haben gern die Oberhand."

Ich dachte an den Traum. Er hatte zweifellos die Oberhand gehabt.

„Manche von ihnen stammen aus stark von Männern dominierten Kulturen. Frauen sind nicht geringwertig, sie sind mächtig und verehrt. Aber ihre Männer nehmen es sehr ernst, sie zu beschützen."

„Ich brauche nicht zu kämpfen oder mich in eine Schlacht zu stürzen, um die Tatsache auszubalancieren, dass ich keine Eier habe, Aufseherin", erwiderte ich. Das war die Wall Street, die da aus mir sprach. Die Frau, die hatte lernen müssen, wie ein Mann zu reden, eine Rüstung zu tragen und zur Furie zu werden, damit man ihr Beachtung schenkte. „Aber ich habe Rückgrat. Und meinen eigenen Willen."

„Glauben sie mir, er—oder sie, Mehrzahl—werden Ihnen das ganz schnell abgewöhnen."

Ich wusste, dass sie von meiner aggressiveren Natur sprach, aber das würde ich jetzt auch nicht mehr ändern. Ich hatte gelernt, kein Fußabtreter zu sein, und ich würde mich nicht in das verschüchterte Teenager-Mädchen zurückverwandeln, das sich ständig darum Sorgen machte, was andere von ihr dachten. Das hatte ich gründlich hinter mir gelassen. Und damit war Schluss.

Meine Tante hatte mir gesagt, dass das für Frauen üblich war, wenn sie auf die 40 zugingen. Aber da ich im Bankensektor tätig gewesen war, im Club der alten Jungs, war ich früh dran. „Und das wissen Sie aus erster Hand, Aufseherin? Wie können Sie dasitzen und mir erzählen, wie es dort ist? Sind *Sie* je auf einem dieser Planeten gewesen? Sind Sie diesen Männern begegnet?"

Sie räusperte sich und streckte ihr Kinn hoch. „Ja, das bin ich. Ich wurde zwei Prillon-Kriegern zugeordnet. Ich war einige Jahre lang ihre Gefährtin, bevor sie im Kampf umkamen."

Mein gesammelter empörter Ärger verflog schlagartig. „Oh. Das tut mir leid." Das tat es mir wirklich. Ich konnte sehen, dass sie ihre Gefährten liebte. „Das war zickig von mir, und ich möchte mich entschuldigen. Ich gestehe, ich bin nervös. Es ist schon etwas einschüchternd."

„Ja, das ist es", bestätigte sie. „Aber wie Sie schon sagen, Sie nehmen Ihr Leben in die Hand. Ihr Schicksal. Sie sind zugeordnet worden, und ich denke, dass sie sich darüber freuen werden. Es ist bisher noch nicht vorgekommen, dass eine

Gefährtin ihre Zuordnung abgewiesen hat."

„Noch niemand? Keine Frau hat noch Nein gesagt?"

„Nein. Nicht eine."

Ich seufzte. „Es gibt für alles ein erstes Mal."

Sie räusperte sich und zog die Augenbrauen hoch. „Sie haben dreißig Tage lang Zeit, sich zu entscheiden, aber wenn sie ihn ablehnen, kommen Sie trotzdem nicht nach Hause."

"Was?" Das hatte ich nicht erwartet.

„Sie werden einem anderen Mann auf dem selben Planeten zugeordnet. Der erste Mann hat natürlich die höchste Übereinstimmung, also behalten Sie das im Auge."

Ach du Scheiße. Und plötzlich war die Sache viel zu ernst geworden. Ich hatte mich verrechnet. „Wohin ist die Zuordnung, welcher Planet?", fragte ich, mit einem Mal nervös.

„Sie sind auf die Kolonie zugeordnet worden, genau gesagt einem Atlanen."

Ich wiederholte den Planetennamen, wusste nichts über ihn. Eine Kolonie?

Von was?

„Sie haben nicht nur einen Gefährten, sondern werden sich auch noch mit seinem Biest herumschlagen müssen. Ich hatte zwei Krieger. Sie haben einen. Einen sehr, sehr großen, wenn er den anderen Atlanen ähnlich ist. Und sein Biest...muss ich annehmen...wird ausgesprochen dominant und intensiv sein."

Ich konnte mich an das Knurren erinnern. War der Kerl aus meinem Traum etwa ein Atlane?

Ich schluckte. „Groß? Sie meinen...überall?"

Ich wurde rot, und die Aufseherin lächelte wieder. „Das würde ich annehmen. Ich habe ein paar Fragen, um den Test abzuschließen. Nennen Sie Ihren Namen, bitte."

„CJ Ellison." Als die Aufseherin mich einfach nur anblickte, führte ich weiter aus. „Caroline Jane Ellison."

„Sind sie derzeit rechtmäßig verheiratet?"

„Nein."

„Kinder? Biologisch oder rechtmäßig?"

„Nein."

„Nehmen Sie die Zuordnung des Interstellaren Bräute-Programms an? Stimmen Sie zu, dass Sie einem Atlanen zugewiesen wurden und die dreißig Tage Zeit haben, um der Gefährtenauswahl des Computers zuzustimmen, oder der Besitznahme durch ihn? Verstehen Sie, dass Sie nicht zur Erde zurückkehren werden?"

„Ja", antwortete ich, zum ersten Mal ohne viel Begeisterung.

Aufseherin Egara nickte, dann stand sie auf. „Machen Sie sich keine Sorgen, es wird schon gut gehen."

„Sie sind nicht zurückgekehrt. Wissen Sie etwas, das ich nicht weiß?", fragte ich misstrauisch.

Sie kam zu mir und wischte auf ihrem Tablet herum, bis ich ein Surren in der Wand hinter mir hörte. Ich drehte den Kopf herum und sah, dass die Wand sich geöffnet hatte und ein blaues Licht dahinter zu sehen war.

„Ja", sagte sie.

Ich blickte zu ihr hoch.

„Ich weiß, wie wahre Liebe sich anfühlt. Wie es zwischen Gefährten sein kann. Ich hoffe, dass Sie finden, was ich verloren habe."

„Aber..."

Der Stuhl glitt lautlos nach hinten in die geöffnete Wand und senkte sich in ein Becken mit warmem Wasser. Für Aufseherin Egara war das Thema somit offenbar abgeschlossen.

„Jetzt gleich? Ich bin noch nicht soweit!" Das war ich nicht. Ich brauchte mehr Zeit. Das hier war nicht Teil des Plans gewesen. Ich würde abreisen. Aber jetzt gleich?

Sie blickte mich nicht einmal an. „Ihre Abfertigung beginnt in drei... zwei... eins."

4

ezzer

WIR KAMEN AM TRANSPORTERRAUM AN. Die Türen glitten weit auf, und der prillonische Transport-Offizier blickte hoch, als hätte er uns erwartet. Das hatte er auch. Ein Satz atlanischer Gefährten-Handschellen wartete ebenfalls auf mich. Er überreichte mir die Fesseln, und ich hatte keine Wahl, als sie entgegenzunehmen und sie mir an den Gürtel zu stecken, obwohl ich genau wusste, dass ich nicht die Gelegenheit bekommen würde, sie einzusetzen.

„Gouverneur." Der Transport-Offizier nickte erst Maxim zu, dann dem Doktor, Ryston und mir. „Lady Rone." Er verneigte den Kopf vor Rachel, deren Hand sanft auf ihren runden Babybauch ruhte. Sie alle drei, der Gouverneur, Rachel und Ryston trugen zueinander passende kupferfarbene Kragen, die sie als zusammengehörige Gefährten kennzeichneten. Ein Anflug von Neid darüber, was diese Krieger miteinander teilen durften, überkam mich. Eine Frau, die sie liebte. Ein Kind. Sie waren eine Familie, trotz allem, was ihnen im Krieg widerfahren war. Ich hatte keinen Zweifel, dass Kristin, die Gefährtin von Tyran und Hunt, und Mitglied meines Sicherheitsteams, hier bei uns wäre, wenn sie könnte. Aber der Menschenfrau war Bettruhe verordnet worden, denn das Prillon-Kind, das sie trug, war kurz davor, aus ihrem Körper zu platzen.

Lady Rone lächelte dem Transport-Offizier zu und er richtete sich höher auf, stand gerade, die Schultern zurück.

„Wir erwarten einen Transport von der Erde", sagte sie.

„Ja, meine Dame." Er blickte auf seine Steuerfelder hinunter. „Eine Braut aus dem Abfertigungszentrum für Interstellare Bräute in Miami, Florida, sollte jeden Augenblick eintreffen."

„Miami?", fragte Rachel mit geradezu leuchtenden Augen. Sie machte wieder einen Schritt auf mich zu und ignorierte Maxims warnendes Knurren. Sie scheuchte ihn sogar mit der Hand weg. „Ach, benimm dich. Nur, weil ich deinen Kragen trage, heißt das noch nicht, dass du dich ständig aufführen kannst wie ein Neandertaler."

Er runzelte die Stirn. „Was genau ist ein Neandertaler, Gefährtin?"

Rachel lachte. „Lass gut sein, Maxim." Sie nahm mich am Arm und ignorierte ihre Gefährten völlig. „Miami. Das heißt, dass sie aus den USA stammt. So wie ich."

Ich wusste, dass sie eine Antwort erwartete, aber ich hatte keine zu bieten. Ich wusste ja nicht einmal, was die USA waren. Wo meine Braut herkam, wie sie aussah, der Kern ihres Wesens, all das war irrelevant, denn sie würde nicht mir gehören. In dem Moment, in dem ich sie sehen und mein Biest inaktiv bleiben würde, war ich ein toter Mann. Wir alle wussten das, aber Rachel war diejenige, die guten Mutes blieb. In ihr wuchs ein Leben heran; sie hatte eine optimistische Grundeinstellung.

Sie und der Doktor hofften auf ein Wunder. Das wusste ich, aber ich hatte keine so lebhafte Fantasie. Wenn die Wut, die in mir steckte, mein Hass auf den Hive und was sie mir angetan hatten nicht ausreichte, um das Biest heraufzubeschwören, dann würde der Anblick einer schönen Fremden nicht mehr ausrichten.

Die Luft wurde von einem surrenden Knistern erfüllt, als die Transportplattform erwachte. Maxim zog Rachel zurück, ihren Rücken an seine Brust gedrückt, seine Arme besitzergreifend um sie gelegt, während Ryston sich vor sie stellte und ihren Blick auf die Transportplattform blockierte.

„Aus dem Weg", zischte sie Rystons Rücken zu.

Er verschränkte die Arme, aber rührte sich nicht. „Nicht, bis wir sicher sind, dass eine Braut das Einzige ist, was auf diesem Transport hereinkommt."

Der Doktor zog eine Augenbraue hoch, aber Rachel seufzte nur. „Ihr Kerle seid unmöglich. Das wisst ihr, nicht wahr?"

Der Gouverneur, Maxim, senkte seinen Kopf und küsste sie seitlich am Hals. „Es ist unsere Aufgabe, unmöglich zu sein, wenn es um deine Sicherheit geht. Und die unseres Babys."

Ich ignorierte das Geplänkel, stellte überrascht fest, dass ich doch tatsächlich neugierig war auf diese Frau, die auf der Transportplattform langsam Gestalt annahm. Die Sache wurde langsam ernst. Ich war wirklich einer Frau zugewiesen worden, die perfekt für mich sein sollte. Und sie war hier.

Sobald der Transport angefangen hatte, materialisierte sie recht schnell und lag dann vor uns auf der harten Oberfläche. Die meisten Transporte fanden statt, während man bei Bewusstsein war, aber die Entfernung zwischen den Planeten, zwischen der Erde und der Kolonie war zu groß, um wach zu bleiben.

Sie trug bei ihrer Ankunft ein atlanisches Kleid aus dunklem, gebranntem Gold. Es schimmerte in dem grellen Licht. Ihr Haar war lang und glatt. Seidig schwarz, so dass es nahezu blau wirkte, wo das Licht auf den Strähnen reflektierte. Ihre Haut war ein wenig dunkler als Rachels oder Kristins, aber sie sah so zart aus. Zerbrechlich.

Meine Hand ballte sich zur Faust an meiner Seite, während ich gegen den Impuls ankämpfte, sie zu berühren. Ihre Kurven waren üppig, ihre Brüste groß. Ich konnte sehen, dass sie groß gewachsen war, viel größer als die anderen Erdenfrauen, die hier eingetroffen waren. Ich stellte fest, dass mir das gefiel. Denn die Prillon-Krieger waren zwar groß, aber ich war noch einen halben Kopf größer.

Ich wartete ungeduldig darauf, dass sie die Augen öffnete und erwachte. Ich wusste, dass Prillon-Bräute üblicherweise nackt eintrafen, wie es auf ihrer Heimatwelt Prillon Prime Brauch war. Auf Atlan kamen unsere Bräute allerdings in

Kleidern an, die ihre Körper wie Seide umspielten. Der Stoff war feminin, zart und einladend. Er schmiegte sich an ihre Kurven, sodass der Kampflord, der sie in Besitz nehmen sollte, sie angemessen bewundern konnte.

Rachel drückte gegen Rystons Arm, zwang ihn zur Seite, aber nicht, weil sie stark genug war, um ihn zu bewegen, sondern weil er es zuließ. „Oh Rezzer, sie ist wunderschön", sagte Rachel.

Die Menschenfrau hatte recht. Das Gesicht meiner Gefährtin war zierlich, mit hoch gewölbten schwarzen Brauen und einem rosigen Schmollmund, der reif für eine Erkundung aussah.

Der Arzt kniete sich neben sie, hob einen Stab und führte einen raschen Scan durch. Er blickte zu mir, anscheinend zufrieden mit ihrem Gesundheitszustand, nickte und räusperte sich dann. „Vielleicht sollten wir Rezzer und seine Gefährtin alleine lassen."

„Oh, aber ich möchte sie doch kennenlernen", sagte Rachel nachdrücklich. „Sie kommt aus der Heimat."

Maxim hob sie in die Arme, schwang sie und ihren Babybauch in seinen festen Halt und schritt zur Tür, dicht gefolgt von Ryston. „Deine Heimat ist jetzt hier, Gefährtin. Ich sehe, dass wir dich wohl daran erinnern müssen."
„Nein, wirklich." Rachel lachte und schlang ihm die Arme um den Hals. „Ich weiß, dass hier mein Zuhause ist. Aber sie ist von der Erde."
Ryston folgte ihnen zur Tür hinaus, und in seinen Augen sammelte sich ein Feuer aus so viel Begehren und Vorfreude, dass ich mich abwenden musste. Ich hielt es nicht aus, hinzustarren. Ich ertrug es nicht, ihn so zu sehen. Denn ich wusste, dass das Verlangen, das ihn antrieb, nie meines sein würde.
Der Doktor blickte mich an. „Möchten Sie, dass ich bleibe, vielleicht Ihre Reaktion dokumentiere?"
Ich schüttelte den Kopf. Ich konnte es nicht ertragen, dass irgendjemand meine Demütigung miterlebte. Wenn meine Braut aufwachte, dann würde ich ihr erklären, dass ich defekt war. Alleine. Ich blickte zum Doktor. „Ich werde ihr

erklären, wie die Dinge stehen, und dann werde ich sie zu Ihnen bringen, Doktor. Sie muss einem würdigen Atlanen zugewiesen werden, und—"

Er unterbrach mich mit einem Kopfschütteln. „Nein. Sie hat dreißig Tage Zeit, ihre Entscheidung zu treffen. Nicht Sie. Es ist nicht Ihre Entscheidung. So steht es im Protokoll der Koalition. Da kann ich nichts tun, es sei denn, Sie wollen es mit dem Primus aufnehmen."

Primus Nial, der Anführer der gesamten Koalition der Planeten. Er hatte die Kolonie besucht und war selbst verseucht. Über das Bräute-Programm einer Menschenfrau zugewiesen worden. Er würde mich für närrisch oder schwach ansehen.

Vielleicht beides. Ich wandte mich vom Doktor ab. Er beschloss, nicht weiter zu argumentieren, und deutete dem Transport-Offizier, ihm aus dem Raum hinaus zu folgen, damit ich alleine war. Und sie anstarren konnte. Mein perfektes Gegenstück. Eine Frau, die hätte mir gehören sollen.

Obwohl sie direkt vor mir war, nahe

Ihr Cyborg-Biest

genug, dass ich sie atmen sehen konnte, eine kleine Narbe an ihrem Ellbogen, sogar ein perfektes kleines Muttermal an ihrem Schlüsselbein, hatte mir der Hive nicht nur mein Zuhause geraubt, sondern meine Zukunft. Meine Gefährtin. *Sie.*

Ihre langen dunklen Wimpern zuckten, und ihre Augen öffneten sich langsam. Sie blinzelte wie ein unschuldiges Neugeborenes, das seine neue Welt aufnahm. Sie erholte sich rasch, und ich bewunderte die scharfe Intelligenz, die ich in ihren warmen braunen Augen lesen konnte, als ihr Blick sich auf mich richtete. Ich verneigte mich leicht. „Willkommen auf der Kolonie, meine Dame."

Sie stützte sich auf und schwang ihre Beine herum, bis sie mit um die Knie geschlungenen Armen dasaß und zu mir hoch blickte. „Ich bin CJ. Caroline Jane, genau gesagt, aber meine Freunde nennen mich CJ."

„Ich bin dir kein Freund." Ich hielt ihrem Blick stand, nicht, um sie einzuschüchtern, sondern weil ich, wie ich feststellen musste, nicht wegsehen konnte. Sie war so wunderhübsch und…gehörte mir. „Ich bin Kampflord Rezzer, Caroline. Ich bin hier, um dich auf die Krankenstation zu bringen."

Ihre elegant geschwungenen Augenbrauen zogen sich zusammen. Sie runzelte die Stirn. Der Anblick war seltsam bezaubernd. „Was meinen Sie, mich auf die Krankenstation bringen? Ich dachte, mein Gefährte würde mich hier erwarten. Das hat Aufseherin Egara mir versprochen. Bin ich an den falschen Ort transportiert worden?"

Ich streckte ihr die Hand hin, besorgt darüber, dass sie mich durchschauen würde, genau sehen konnte, wie defekt ich war, und mich dann nicht einmal anfassen wollen würde. Sie betrachtete meine offene Handfläche eine Sekunde lang und legte dann ihre warme Hand in meine, sodass ich ihr auf die Füße helfen konnte. Sie war so klein, nahezu winzig in meiner Hand. „Es ist ein ungewöhnlicher Umstand eingetreten", sagte ich ihr, und sie blickte mich aus dem Augenwinkel an. Ich half ihr von der Plattform.

„Also sind Sie nicht mein Gefährte?"

Ich schüttelte den Kopf, knirschte mit

den Zähnen, bevor ich antwortete. „Nein. Wir sind einander zugeordnet worden, aber ich bin nicht in der Lage, dich in Besitz zu nehmen."

Das ließ sie erstarren, und sie zog an meiner Hand und zwang mich, sie anzusehen. In ihre dunklen, nahezu schwarzen Augen hinein. Wenn ich nicht aufpasste, würde ich glatt darin versinken.

„Was meinen Sie? Wie ist das möglich? Aufseherin Egara sagte, dass wir einander zugeordnet worden sind."

Ein Teil der Taubheit verblasste, aber nicht genug, und ich nahm das Unvermeidliche hin—dass selbst die Nähe meiner Gefährtin nicht ausreichen würde, um mich aus diesem neuen Gefängnis zu befreien. Ich hob ihre Hand an meine Lippen und küsste sie, denn ich wollte sie nur einmal kosten, bevor ich sie ziehen lassen konnte. „Ich wurde vor ein paar Wochen in den Höhlen unter der Planetenoberfläche gefangengenommen. Sie—der Hive—haben mir etwas angetan."

Sie runzelte die Stirn, und ihre Augen füllten sich mit Sorge. Ich fühlte mich nichts anderes als defekt. Beschämt darüber, meine Schwäche so im Detail beschreiben zu müssen.

„Wie bitte? Was könnte so furchtbar sein, dass Sie…du keine Gefährtin mehr möchtest?"

Das Eingeständnis war wie Säure in meiner Kehle, aber ich zwang die Worte hervor. „Ich kann mich nicht länger in mein Biest verwandeln. Ich kann nicht länger eine Gefährtin in Besitz nehmen, und so muss ich es dir gestatten, einen anderen zu wählen. Ich muss sicherstellen, dass du glücklich bist. Du wirst einem vollständigen Atlanen zugeordnet werden. Einem, der stark genug ist, dich zu beschützen."

Ihr Griff um meine Hand wurde fester. „Nein."

"Was?"

„Ich sagte nein. N.E.I.N. Hörst du, Nein. Ich stimme dem nicht zu." Ihre sanfte Stimme war wie von Stahl durchzogen, was mich überraschte.

„Ich bin ungeeignet, Caroline."

„Ich heiße CJ", entgegnete sie.

Meine Augen wurden bei ihrem Tonfall größer, und mir wurde klar, dass sie nicht so zurückhaltend war, wie ich gedacht hatte.

„Und Aufseherin Egara hat gesagt, dass du mein perfektes Gegenstück sein sollst. Die höchste Übereinstimmung in der gesamten interstellaren Flotte. Sie sagte, dass du mir gehörst. Wenn du mir gehörst, kannst du mich nicht einfach rumreichen wie eine Tupperware-Schüssel voll mit alter Suppe." Jetzt war sie böse, ihre Augen zusammengekniffen. Die Funken, die sie versprühte, machten sie nur noch hübscher.

Ich klappte den Mund zu und konnte mich nicht erinnern, wann ich ihn aufgerissen hatte. „Was ist eine Tupperware-Schüssel?"

Sie entzog mir ihre Hand und verschränkte die Arme. Die Wölbung ihrer Brüste hob sich dabei. „Es ist ein wertloses Stück Plastik, mit dem ich chemische Experimente in meinem Kühlschrank veranstalte. Hör zu, ich bin kein Gebrauchtwagen. Ich bin kein Besitzstück. Du kannst mich nicht einfach an jemand anderen abgeben."

Ich legte den Kopf schief, verwirrt über

ihren Ärger. „Natürlich bist du kein Besitzstück. Du bist wunderschön. Eine würdige Frau. Ein perfektes Gegenstück für einen atlanischen Kampflord. Was bedeutet, dass du stark bist, intelligent und mutig. Ich bin unwürdig, meine Dame. Ich wäre über alle Maße selbstsüchtig, wenn ich dich behalte."

Ein wenig des Ärgers verflog aus ihren dunklen Augen, und sie trat vor mich hin und legte den Kopf in den Nacken. Sie hob die Hände an mein Gesicht, und ich ließ zu, dass sie mich berührte. Mein Kopf neigte sich nach unten, bis wir uns beinahe an der Stirn berührten. „Was genau stimmt denn nicht mit dir?", fragte sie. „Was ist so furchtbar, dass du eine zugewiesene Gefährtin nicht annehmen würdest?"

„Ich kann mein Biest nicht herbeirufen."

„Na und?"

„Ohne das Biest kann ich dich nicht beschützen. Ich kann nicht kämpfen. Ich kann dich nicht so in Besitz nehmen, wie ich es gerne möchte."

Sie betrachtete mich von oben bis unten, deutliche Skepsis in ihrem Blick.

„Du kommst mir riesig vor, was wird es sein? Etwas über zwei Meter? Natürlich kannst du mich beschützen. Außerdem siehst du nicht so aus, als würde irgendwas nicht mit dir stimmen."

Ich schüttelte den Kopf. „Du verstehst nicht."

Sie seufzte. „Das ist offensichtlich. Was verstehe ich nicht? Du bist riesig. Du scheinst dich bewegen zu können. Was meinst du, du kannst nicht kämpfen? Wirst du einfach nur so dastehen und dich von jemandem wie mir verprügeln lassen? Oder zulassen, dass mir jemand wehtut?"

Ich wusste, dass es nicht möglich sein würde, es ihr zu erklären. Den Verlust. Die Schwäche. Das fehlende Interesse meines Schwanzes. Also wandte ich mich ab und öffnete die Tür. Und ich würde ihr nicht sagen, dass ohne das Biest unsere Paarung niemals vollkommen sein würde. „Komm, Caroline. Ich werde es dir vom Doktor erklären lassen."

„CJ." Sie stemmte sich die Hände in die Hüften, und ihre Brüste wölbten sich unter dem eng anliegenden Stoff. Mein

Blick fiel auf sie, bevor ich mich eines Besseren besann.

Einen Moment lang regte sich etwas, etwas Dunkles und Wütendes und Aggressives. Ich wollte die Hand ausstrecken und die harten Knospen ihrer Nippel berühren, sie schmecken, meinen Schwanz in ihrem weichen Körper versenken. Ich wollte, dass sie mich heilte. Ich wollte wieder vollständig sein. Aber das Flackern in mir verblasste schon bald, und ich deutete mit der Hand in den Gang und wies ihr, mir zu folgen. „Hier lang. Komm mit mir, und ich werde dir helfen, zu verstehen."

„Nein. Du scheinst mir intelligent genug zu sein. Du erklärst mir, wie es möglich ist, dass das Testsystem defekt ist. Überzeuge mich davon, dass das Bräute-Programm eine Schwachstelle hat. Dass du nicht dazu bestimmt bist, mir zu gehören." Sie schüttelte den Kopf, und ihr langes schwarzes Haar schwang hin und her.

„Caroline", ächzte ich.

„Ich heiße CJ", sagte sie durch zusammengebissene Zähne hindurch.

„Erkläre dich. Überzeuge mich. Hier und jetzt."

Meine Gefährtin hatte ein auflodernden Temperament, aber ich auch. Ich brauchte nicht mein in Zorn geratenes Biest dafür, um frustriert und verärgert zu sein. Nicht über sie, sondern über die Situation, in der wir steckten. „Du willst es wissen? Also gut. Dann sage ich es dir." Ich verschränkte die Arme vor der Brust, um die Haltung meiner mir zugeordneten Frau nachzuahmen. Die Tür zum Transporterraum schloss sich wieder. „Die Tests beweisen, dass du nicht nur für mich perfekt sein würdest, für mich als Mann, als Krieger, sondern auch, dass du von meinem Biest gefickt werden willst. Dass du seine Dominanz genießen würdest, von seinem riesigen Schwanz gefüllt zu sein. Aber ich bin vom Hive beschädigt worden. Kein Biest bedeutet: keine ordentliche Besitznahme. Ich kann dich nicht so in Besitz nehmen, wie es mein Recht als Atlane ist. Ich kann nicht zu dem werden, was ich sein soll, wegen des Hive. Ich kann diesem wunderschönen Körper nicht geben, was er braucht."

5

EJ, die Kolonie, Basis 3, Transporterraum

"Was meinst du damit genau? Du kannst überhaupt keinen Sex haben? Du kriegst ihn nicht hoch?", fragte ich. Dieser Kerl sah nicht aus, als hätte er irgendwelche Probleme in irgendeinem Bereich, ganz besonders nicht, wenn es um Sex ging. Und nur ein Blick auf diesen Teil seines Körpers zeigte—das würde interessant werden. Er war groß. Überall.

Nur ein Blick auf ihn, und mein

Ihr Cyborg-Biest

Höschen wäre ruiniert—wenn ich eines tragen würde. Er war umwerfend. Riesig. Also richtig wie ein Riese. Mir war noch nie zuvor jemand so Großes begegnet. Ich war nicht klein. Überhaupt nicht, und er war noch einen guten Kopf größer als ich. Ich konnte mich nicht daran erinnern, wann ich zum letzten Mal den Kopf in den Nacken hatte legen müssen, um jemanden anzusehen. Vielleicht kurz bevor ich vierzehn wurde und diesen enormen Wachstumsschub hatte. Aber das war über zehn Jahre her.

„Kriege ihn nicht hoch?", fragte er. „Diesen großen, bösen, biestigen Schwanz. Davon redest du doch, oder? Er funktioniert nicht?"

Zorn loderte in seinen Augen auf, aber ich hatte keine Angst vor ihm, trotz der lachhaften Menge von Waffen, die er an den Körper geschnallt hatte, oder der platin-grauen Handschellen, die an seinem Gürtel hingen. Das silbrige Glänzen weckte eine Erinnerung in mir, aber ich hatte gerade keine Zeit, um ins Traumland zurückzugleiten. Ich hatte keine Ahnung, warum ich nicht im Geringsten eingeschüchtert war. Wenn er in den Straßen von New York unterwegs wäre, würden die Leute für ihn die Straße räumen.

Die linke Seite von seinem Hals und seinem Unterkiefer sahen merkwürdig silbrig aus, aber ganz im Ernst, es sah eher so aus, als hätte er sich Karnevals-Schminke auf die Haut geschmiert. Ich wusste nicht, was an ihm sonst noch merkwürdig sein sollte, aber er war wunderschön. Groß. Und seine Augen ein tiefes, leidgeprüftes Grün. Mit so viel Schmerz dahinter, dass es sich wie ein Schlag in die Magengrube anfühlte jedes Mal, wenn unsere Blicke sich begegneten. Ich ließ ihn nicht spüren, dass ich das wusste, natürlich nicht. Aber alleine schon, so mit ihm zu streiten, machte mir klar, dass ich ihn nie vergessen würde. Wenn ich ihn nun ziehen lassen würde, dann würde mich das verfolgen. Für immer.

Also warum sollte ich zulassen, dass er mich abgab? Er sagte, dass er mein Gefährte war, derjenige, dem ich zugeordnet worden war. Und deswegen würde er mir nichts tun. Sicher, ich konnte den Computern glauben, aber ich wusste es schon alleine, wenn ich ihn nur ansah. Es war in seinen Augen, in der Art, wie er mich ansah. Da war etwas, etwas Verletztes und Einsames und Gebrochenes. Etwas, das ich unbedingt reparieren wollte. Es war Instinkt. Schlicht und einfach. Er gehörte *mir*. Das wusste ich mit Sicherheit. Tief im Innern. Tiefer als Worte oder Logik oder Vernunft. Und mir wurde klar, dass dies wohl der wichtigste Kampf meines Lebens sein mochte. Auf keinen Fall würde ich davonlaufen.

Er war wütend, aber nicht auf mich. Er war wütend auf sich selbst, auf seinen Körper, der ihn anscheinend kürzlich im Stich gelassen hatte.

„Ich kriege ihn hoch, wie du es nennst, aber ich verspüre kein Interesse daran, eine Gefährtin in Besitz zu nehmen."

„Kein Interesse?" Ich spürte, wie meine Augenbrauen in die Höhe wanderten. Er behauptete, nicht interessiert zu sein, aber sein Blick wanderte zu meinen Brüsten und blieb dort hängen. Ich stellte mich aufrechter hin und streckte meine Körbchengröße DDD demonstrativ nach vorne. Ich ließ meine Hände an meinen Seiten hinuntergleiten, über meine Hüften, um zu sehen, ob er die Bewegung verfolgen würde. Tat er absolut. Nicht interessiert? Lügen haben kurze Beine. „Vielleicht ist dein Testosteronspiegel niedrig."

Seine dunklen Augenbrauen wanderten nach oben, und ich betrachtete ihn eingehend. Vom dunklen, leicht zerzausten—und ausgesprochen seidig aussehenden—Haar bis zu seinen breiten Schultern tat die eng anliegende schwarze Uniform alles andere, als seinen muskulösen Körperbau zu verhüllen. Ich blickte tiefer, vorne an seine Hosen, und stellte fest, dass ich mich vielleicht täuschte. Ich ließ meinen Blick dort verweilen, auf dem kürzlich besprochenen Körperteil, und erinnerte mich an den Traum. An den riesigen Schwanz. Die grollende Stimme des Biests. Ich achtete darauf, dass er meine Aufmerksamkeit mitbekam. „Ja also, nein. Ich denke, du hast reichlich Testosteron."

„Weib. Du stehst auf dünnem Eis."

„Anscheinend nicht." Ich zeigte auf ihn und kreiste mit dem Finger in der Luft. „Dein Biest, das irgendwo da drin ist, hat kein Interesse an mir?"

Er spitzte die Lippen, blickte über meine Schulter hinweg, wich meinem Blick aus. „Mein Biest ist zum Schweigen gebracht worden. Vielleicht sogar getötet."

Mein Mund stand offen. „Ich verstehe nicht. Haben sie dir etwas amputiert? Oder hast du etwas Totes, Verrottendes in dir? Brauchst du eine Operation?"

Er trat näher, und sein Körper strahlte Hitze aus wie eine warme Decke. Er packte mich an der Hand und legte sie flach auf seine Brust. Seine ausgesprochen harte, sehr warme Brust. Ich konnte seinen Herzschlag spüren, seine Atemzüge.

„Nein. Es ist nicht tot."

Ich bekam das Gefühl, dass er das mehr zu sich selbst sagte, als zu mir. „Was dann?"

„Die Ärzte wissen es nicht. Sie haben

noch nicht identifiziert, was mit mir geschehen ist. Das ist noch nie vorgekommen; es ist das erste Mal, dass einem Atlanen sein Biest geraubt wurde. Der Hive hat etwas mit mir angestellt in diesen Höhlen. Die haben es *geschwächt*, sodass es nicht mehr hervorkommen kann. Das Biest ist eingesperrt. Es kann nicht entkommen."

„Also...du willst, dass dein Biest herauskommt? Ist das nicht gefährlich?"

„Das kann es sein, wenn ich in Zorn gerate oder ins Paarungsfieber, aber in diesem Moment würde ich alles tun für einen Wutausbruch. Um wieder kämpfen zu können. Ich bin wertlos hier. Ein vergessenes Relikt des Krieges. So kann ich nicht kämpfen. Ich kann meine Leute nicht verteidigen. Der Krieg wütet weiter, und diejenigen von uns, die vom Hive verseucht wurden, sind verbannt und vergessen wie kaputte Dinge, die im Müll landen."

Er wollte keine Gefährtin, er wollte zurück in den Krieg. Zum Kämpfen und Töten. „Also brauchst du, dass dein Biest herauskommt, damit du kämpfen kannst?"

Er nickte, und eine dunkle Locke fiel auf seine starke Stirn. „Ich kann nicht jagen. Ich kann meine Gefährtin oder mein Sicherheitsteam nicht beschützen. Ich bin schwach."

„Wie passiert das für gewöhnlich?", fragte ich. „Wann kommt dein Biest hervor?"

„Mehrere Dinge können bei einem Atlanen auslösen, dass er zu seinem Biest wird. Das Fieber. Zorn, besonders im Kampf. Zorn auf jemanden, der einem anderem gerade etwas antut, besonders meiner Gefährtin. Jegliche Bedrohung der Leute unter meinem Schutz, und das Biest stellt sich zum Kampf."

„Du klingst ja wie der Hulk", überlegte ich, aber er ignorierte meine Bemerkung und starrte mich weiter an. „Sagtest du etwas von Fieber?"

„Paarungsfieber kann das Biest ebenfalls hervorrufen."

„Fieber? Du wirst krank davon, eine Gefährtin ranzunehmen?" Das klang nicht besonders vielversprechend. Kein Wunder, dass er mich weggeben wollte.

„Wenn es an der Zeit ist, eine Gefährtin

zu nehmen, übernimmt das Biest die Kontrolle und wird ohne Gefährtin unkontrollierbar. Ein Biest im Paarungsfieber, ohne Gefährtin, die ihn erleichtern kann, bedeutet den Tod für einen Atlanen."

„Wie bitte? Von diesem Fieber sterbt ihr sogar?" Gott, nein. Das klang furchtbar. An was für einen hinterwäldlerischen Ort hatte Aufseherin Egara mich da geschickt?

Er hielt inne und holte tief, schluchzend Luft. „Ohne Gefährtin sind wir nicht in der Lage, unsere Biester zu kontrollieren. Sie werden dann zerstörerisch. Gefährlich. Gefährtenlose Männer in diesem Zustand werden hingerichtet."

"Was?" *Er hatte doch nicht wirklich gerade gesagt, was ich—*

„Und Erregung. Auch Erregung kann das Biest wecken." Er zählte all diese Dinge auf, als würde er eine Checkliste abhaken. Zorn. Fieber. Erregung. Das Letzte störte mich.

„Erregung. Du meinst, wenn du dich zu

einer Frau hingezogen fühlst, kann das dein Biest hervorrufen? Selbst, wenn du nicht im Paarungsfieber bist?"

Er nickte kurz. „Ja. Aber die Reaktion unseres Biests ist bei einer Gefährtin am stärksten."

„Das wäre dann wohl ich", sagte ich. Zum ersten Mal in diesem ganzen Prozess fühlte ich mich unsicher. Alles andere als ausreichend für ihn. Wenn ich wirklich perfekt für ihn war, so wie Aufseherin Egara das versprochen hatte, dann sollte er auf mich reagieren. Mich begehren. Sich in sein Biest verwandeln, damit er mich gegen die Wand drücken und...oohhh ja. *Nein. Denk diesen Gedanken nicht zu Ende, CJ. Da liegen die Probleme.*

Ich biss mir auf die Lippe und blickte zu ihm hoch. Alles an ihm ließ meinen Körper nach seiner Berührung hungern. Ich wollte ihm mit den Fingern durchs Haar fahren. Seine Lippen schmecken. An seiner Haut knabbern. Seine starken Arme um mich spüren, seinen Körper hinter mir, über mir, in mir. Ihn. Ich *wollte* ihn, und ich war schon sehr, sehr lange Zeit nicht mehr auf einen Kerl scharf gewesen. Vielleicht noch nie. Nicht so. Aber er? Gar nichts. Er starrte mich an, als würde er gerade versuchen, einem kleinen Mädchen schlechte Nachrichten zu überbringen. Einer unattraktiven Göre, an der er kein Interesse hatte. Und war das nicht ein verdammtes Pech? „Also, ich schätze mal, dass ich dich nicht errege?" War doch besser, das Kind gleich beim Namen zu nennen.

„Ach, Caroline, sag das nicht. Ich bemühe mich, es dir zu erklären. Du bist wunderschön." Er hob eine Hand und strich mir mit den Fingern durchs Haar.

„Ich bin defekt."

„Du sagtest doch, dass eine Gefährtin dein Biest erwecken würde."

„Ganz genau", entgegnete er.

„Aber ich tue das nicht."

„Du tust es nicht, aber nicht, weil ich dich nicht für die begehrenswerteste Frau im Universum halte, sondern weil der Hive mich zerstört hat. Verstehst du nicht? Ich bin defekt. Ich kann dir nicht geben, was du brauchst."

„Also willst du mir sagen, dass du

niemals Sex mit mir haben willst." Ich sagte es geradeheraus. So war ich schon immer, und ich hatte nicht vor, damit jetzt aufzuhören. Ein fehlendes Biest? Kein Problem. Ich konnte ohne Biest leben. Aber ein Leben lang in einer Ehe mit einem Alien, ohne Sex? Ich fühlte mich beraubt. Er war so groß. Und ein Alphatier. Und verdammt scharf. Überall Muskeln. Seine Muskeln hatten Muskeln. Endlich hatte ich einen Kerl gefunden, bei dem ich mich klein und feminin fühlte, und er sagte mir, dass er mich nicht anfassen würde? Inakzeptabel. Aber ernsthaft. Ich würde ein ernstes Wörtchen mit Aufseherin Egara wechseln müssen, wenn ich sie das nächste Mal sah.

„Ich kann nicht dein Gefährte sein, Caroline. Ich bin defekt."

Wie eine kaputte Schallplatte. Ach Mann. Er war riesig. Stark. Sein gesamter Körper war mit Waffen bestückt. Pistolen. Messern. Er sah aus wie ein zwei Meter großer Navy SEAL voller Steroide. Wenn der nicht kämpfen konnte, würde ich einen Besen fressen. „Also ist es meine

Aufgabe als deine Gefährtin, Erregung und Wut in deinem Biest hervorzurufen."

„Es ist nicht deine Aufgabe." Er raufte sich die Haare, sichtlich aufgewühlt. Ich schien diese Wirkung auf Männer *aller* Planeten zu haben. „Nein. Es sollte einfach ganz natürlich passieren."

Na toll. Ich war seit ganzen fünf Minuten auf diesem Planeten. Bisher hatte ich noch nichts gesehen außer dem Inneren eines Raumes ohne Fenster, und einem Muskelprotz von einem Gefährten. Und wir beide standen nur so rum und kamen uns vor wie absolute Versager. Ich sollte doch sexy sein. Begehrenswert. Er sollte doch einen Blick auf mich werfen und seinen verdammten Verstand verlieren, mich über einen Tisch werfen, mich an den Hüften packen, mich nach hinten ziehen...

Nein. Darüber würde ich nicht nachdenken.

Zu spät. Meine Pussy war feucht. Seine Hände waren riesig, und ich konnte nicht aufhören, auf sie zu starren, während der Zuordnungs-Traum wieder in mir hochkam, sich in meinem Kopf wieder und wieder abspielte wie eine kaputte Schallplatte. Ich wusste, wie sich diese Hände anfühlten, wenn sie mich nach unten drückten. Wusste, wie sein Schwanz mich dehnen würde. Wie ich in seinen Armen in Stücke brechen würde. Ich *wusste*...

Er schnüffelte, als könnte er meine Erregung riechen, und seine Augen wurden dunkel. Ich war unglaublich gut darin, Männer einzuschätzen. Ich hatte mit ihnen täglich—nein, stündlich—zu tun gehabt, und abgesehen von der kleinen Panne, als ich wegen Insider-Handels festgenommen wurde, war ich ziemlich gut darin, meinen Willen zu bekommen.

Und in diesem Moment wollte ich, was mir auf diesem Test-Stuhl versprochen worden war: Heißen, gierigen Sex mit einem herrischen, dominanten Mann. Diesmal in Wirklichkeit und nicht nur in meinem Kopf.

Dieser Kerl, Rezzer, dem ich zugeordnet worden war, hatte einen wahren inneren Konflikt. Er stieß mich weg, aber nicht, weil er das wollte. Nein, er sah aus, als würde er mich sehr wohl begehren. Er fühlte sich aus Ehrgefühl heraus verpflichtet, mir einen neuen Gefährten suchen zu helfen, weil er defekt war. Ganz stark. Auf eine Art, die ich überhaupt nicht verstand, aber wusste, dass es ihn tiefer verletzte als jede Fleischwunde.

„Musst du dich in dieses Biest verwandeln, um mich zu ficken?", fragte ich. „Können wir nicht einfach...du weißt schon." Ich hielt den Atem an, während ich auf seine Antwort wartete. Ich brauchte kein Biest. Aber ich brauchte sehr wohl einen Mann, der gewillt war, mich anzufassen.

Sein Atem veränderte sich, nur geringfügig, aber ich hörte es. Sah, wie die Haut um seinen Mund sich spannte. Das Biest, das der Hive angeblich getötet oder inaktiv oder verletzt oder unterdrückt oder sonstwas gemacht hatte? Es war immer noch da drin. Da war ich mir sicher. Mein Bauchgefühl sagte mir, dass es da drin war. Seine scheinbare Schwäche war nur vorübergehend.

Die eigentliche Frage war: wollte ich diesen Kerl? Wollte ich ihn genug, um für ihn zu kämpfen, für uns? Erst kürzlich hatte ich Aufseherin Egara gesagt, dass ich meinen Gefährten nicht mögen musste. Ich wollte nur von der Erde fort. Nun, das hatte ich erreicht. Ich war definitiv nicht mehr auf der Erde. Sie hatte mir gesagt, dass es kein Zurück gab. Also würde ich mir einen Gefährten besorgen. Wenn nicht diesen hier, dann einen anderen.

Aber das Herz, das ich für zu abgestumpft gehalten hatte, um Hoffnung zu haben, wollte nicht lockerlassen. Ich konnte mich nicht einfach von ihm zum Arzt bringen lassen, damit ich einen „besseren" Gefährten bekommen konnte. Ohne mich. Die Tests besagten, dass er der Mann für mich war. *Der. Mann.* Ich war es mir selbst schuldig, mir anzusehen, ob das Programm recht hatte. Außerdem: wenn irgendjemand an seinen Nerven sägen konnte, ihn die Beherrschung verlieren und zu einem tobenden Biest werden lassen konnte? Verdammt, arrogante Männer zu ärgern war mein Spezialgebiet.

Er gehörte mir. Und nun, da ich beschlossen hatte, ihm zu helfen, war es an der Zeit für eine neue Herangehensweise.

Also würde ich ihn erregen. Verärgern. Das konnte ich. Ich hatte an der Wall Street genug Männer auf die Palme gebracht, um genau zu wissen, was ich tun musste. Das Ziel bei Männern war es, sie dazu zu bringen, zu *denken*, dass sie alle guten Einfälle hatten, obwohl es die ganze Zeit über dein eigener Plan gewesen war. Rezzer war so weit wie nur möglich von einem Wall Street-Fuzzi entfernt. Ich konnte nur hoffen, dass die Männerpsyche hier genauso funktionierte wie zu Hause.

Ich erinnerte mich daran, was Aufseherin Egara darüber gesagt hatte, wie dominant und besitzergreifend die Gefährten auf den Koalitionsplaneten waren, und erkannte, dass ich das zu meinem Vorteil einsetzen konnte.

Ich fasste nach oben, öffnete den Knopf oben an meinem Kleid, das über eine Schulter verlief—darüber, wie ich in einem solchen Outfit gelandet war, würde ich mir ein andermal Gedanken machen— und ließ es mir vom Körper gleiten.

„Was tust du da?"

„Dich prüfen."

Rezzers Augen wurden groß und

klammerten sich an jeden Zentimeter Haut, der zum Vorschein kam. Erst die oberen Wölbungen meiner Brüste, dann die vollen Rundungen selbst mit harten Nippeln, dann mein Bauch, meine breiten Hüften, meine Pussy—wann war die denn rasiert worden?—und dann meine langen Beine.

„Es ist so heiß hier drin." Als ich sprach, blickte er nicht nach oben. Nein, sein Blick blieb weiterhin, ohne zu blinzeln, geradewegs auf meine Brüste gerichtet. Sie waren groß, so wie der Rest von mir.

„Ich habe dir doch gesagt, ich bin unwürdig. Warum verhöhnst du mich?"

Ich zuckte mit den Schultern und wusste, dass das meine Brüste heben würde. Ich hörte ein Ächzen.

Ich blickte auf seine dunklen Hosen hinunter und sah den Umriss seines Schwanzes unter dem Stoff. Ich musste annehmen, dass das sein neutraler Zustand war, dass seine Erektion noch größer sein würde, und meine Innenwände zuckten zusammen. Er war jetzt schon groß. Wie würde er sein, wenn er ganz erregt war...und als Biest?

„Was macht das für einen Unterschied? Du wirst mich zum Doktor bringen, damit ich mir einen anderen Gefährten suche. Wirst mich an einen anderen abgeben. An einen *würdigen* Gefährten. Einen, der mich auch will."

Sein grüner Blick hob sich einen kurzen Augenblick lang zu meinem, dann fiel er auf meinen Nabel, dann noch tiefer. Ich weigerte mich, zu zucken.

„Sag dem Doktor, dass meine Nippel äußerst empfindlich sind." Ich hob die Hände, zupfte mit den Fingern an den harten Spitzen. „Ich hoffe, dass mein neuer Gefährte dann gern mit ihnen spielt."

Sie waren tatsächlich empfindlich, und vor Rezzer zu stehen, erregte *mich*. Ich wollte, dass er mich wollte. Seine Hände auf meinen Brüsten spüren, anstatt meine eigenen. Ich wollte mehr von seinem Schwanz sehen als nur den Umriss sehen. Ich wollte ihn *spüren*, tief in mir.

„Weib, du treibst mich an meine Grenzen."

„Tue ich das?"

Ich drehte mich herum und ging mit

übertrieben schwingenden Hüften auf die Tür zu. „Wie öffnet sich die hier?"

Ich war keine Exhibitionistin, überhaupt nicht. Aber ich war auf einer neuen Welt, und ich brauchte mich nicht an Erden-Regeln zu halten. Ich wollte nicht, dass mich sonst jemand sah, aber wenn es Rezzer genug in den Wahnsinn treiben würde, damit er mich anfasste, dann war es das wert.

Er machte zwei große Schritte auf mich zu, legte mir die Hand auf den Arm und drehte mich zu sich herum. Ich blickte auf seine große Hand hinunter, die so auffallend anders aussah als mein blasser Arm. Ich war gut trainiert—das Fitness-Center jeden Morgen um fünf Uhr vor der Arbeit machte sich eindeutig bezahlt— aber seine Hände waren tellergroß. Es waren sanfte Hände.

„Du wirst doch nicht so da raus gehen. Auf gar keinen Fall, verdammt."

Ah, er fluchte. Ein gutes Zeichen.

Ich blickte unverhohlen auf seinen Schwanz hinunter und sah, dass die Beule noch größer geworden war.

„Ich bin nicht deine Gefährtin. Das hast

du selbst gesagt. Du hast keinen Grund, mich aufzuhalten", entgegnete ich.

Er prustete. „Oh doch, das habe ich."

Ich zog eine Augenbraue hoch und bemühte mich um meinen besten hochmütigen Blick. „Und warum das?"

„Weil du, bis du einem anderen zugewiesen worden bist, mir gehörst. Es ist meine Pflicht, dich zu beschützen."

Ich schüttelte den Kopf und spürte, wie mein Haar über meine nackten Schultern strich. Der Raum war zwar nicht kalt, aber auch nicht gerade warm. Seine Hand aber war heiß, und ich wollte meine Arme um ihn schlingen und seine Hitze spüren.

„Du gibst mich ab."

„Nicht so", knurrte er. „Du wirst erst dieses Kleid wieder anziehen, und dann bringe ich dich auf die Krankenstation."

„Warum? Ich will, dass mich so viele Männer wie möglich sehen, damit sie wissen, was im Angebot ist. Die mit dem größten...Interesse kommen ganz oben auf meine Liste."

„Liste? Hast du eine Ahnung, was du anrichten würdest, wenn du so da raus spazierst?"

Ihr Cyborg-Biest

Ich zuckte wieder die Schultern und versicherte mich, dass meine Brüste dabei wippten. Und grinste, als sie damit auch wirklich seine Aufmerksamkeit auf sich zogen.

„Es würde eine wahrliche Schlacht geben. Eine gefährtenlose Frau, nackt? Ich würde sie mit Fäusten abwehren müssen. Du willst doch keinen Krieg, oder?"

Ich lachte, aufrichtig. „Ich? Einen Krieg anzetteln?"

„Sie würden dich in die Kampfarena bringen und dich dem Sieger als Preis anbieten."

Kampfarena? Was für ein verrückter Planet war das denn? Planet der Barbaren? Seine Nasenflügel bebten, und sein Blick wanderte frei über meinen ganzen Körper. Verweilte. Hitzig. Ich hob eine Hand an einen Nippel und rollte ihn zwischen meinen Fingern. Kniff hinein, und ein Stromschlag schoss direkt in meinen Kitzler. Ich wusste, dass meine Augen groß und dunkel sein würden. Ich verbarg nicht, was seine Nähe mit mir anstellte. Was die Erinnerungen an die Tests hervorrief. Lust.

„Kämpfe? Das wäre nicht gut, oder? Da du ja nicht mehr kämpfen kannst? Obwohl es schon ganz schön scharf sein würde, zuzusehen, wie sie so um mich kämpfen. Es hat noch nie jemand um mich gekämpft."

Das war die Wahrheit. Ich war groß. Ein Großmaul. Wohlhabend—bis das FBI alles beschlagnahmte—und gemein, wenn notwendig. Die Männer, die tapfer genug waren, mit mir auszugehen, waren dünn gesät gewesen. Und keiner von ihnen hatte mir je dieses Gefühl gegeben.

Er kniff die Augen zusammen. Ihre Farbe änderte sich von Tiefgrün zu nahezu Schwarz, als er mir wie gebannt dabei zusah, wie ich mit meinen Brüsten spielte.

„Niemand wird dich so zu sehen bekommen, außer mir."

„Du kannst mich nicht aufhalten." Ich ließ die Hand sinken und wandte mich zur Tür, aber ich wusste, dass ich nirgendwohin gehen würde.

„Oh doch, das kann ich."

Ich unterdrückte ein kleines Grinsen, als er mir direkt in die Hand spielte.

Er wirbelte mich herum, und der Schwung warf mich direkt an seine Brust. Es drückte mir die Luft aus den Lungen. Seine Hand legte sich tief auf meinen Rücken, aber er drehte mich noch weiter herum, bis ich von ihm abgewandt war. Er drückte mich vorwärts, bis ich an die Wand gepresst war.

Die Oberfläche war metallisch. Und kalt. Ich zischte, als meine Nippel sie berührten, und die Erinnerung aus dem Test-Traum rauschte mir in den Sinn. Der Tisch darin war auch kalt gewesen. Hatte an meinen harten Nippeln gerieben. Hatte mich im Traum gekühlt, während die Hitze des Biests in meinem Rücken mich zum Kommen gebracht hatte.

Bevor ich darüber nachdenken konnte, hatte er mir die Hände über den Kopf gehoben und hielt sie mit einer Hand fest. Ich war ausgestreckt, sein Körper hart an meine Seite gepresst, und meine ganze Länge war in die Wand gedrückt.

Er schubste mich herum, bis er mich genau da hatte, wo er mich wollte, aber er tat mir nicht weh. Ich fühlte mich dominiert, aber beschützt. Meine

Kontrolle, die ich gegen ihn eingesetzt hatte wie eine Waffe, war verflogen.

Er hatte jetzt das Sagen, und ich hoffte, dass ich nicht gerade einen Riesenfehler gemacht hatte.

6

Er drückte mich gegen die Wand, seine Gefangene. Völlig unter seiner Kontrolle. Das Gefühl von Gefahr, von Unbehagen, brachte mein Herz zum Rasen, meinen Atem zum Stocken. Gott, ich war so feucht, dass meine Erregung bereits meine Innenschenkel benetzte. Ich war scharf und sehnsüchtig und leer. Biest oder Mann, es war mir egal. Ich wollte, dass er mich fickte, füllte. Finger. Schwanz. Zunge. Ich würde alles nehmen, was er mir gab.

Bevor ich noch etwas sagen konnte, landete seine Hand mit einem scharfen Knall auf meinem Hintern. „Hey!", schrie ich und versuchte, wegzurutschen. „Meine Gefährtin wird sich nicht so benehmen." Er schlug noch einmal zu, kräftiger, härter. Das Brennen rauschte durch mich hindurch, direkt in meinen Kitzler, und ich keuchte auf, schluchzte beinahe. „Meine Gefährtin wird nicht entblößen, was mir gehört und niemandem sonst." Seine Hand landete noch einmal auf meinem nackten Hintern. Zweimal. Drei Mal. Vier. Bei jedem feurigen Hieb wand und drehte ich mich in seinem unerbittlichen Griff, und es machte mich so scharf, dass meine Mitte im Rhythmus meines Herzschlags pochte.

„Du willst mich doch nicht einmal!", schrie ich. Mein Hintern stand in Flammen. Die Hiebe waren zwar nicht besonders kräftig gewesen, aber seine Hand war riesig. Der Stich verwandelte sich in etwas Größeres, und es törnte mich an. Mir gefiel seine Dominanz—genau wie im Traum.

„Meins." Seine Stimme war tiefer, rau. Anders.

Er erstarrte, sein Körper spannte sich an und seine Hand wechselte von Hieben auf mein nacktes Hinterteil dazu, es zu streicheln. Rauf und runter. Wieder und wieder, als könnte er nicht genug bekommen vom Gefühl meiner Haut. *Meins.* Das Wort war ihm rausgerutscht, da war ich mir sicher. Ich hatte ihn aufgestachelt. Ihn verärgert, ihn stärker provoziert als je einen Mann zuvor. Verdammt, noch nie hatte mir jemand den nackten Hintern versohlt. Als hätte ich das je zugelassen. Aber Rezzer hatte gesagt, dass sein Biest mich begehren sollte. Das Biest, das vom Hive beschädigt worden war. Die Veränderung in seiner Stimme, das raue Grollen, war genau wie in meinem Traum. Verwandelte er sich gerade? Hatte dieser verrückte Einfall von mir tatsächlich funktioniert? Es gab nur eine Möglichkeit, das herauszufinden.

Ich musste ihn noch mehr verärgern.

„Tja, du kannst deinem Biest sagen, es kann sich den Gedanken sonst wohin stecken. Ich bin jetzt soweit. Bring mich zur Krankenstation. Ich suche mir einen anderen, einen Atlan-Krieger mit einem netten—"

Klatsch! Klatsch!

„Großen—"

Klatsch! Klatsch!

„Schwanz."

Das letzte Wort ließ ihn knurren, und er bewegte sich, presste seinen Körper gegen meinen Rücken. Er rieb die Vorderseite seiner Hose über meinen wunden, empfindlichen Hintern, aber die zusätzliche Reizung machte mich nur noch wahnsinniger. „Das einzige, was mein Biest wohin stecken wird, ist ein ausgesprochen großer Schwanz in diese enge Pussy da. Du bist feucht, oder etwa nicht, Gefährtin? Ich kann deine Erregung riechen."

Seine Stimme wandelte sich, während er sprach. Wurde tiefer. Rauer. Und sein Körper *bewegte* sich, hob sich hoch und über mich hinweg, obwohl ich wusste, dass er nicht auf den Zehen stand. Ich blickte hinunter und sah, dass seine Füße fest auf dem Boden standen. Seine Füße rührten sich nicht, also drehte ich den Kopf herum und blinzelte.

Er war gewachsen. Einen ganzen Kopf größer geworden. Seine Gesichtszüge waren größer. Sein Kiefer stärker umrissen, und der silberne Hautabschnitt war mitgewachsen. Seine Augenbrauen traten stärker hervor, irgendwie primitiver. Seine grünen Augen waren ein wenig wild, größer, und in ihnen lag nichts mehr, was ich als menschlich erkennen konnte. Seine Zähne traten stärker hervor, waren spitz. Er war riesig. Überall. Nicht wie vorher. Das hier war eher so, als hätte jemand extra Masse in seine Muskeln gepumpt, ihn aufgeblasen, bis er aussah wie mein persönliches CGI-Monster. Wie eine Figur in einem Computerspiel. Eine, die zu groß war, um echt zu sein. Eine Karikatur ihrer selbst.

Ich blickte auf ein Raubtier. Einen Killer. *Ein Biest.*

Mein Herz raste panisch, schneller als Kolibri-Flügel, und seine Berührungen wurden sanfter. Sein Blick wurde sanfter. Sein Biest sah sich an mir satt, sein Griff um meine Handgelenke war hart wie Eisen, aber ohne mir wehzutun.

Ich blickte auf einen Krieger. Einen Beschützer. Einen atlanischen Kampflord. Ähm....wow. Das war das Biest? In Ordnung. Seine Kleidung spannte sich um ihn wie um einen Erwachsenen, der Kinderkleidung trug. Sie passten seinem Körper nicht länger. Ich hörte, wie Nähte rissen, spürte die Beule seines Schwanzes in meinem Rücken.

„Meins." Das Wort war kaum entzifferbar, eher ein Knurren. Er war einsilbig, als fiele es ihm in dieser Form schwer, zu sprechen.

„Rezzer."

„Dich jetzt ficken." Er beugte sich hinunter, *weit hinunter*, und roch an meinem Haar wie ein Jäger, der sein Beutetier ausschnüffelt. „Gebe dir großen Schwanz." Er servierte mir meinen eigenen Hohn von vorhin, und ich hätte gelacht, wenn seine Worte nicht in meiner Pussy Zuckungen ausgelöst hätten, die sich um nichts herum zusammenzogen. Verzweifelt danach, gefüllt zu werden.

Es hatte funktioniert! Das hier musste

sein Biest sein. Und Gott, dieser Dirty Talk machte mich total scharf.

Er trat zurück, und seine Hand hielt mich weiterhin an die Wand genagelt fest, während er seine Hose öffnete.

Er machte keine Scherze. Oh Gott. Er würde mich ficken, hier und jetzt. Gegen die Wand gedrückt.

Ich holte langsam, tief Lust und zwang mich dazu, mich zu entspannen, während ich meine Stirn an die kühle Wand presste. Das hier war es, was ich wollte. Rezzer. Meinen Gefährten. Ganz im Biest-Modus und außer Kontrolle.

Aber die Realität überwältigte meine Sinne. Er war zu groß. Es ging zu schnell. Der Rausch dessen, ihn zu provozieren, war verflogen, und das Adrenalin brachte mich nun zum Zittern. Er war ein Fremder. Ich war immer noch scharf. Immer noch feucht. Ich war sehnsüchtig und voller Begehren und leer.

Und hatte Todesangst.

„Gefährtin." Er hauchte das Wort über meine Haut. Sein heißes Flüstern an meiner Schulter jagte mir Gänsehaut über den Körper. Er hielt hinter mir still, als könnte er die Veränderung in mir spüren.

Er ließ meine Hände los, und ich senkte sie an meine Seiten, während er mich stattdessen an den Hüften packte. Er drehte mich herum, bis ich ihn ansah, dann hob er mich noch einmal hoch, sodass mein Rücken an der Wand lehnte und wir auf Augenhöhe waren.

Und ja, er war riesig. Sein Gesicht war doppelt so groß wie meines. Seine Augen waren intensiv auf mich fixiert, lasen in meinem Gesicht, als könnte er direkt in meine Seele blicken.

Ich leckte mir nervös über die Lippen, während ich so da hing, unsicher, was ich tun sollte, bis er meine Beine um seine Hüften legte und seine schwere Erektion zwischen uns eingeschlossen war. Ohne sich zu bewegen. Ich konnte die Augen nicht von ihm abwenden, von dem rohen Hunger, den ich in seinem Blick erkannte. Hunger und Schmerz. Ungewissheit. Lust.

Aber seine Hände waren sanft, und er wartete; dieses Riesenbiest von einem Mann wartete.

„Rezzer? Was machst du? Warum hörst du auf?" Ich wusste, warum, aber ich wollte es von ihm hören. Nein, ich wollte, dass *er* es hörte.

„Angst."

Ein Wort, das alles bestätigte. Sein Biest war kein Tier. Er war groß, aber er gehörte mir. Er würde mir niemals wehtun. Nicht einmal in dieser Situation, während ich nackt war und erregt und halb wahnsinnig. Nicht einmal, während ich zu verwirrt war und zu wild und zu verängstigt, um zu widerstehen.

Wer war hier das Biest? Das Monster? Plötzlich hatte ich das Gefühl, dass ich es war.

Ich beugte mich langsam vor und legte meine Lippen auf seine. Ich küsste ihn, und er öffnete sich mir, sodass ich ihn mit Zungen und Zähnen und Hunger erkunden konnte. Und von einem Moment zum Nächsten schoss mein Körper von Null auf Hundert, und ich riss meine Lippen keuchend von seinen. „Ich will dich, Rezz. Bitte. Jetzt."

Er sagte nichts, aber er fasste an seine Seite und zog die Platin-Schellen von seinem Gürtel. Ich lehnte mich gegen die Wand, die Spitze seines Schwanzes an meinen Eingang geschmiegt, während er die Fesseln teilte und die beiden größeren um seine Handgelenke schnallte, erst eine, dann die andere.

Sein Blick hob sich zu mir, und ich streckte ihm die Hände hin, begierig auf diese atlanische Version eines Eheringes. Ich wusste nichts über sie, aber ich wusste, dass sie mich als sein Eigentum kennzeichnen würden. Und Rezzer als meines. In Beschlag genommen.

Ein Schaudern fuhr durch ihn, als die zweite Schelle sich schloss und die Fuge verschwand. Ihr Gewicht war ungewohnt für mich, und sie waren zwar kühl, aber wurden schnell warm auf meiner Haut. Sie passten perfekt. Er schauderte wieder. Ich wusste, dass ich das in ihm ausgelöst hatte. Ich. Das Gefühl war mächtig, ein Aphrodisiakum, und meine Pussy badete seine Schwanzspitze in feuriger Hitze.

Er knurrte, als ich die Hüften bewegte, und ich rechnete damit, dass er mich auf seinem Schwanz hinunter drücken würde, hart und fest. Stattdessen nahm er meine

Hand und führte sie zwischen uns nach unten, bis ich seinen harten Schaft umfasste. Er war so groß, dass ich meine Finger nicht um ihn herum schließen konnte.

Ich wusste, was er wollte. Er wollte, dass ich ihn in mich hineinführte, um sicherzustellen, dass ich bereit war, dass er mir nicht wehtun würde. Irgendwie wusste er, dass meine Angst immer noch da war, direkt unter der Oberfläche. Es würde später noch genug Zeit geben, grob und heftig zu sein. Das wusste ich. Und ich wollte es so. Mit ihm. Nur mit ihm.

Aber dieses erste Mal? Ich wollte ihn langsam. Ich wollte ihm in die Augen blicken und ihn erkunden. Ich wollte in seine Seele blicken, so wie er in meine blickte.

Gott, er war *riesig*. Heiß und pulsierend in meiner Hand. Es war schon eine Weile her, und ich war mir nicht sicher, ob er passen würde.

Aber heilige Scheiße, wollte ich es versuchen.

Ich zog ihn an mich heran, und der große, pilzförmige Kopf glitt an meinen

Innenmuskeln mit einem Ploppen vorbei, als er mich füllte. Mich weit dehnte. Weit. Weiter. Die Dehnung war einen Moment lang unangenehm, bevor ich mich entspannte und mein Körpergewicht einsetzte, um ihn tiefer aufzunehmen.

Er hielt völlig still, sodass ich mich auf ihm aufspießen konnte, die Schwerkraft ihre Arbeit leisten ließ. Sein Körper hielt so still, dass er eine Statue hätte sein können. Eine muskelbepackte, umwerfend aussehende Statue. Seine Selbstbeherrschung machte mich nur noch schärfer. Ich fühlte mich dadurch sicher, sicher genug, um loszulassen.

Ich bewegte die Hüften hin und her, bis er an meinen Uterus stieß, bis meine Pussy so eng und gedehnt war, dass ich mich an seine uniformierte Brust krallte und ihn dazu bringen wollte, sich zu bewegen. Ich war nackt, breit gespreizt wie ein heidnisches Opfer, mein Rücken zur Wand, während ein Biest mich vollständig bekleidet anstarrte. Gekleidet wie ein Krieger. Während Waffen und Klingen gegen meine Schenkel stießen, und ich seinen Schwanz ritt.

Was zum Teufel stimmte nicht mit mir, dass ich seine Waffen für scharf hielt? Dass ich das Gefühl liebte, klein und hilflos und überwältigt zu sein?

Geschützt. Das war das Wort, bei dem ich ihm entgegenschmolz. Ich hob meine Hände mit einem leisen Schrei an seine Schultern und versuchte, mich hochzustemmen. Ich kam nicht weit, aber wieder hinunterzurutschen war himmlisch. Einfach nur verdammt himmlisch.

„Rezzer." Ich stemmte mich wieder hoch, diesmal ein wenig höher. Stieß mich etwas kräftiger wieder nach unten, brachte mich selbst zum Wimmern, während meine Pussy sich weiter dehnte. Meine Säfte benetzten ihn, das Gleiten lief perfekt. Nass. Tief.

Noch einmal. Zweimal. Meine Brüste rieben an seiner Uniform, der seltsame Stoff schürfte an meinen empfindlichen Nippeln, und ich tat mehr davon. Ich brauchte mehr.

Sein Blick war unbeirrt. Er sah mir mit eiserner Selbstbeherrschung zu, zuckte mit keiner Wimper, während ich mich fast gänzlich von ihm hob, meine Arme vor Anstrengung zitternd, und mich an ihm festklammerte, stöhnte. Ihn anflehte, sich zu bewegen. Mich zu ficken. Ich nannte seinen Namen, wieder und wieder, und seine Handschellen um meine Handgelenke schienen heiß zu werden.

Meine Arme gaben auf. Seine Hände waren sofort auf mir, umfassten meinen Hintern, und er drückte mich einen halben Schritt weiter in die Wand. Ich war ganz und gar gefangen.

„Ja." Ich konnte ihn nun nicht mehr küssen, nicht mehr in seine Augen starren. Er war zu groß. Ich konnte nur hoffen, dass er mich hören konnte, während mein Gesicht in seine uniformierte Brust gedrückt war. „Rezzer."

Er nutzte seinen Griff um meinen Hintern, um mich hochzuheben und wieder herunterzubringen. Kräftiger, als ich das gekonnt hatte. Tiefer in mich zu fahren, mit dem kleinsten Hauch von Schmerz, von Besitztum, und ich stöhnte. Wieder. Und wieder.

Ein Sprechgesang bildete sich in meinem Kopf, und ich bemerkte gar nicht,

dass ich ihn laut aussprach, bis er mir das Wort knurrend nachsprach.
„Meins."
Meins. Meins. Meins. Er gehörte nun zu mir.

Er wurde schneller, drückte mich zurück in die Wand, bis zur Schmerzgrenze. Die verstärkten Empfindungen trieben mich nur noch in weitere Höhen.

„Komm, Gefährtin. Komm."

Sein grobes Knurren schoss durch mich wie ein elektrischer Schlag, zielte direkt auf meinen Kitzler ab, und mein Körper gehorchte, während er mich stärker fickte, mich höher trieb. Mit dem dunkelsten Grollen tief in seiner Brust füllte er mich mit seinem Samen.

Sein Schwanz zuckte in mir, und ich verlor den Verstand. Ich zerbarst wie ein kaputtes Fenster. Mein klagender Schrei ein Laut, den ich nicht wiedererkannte. Ich war wild, krallte und klammerte mich an ihn, als wäre er meine Luft, mein Alles. Meine Innenwände zuckten um ihn herum, zogen ihn tiefer in mich, molken seinen Samen. Meine Zehen wurden taub, meine Nippel waren schmerzhaft harte Knospen. Die Fesseln brannten, die zusätzliche Hitze nur weitere Flammen im großen Feuer.

Ich war beinahe wieder bei Sinnen, als er sein Gewicht verlagerte und zwischen uns fasste, um meinen Kitzler zu streicheln, sein Schwanz immer noch tief in mir vergraben. Ich war so vollgestopft, Samen tropfte um ihn herum aus mir heraus und meine Schenkel hinunter. Sein Blick war starr auf mein Gesicht gerichtet, während er weiterhin meinen Körper beherrschte. Mich dazu trieb, noch einmal zu kommen.

In nur wenigen Sekunden brach ich erneut in Stücke.

„Schau. Mich." Er grunzte den Befehl, als meine Augen zufielen, und ich zwang mich, sie offenzuhalten und seinen dunklen, stechenden Blick zu halten, während Schockwellen durch mich bebten und mich schwächten. Mich gefügig machten.

Zu seinem Eigentum machten.

7

Rezzer, Die Kolonie, Basis 3, Krankenstation

„WAS ZUM TEUFEL WILL ER DAMIT SAGEN, es hat funktioniert?" Ich hörte die dröhnende Stimme, bevor ich den Gouverneur sehen konnte. „Es war weniger als eine Stunde."

Der Anführer der Kolonie kam in das Privatzimmer gestürmt, dicht gefolgt von Ryston. Ohne nachzudenken legte ich meinen Arm um Caroline und zog sie eng an meine Seite. Ich wusste zwar, dass keiner der Prillonen meiner Gefährtin etwas tun würde, aber mein Biest handelte instinktiv.

Ja, mein Biest. Und den Göttern sei Dank für dieses Wunder.

Nein, Caroline war das Wunder. Meine persönliche Erlöserin. Einfach nur —meins.

Während ich auf dem Untersuchungstisch saß, waren Caroline und ich gleich groß. Ihr dunkler Blick traf meinen, bevor sie auf das Duo blickte. Sie war so üppig und kurvenreich, weich überall da, wo ich hart war. Aber sie war nicht klein wie die anderen Erdenfrauen auf der Kolonie. Sie war nicht zierlich. Sie war recht groß—überall. Mein Schwanz schwoll an, als ich ihre vollen Brüste an meinem Arm spürte. Wenn Caroline neben Lady Rone stünde, nahm ich an, dass sie etwa einen ganzen Kopf größer sein würde.

Ich holte tief Luft, nahm ihren Duft auf. Der dicke Moschusduft von Sex verweilte auf ihrer Haut, so wie ich auch wusste, dass mein Samen ihre Schenkel benetzte. Jeder Atlane würde alleine daran schon erkennen, dass sie mir gehörte.

Ihr Cyborg-Biest

Meine Fesseln an ihren Handgelenken dienten als sichtbares Signal für alle anderen. Sie gehörte nun zu mir. Wie dämlich und arrogant ich gewesen war, zu versuchen, vor einer zugeordneten Gefährtin davonzulaufen. Ehrenvoll? Nein. Ich war ein Idiot gewesen und hätte sie verlieren können. Ein Knurren grollte in meiner Brust, und sie drückte meine Hand.

„Gouverneur. Ryston." Ich neigte meinen Kopf ehrerbietig, stieg aber nicht vom Tisch, da Doktor Surnen an meiner anderen Seite stand und einen Stab über mich schwenkte.

„Es hat funktioniert. Wie verdammt riesig bist du denn?", fragte Ryston, und ein Grinsen zog sich über sein Gesicht.

Sein Blick wanderte an mir entlang, und ihm fiel wohl oder übel meine zerrissene Kleidung auf...und meine Größe.

„Weiß nicht", antwortete ich. Meine Gefährtin hatte hartnäckig mein Biest provoziert, bis es hervorgekommen war und sie gefickt hatte. Heftig. Sobald es gezähmt worden war, zumindest ein kleines Bisschen, da ihre Fesseln angelegt waren und sie deutlich mit meinem Samen gekennzeichnet war, zog es sich zurück, gerade genug, dass ich sprechen konnte. Klar denken konnte. So gehen konnte, dass mein Schwanz nicht Wegweiser spielte.

Ich wusste, dass das Biest wieder da war. Ich brauchte keinen Doktor, der mir das sagte. Verdammt, Doktor Surnen warf nur einen Blick auf mich—und auf Caroline—und wusste Bescheid. Es war recht offensichtlich, dass meine Gefährtin gefickt worden war, und zwar ordentlich. Aber ich wollte mich vergewissern, dass das Biest dauerhaft zurück war, dass sie mich repariert hatte. Oder wie zur Hölle man das bezeichnete, dass sie mein inaktives Biest wieder erweckt hatte.

Ich wollte mir Caroline über die Schulter werfen und sie zurück in mein Quartier tragen, sie die nächsten paar Wochen lang unter mir behalten und dafür sorgen, dass sie es nicht bereute, zugelassen zu haben, dass ich sie in Besitz nahm—aber ich hatte mich zuerst für die

Krankenstation entschieden. Ich musste wissen, was mit meiner Hive-Verseuchung los war, den Cyborg-Teilen in meinem Blut. Der Arzt hatte so etwas noch nie gesehen, und irgendwie war es dem Hive gelungen, mein Biest zu unterdrücken. Mich zu schwächen.

Jeder Kampflord in der Koalitionsflotte wusste inzwischen von mir. Der Atlanische Senat, die Regierung unserer Heimatwelt, stand in täglichem Kontakt mit Doktor Surnen und verfolgte meinen fehlenden Fortschritt. Selbst der IC, der Geheimdienst der Koalitionsflotte mit seinen Auftragskillern und Spionen, wusste über mich Bescheid.

Ich war nicht nur verseucht und verbannt, sondern ich war ein solcher Freak, dass die gesamte Koalition meinen Namen nur noch angstvoll flüsterte. Mit Reue. Mit Abscheu.

Ich war das Biest, das nicht länger ein Biest war. Weniger als ein Mann.

Bis Caroline kam. Sie hatte mich gerettet. Nicht nur meinen Körper, sondern meine Seele. Ich würde ihr das nie vergelten können. Aber ich konnte es verdammt nochmal versuchen. Wenn ich sie erst wieder nackt vor mir hatte, würde uns nichts mehr trennen können. Nicht einmal ein Befehl vom Gouverneur. Und die Schnallen am Untersuchungsstuhl? Sie würden mein Biest nicht von Caroline fernhalten können.

Und so saß ich, nicht gerade geduldig, aber völlig gespannt, da und wollte wissen, welche Erkenntnisse der Doktor traf.

Der Gouverneur, Maxim, lehnte an der Wand neben der Tür und blockierte somit den Eingang für jeden, den er nicht autorisiert hatte. „Das hier muss vertraulich bleiben, Doktor, bis wir wissen, womit wir es hier zu tun haben. Das Ausmaß der Wirkung seiner Gefährtin auf sein Biest, und bis wir herausgefunden haben, wie sie umgekehrt hat, was immer die ihm angetan hatten." Seine dunklen, braunen Augen waren wie Tiefen des Todes. „Der Hive hat Spione auf dieser Basis. Sonst wäre es nicht möglich, dass sie dem Sicherheitsteam von Jäger Kjel ständig einen Schritt voraus bleiben, den Suchaktionen in den Höhlen. Bis wir ganz genau wissen, was hier abgeht, will ich nicht, dass die Wahrheit über Rezzers Genesung diesen Raum verlässt."

„Ich stimme zu." Doktor Surnen ließ den Scanner in seiner Hand nicht aus den Augen. „Und bis ich weiß, was mit seinem körperlichen Zustand los ist, will ich auch nicht zu viele Fragen von Atlan oder der Flotte."

Maxim grinste, der Ausdruck eines reinsten Raubtieres. „Ausgezeichnet. Wir werden beide froh sein, wenn wir uns nicht mit allzu vielen Fragen herumschlagen müssen. Zumindest jetzt noch nicht." Er richtete seinen Laser-Fokus auf mich, aber der Killer in ihm war verflogen, und stattdessen war er amüsiert. „Ja, du hast ganze vier Wörter gesprochen", sagte Maxim, und ein Lächeln breitete sich über sein Gesicht. „Meine Gefährtin wird erfreut sein, zu hören, dass ihre Idee funktioniert hat."

„Ihre Idee?", fragte Caroline. Ihre Stimme war rau, und nur ich wusste, dass dies nicht ihr normaler Tonfall war, und kannte den Grund, warum dies so war. Sie hatte so laut geschrien, so tief, als sie gekommen war, dass es sich auf ihre Stimme ausgewirkt hatte, und sie nun heiser war. Mein Biest platzte geradezu vor Stolz bei diesem Gedanken.

„Die Tests, Lady Caroline. Sie war es, die Kampflord Rezzer davon überzeugte, sich testen zu lassen", fügte Ryston hinzu.

Caroline blickte zu mir hoch, Verwirrung in ihren dunklen Augen, und mir wurde klar, dass sie keine Ahnung hatte, wer diese Krieger waren und wie sehr unser Schicksal in ihren Händen lag.

„Gefährtin, das hier ist Maxim, Gouverneur von Basis 3 hier auf der Kolonie. Er ist ein Krieger von Prillon Prime und unser erwählter Anführer." Ich deutete mit dem Kopf erst auf Maxim, dann Ryston, den ich als nächstes vorstellte. „Das hier ist Captain Ryston. Er ist Maxims Sekundär, und sie teilen sich eine Gefährtin. Ihre Gefährtin ist von der Erde, genau wie du." Ich verzog das Gesicht. „Und wo ist Lady Rone?"

„Sie macht ein Nickerchen." Die Art, wie Rystons Mundwinkel zuckten, ließ mich darüber nachdenken, ob es wohl die

Zuwendungen ihrer Gefährten waren, die sie erschöpft hatten, oder das Baby, das sie trug. So, wie ihre Gefährten sie aus dem Transporterraum hinausgeführt hatten, musste ich annehmen, dass es das Erstere war.

Der Arzt legte einen Stab ab und tauschte ihn gegen einem weiteren, den er mir an den Kopf hielt. Ich ignorierte den Stab und blickte zu Ryston. „Bitte richtet Rachel aus, dass ihre Idee funktioniert hat."

„Die Tests sind noch nicht abgeschlossen", sagte der Doktor, ganz auf seine Aufgabe konzentriert.

Ich schnaubte. „Sehen Sie mich doch an. Es ist doch offensichtlich, oder nicht?" Ich war nicht vollständig Biest, mein Körper war etwas kleiner geworden, so wie immer. Aber ich war auch nicht wieder völlig normal.

„Das Testen war ihre Idee?", fragte Caroline.

Ich blickte zu ihr, strich ihr mit den Fingern über die Wange, sanft wie ein Atlane. „Sie glaubte daran, dass eine Gefährtin mein Biest wiederbeleben könnte. Dass eine Gefährtin das einzige war, was helfen könnte, mich zu heilen. Es gibt zwar ein paar gefährtenlose Frauen auf der Kolonie, aber keine hatte bisher mein Biest zur Paarung angeregt. Daher haben sie mich gezwungen, mich testen zu lassen."

„Dich gezwungen?", fragte sie.

„Ich kann nicht glauben, dass ihr mich habt schlafen lassen, während es hier rund geht", sagte die weibliche Stimme von Richtung Tür. Herein kam Lady Rone, ihrem großen Bauch hinterher. „Sind Sie sicher, Doktor, dass da nicht zwei Babys drin sind?" Sie deutete auf ihren Bauch und schob Ryston zur Seite, um zu Caroline zu gelangen.

Der Doktor öffnete den Mund, um zu antworten, aber sie redete weiter. „Ich bin so froh, dass du da bist. Ich würde dich ja umarmen, aber das wird ein paar Monate lang nicht möglich sein. Eine weitere Frau von der Erde! Ich sehe langsam einen Trend hier."

Maxim legte ihr die Hand auf die Schulter, und sie verstummte.

„Gefährtin, hol mal Luft."

Sie wirkte empört, aber tat wie geheißen.

„Ich möchte mich bei dir bedanken", sagte ich zu ihr.

Doktor Surnen legte den Stab ab.

„Und?", fragte ich ihn.

„Ich sehe in keinem der Tests nachhaltigen Effekte der Hive-Proteinsynthese. Vorhin waren sie noch da, und jetzt? Keine Spur. Ich verstehe nicht, wie das sein kann, aber Ihre Gefährtin hat Ihr Biest erfolgreich wiederbelebt."

„Ich bin geheilt?", fragte ich.

Alle starrten auf den Doktor. „Ich habe zwar keine Ahnung, was der Hive während Ihrer kurzen Gefangenschaft tatsächlich mit Ihnen angestellt hatte, aber die Scans zeigen, dass Ihr Körper wieder den Normalzustand erreicht hat. Ich kann nicht mit Sicherheit sagen, dass die Beschwerden nicht wiederkehren werden. Dazu müsste ich weitere Tests durchführen. Aber in diesem Moment sind die einzigen Spuren von Hive in Ihrem System die Gehör-Implantate und Haut-Integrationen, die während Ihrer ursprünglichen Gefangennahme begonnen wurden."

Und *das* war der wahre Grund dafür, dass ich hier war. Überhaupt erst auf der Kolonie.

Verseucht.

Ich hob eine Hand an meinen Hals, an mein Kiefer, wo ich wusste, dass meine Haut nicht länger gänzlich atlanisch war, sondern Hive. Ich hatte keine Ahnung, was sie mit mir angestellt hatten oder was letztendlich der Zweck hätte sein sollen, aber der Teil von mir war nachhaltig verändert. Silber. Eigenartig. Und ich konnte im linken Ohr besser hören als jeder andere Atlane. Ich konnte jeden Herzschlag im Raum hören. Ich hatte gelernt, die Überreizung mit Geräuschen zu ignorieren, außer, wenn ich mit meiner Gefährtin zusammen war.

Und die Laute, die ich hörte, waren ihr Puls, ihre Lustschreie. Sie drehte sich herum und hob ihre Hand, um sie auf meine zu legen, über die Kennzeichnung des Hive auf meiner Haut. Da waren kein Ekel und kein Urteil in ihren Augen, nur Akzeptanz. Zärtlichkeit. Mitgefühl.

Ich wollte dort Liebe sehen. Ich wollte, dass sie mich so ansah, wie Rachel Maxim und Ryston ansah. Das hatte ich mir noch nicht verdient, doch das würde ich. Ich würde sie dazu bringen, zu wimmern und zu stöhnen, und die Kontrolle zu verlieren. Ich würde dafür sorgen, dass sie vor Lust von Sinnen war, bis sie an nichts anderes dachte als an mich.

Götter, ja, ich würde ihr stundenlang zuhören.

„Hören Sie, Rezzer. Das sind gute Neuigkeiten, aber da ich keine Ahnung habe, wie es denen gelungen ist, Ihr Biest zu unterdrücken, ist es mir auch nicht möglich, mit Sicherheit zu sagen, dass die Effekte nicht wiederkehren werden. Dass es da kein verstecktes, mikroskopisches Implantat gibt, das sich regenerieren kann. Die haben etwas auf der Zellebene verändert. Ich brauche mehr Zeit."

„Wann kann ich zu meiner Arbeit mit Jäger Kjel, Captain Marz und dem Sicherheitsteam zurückkehren? Ich muss den Hive finden und eliminieren. Ich muss zurück in die Höhlen, zurück an die Jagd." Götter, beim Gedanken daran schlug mein Herz schneller. Ich war zum Kämpfen geboren. Ich war ein Koalitionskrieger und würde immer einer bleiben. Nichts konnte mich aufhalten. Und nun, da ich eine Gefährtin hatte, die es zu beschützen galt, würde ich unerbittlich sein. Könnte Stunden in den Höhlen verbringen. Der Verräter Krael und seine Hive-Handlanger würden sterben. „Ich werde den Hive mit meinen bloßen Händen in Stücke reißen. Ich werde—"

Caroline wich vor mir zurück. „Nein."

Ich erstarrte, als das einzelne Wort durch mich schnitt wie die größte atlanische Klinge. "Wie bitte?" Mein Biest fing an, sich zu regen, und ich spürte ein Kribbeln in der Wirbelsäule, die sich darauf vorbereitete, länger zu werden. „Nein? Ich werde die Kolonie beschützen, Gefährtin. Ich beschütze—" Ich wollte gerade sagen, dass ich *sie* beschützen würde, aber der Arzt schnitt mir diesmal das Wort ab.

„Nein, Rezzer. Ihr Körper hält sie vielleicht nicht davon ab, zu ihrer Aufgabe als atlanischer Kampflord in den Kolonie-

Kräften zurückzukehren, aber ihre Fesseln tun das sehr wohl."

Ich blickte hinunter auf meine Handschellen, und auf die um Carolines schlanke Handgelenke. „Scheiße." Die Götter seien verdammt. Ich war gesegnet und verflucht. Ich war nun angeleint wie ein Hund, aber ich konnte mich nicht dazu bringen, das zu bereuen. Das Biest jedoch knurrte tief in mir.

Der Laut ließ Caroline zurückschrecken und die Hände heben. „Was ist so besonders an diesen Armreifen?"

Ich paffte ein Lachen hervor. „Das sind keine Armreifen. Es sind Gefährten-Fesseln."

Als sie die Stirn runzelte, sagte Ryston: „Nimm sie einfach ab, Rezz. Du hast dein Biest unter Kontrolle. Du hattest kein Paarungsfieber. Verdammt, du wolltest ja noch nicht mal eine Gefährtin. Wir mussten dich in den Teststuhl niederdrücken. Du hast bei jedem Schritt gegen uns angekämpft."

Carolines Lippe bebte, und sie rieb sich die Hände vor ihrem Bauch. Bei diesem

Anzeichen von Nervosität wollte ich sie eng an mich ziehen und sie trösten. Bevor ich den Narren aufhalten konnte, redete Ryston weiter.

„Du sagtest, dass du sie aufgeben würdest. Das kannst du jetzt. Du kannst wieder zur Jagd mit dem Sicherheitsteam zurückkehren, und Caroline kann einen anderen wählen."

Da kam mein Biest hervor. In zwei Sekunden war ich gewachsen. Groß. So groß, dass Ryston die Augen aufriss und Maxim ihre Gefährtin hinter sich zerrte.

„Oh, er ist eindeutig wieder geheilt", sagte Rachel lachend. Allerdings war sie die Einzige im Raum, die auch nur ein kleines Bisschen amüsiert war.

„Gott, alles, was ich höre, ist, wie wenig du eine Gefährtin wolltest!" Carolines Stimme schnitt sich durch alles andere. Das Piepen der Maschinen im Nebenzimmer, Maxims Streit mit Rachel, dass sie hinter ihm bleiben solle, die Anweisungen des Arztes an mich, ruhig zu bleiben.

Ihr Tonfall war ruhig, aber ihre Worte klangen wie Stahl. Ihre Schultern sackten niedergeschlagen zusammen, während sie nach den Fesseln um ihre Handgelenke griff. „Also gut. Hier. Nimm sie ab. Geh jagen, oder kämpfen, oder was immer es ist, das du mehr willst als mich."

Ich drehte meinen Kopf zu Ryston mit einem Blick, der töten könnte.

„Nein. Meins." Mein Biest umfasste mit den Händen ihre Fesseln und hielt sie fest. Ich brauchte mehr als einsilbige Worte, um ihr zu sagen, was sie mir nun bedeutete. Was für ein Narr ich gewesen war, auch nur für einen Moment zu glauben, dass ich ihr widerstehen könnte. Sie nicht wollen würde. Ich war irrational gewesen.

Ich holte tief Luft, dann noch einmal, zwang mein Biest zurück, aber ich konnte immer noch nur mit einfachen Worten sprechen. Nun, da sie das Biest hervorgelockt hatte, ihn wiederbelebt, oder was auch immer meine Gefährtin da getan hatte, war mein Biest wieder voll da. Ausgeruht. Begierig. Bereit, in Besitz zu nehmen.

„Du sagtest, dass du mich einem anderen geben würdest, weil dein Biest weg war. Du wolltest ehrenhaft sein." Sie verdrehte ihre Handgelenke, um mir zu entkommen, und ich wollte ihr keine Angst machen. Nicht die Art Gefährte sein, der sich einer Frau aufzwang. Nicht jetzt. Und überhaupt nie. Egal, wie sehr sie mir wehtat.

Sie wich weiter und weiter vor mir zurück. „Aber du wolltest überhaupt keine Gefährtin. Sie mussten dich— niederdrücken? Buchstäblich an einen Stuhl schnallen und dich dazu zwingen, es durchzuziehen?"

Scheiße. Ihre Augen waren rund, glasig, als stünde sie unter Schock. Tränen traten aus ihnen hervor, als sie blinzelte, und liefen ihr über die Wangen. Die Götter mögen mich retten. Sie hob ihre zitternden Finger an ihr Gesicht und wischte sie weg, als wären sie Säure auf ihrer Haut. Ich entspannte meine Muskeln, öffnete die fest geballten Fäuste, versuchte, zu sprechen und mit mehr als den einsilbigen Worten zu erklären, zu denen ich imstande war, während mein Biest die Oberhand hatte. Aber mit jedem Schritt wurde er stärker, nicht schwächer.

Meine Gefährtin litt unter Schmerzen. Sie war betrübt. Verloren. Und mein Biest war außer sich vor Hilflosigkeit. Jeder Instinkt in mir sagte mir, ich sollte sie in meine Arme heben und sie an einen geborgenen Ort bringen, irgendwo, wo ich meinen Körper um sie legen und ihr Schutz geben konnte. Wärme. Meins.

„Also zuerst mal, Ryston ist ein Arschloch", stellte Maxim fest, schritt an meiner Stelle ein, und ich musste zustimmen. Ryston hatte meine Gefährtin mit seinen Behauptungen verletzt.

Nur, dass seine Worte die Wahrheit waren. Ich hatte keine Gefährtin gewollt. Sie hatten mich gezwungen, mich testen zu lassen, mich gegen meinen Willen niedergeschnallt und festgehalten.

„Dem würde ich zustimmen", stimmte Rachel von hinter Maxims Rücken aus ein.

„Gefährtin", sagte Ryston langsam zur Antwort, dieses eine Wort eine deutliche Warnung, woraufhin sie die Arme vor ihrem dicken Bauch verschränkte und ihn unverhohlen anfunkelte. Sie wusste, dass sie in Sicherheit war, dass ihr Gefährte ihr niemals, unter keinen Umständen, etwas tun würde. So wie auch ich Caroline niemals etwas tun würde. Abgesehen davon, dass ich das gerade hatte.

Lady Rone war von ihren Gefährten mit einer traditionellen prillonischen Zeremonie in Besitz genommen worden. Der Kragen der beiden lag um ihren Hals. Sie würde nirgendwohin gehen. Sie konnten streiten, so viel sie wollten, aber ihre Beziehung war solide. Dauerhaft.

Aber Caroline war erst seit ein paar Stunden bei mir. Ja, wir hatten gefickt. Sie trug meine Schellen. Aber sie hatte dreißig Tage lang Zeit, davonzugehen. Mich zu verlassen. Mich als unwürdig einzustufen. Sie gehörte nicht wahrhaft mir. Nicht für immer. Noch nicht.

Ich schloss die Augen und atmete tief durch, zwang mein Biest zurück. Als ich spürte, wie das Biest sich zurückzog und mir die Kontrolle überließ, blickte ich Caroline wieder an. Sie wartete, und eine weitere Träne lief ihr über die Wange.

„Ich wollte keine Gefährtin", sagte ich. „Es ist wahr. Aber nur, weil ich defekt war. Ich hatte kein Biest. Ich war nutzlos für dich."

Caroline verschränkte die Arme vor der Brust. „Aber jetzt geht es dir wieder gut. Dein Biest ist sichtlich zurück. Du kannst in die Schlacht ziehen, oder was immer du auch tust. Wenn du mich nicht wolltest, und das Kämpfen nicht aufgeben willst, dann nur zu. Ich werde dir nicht im Weg stehen."

Sie war unverhohlen, und mein Biest liebte es. Ich musste annehmen, dass dies ein Teil des Grundes war, warum es zurückgekehrt war. Aber dieser Tonfall? Er war eine Verteidigungshaltung. Sie stieß mich von sich, um sich selbst zu schützen. Das gefiel mir nicht. Kein bisschen. Es war meine Aufgabe, sie zu beschützen.

„Wolltest du mich, Caroline? Bist du ins Testzentrum gestürmt, um zugeordnet zu werden? Warst du eine Freiwillige zum Bräute-Programm?"

Sie blickte zu Boden, dann auf mich. „Nein."

„Du hattest keine Wahl, genau wie ich." Ich deutete mit dem Kopf auf die anderen. „Die da haben mich in den Test-Stuhl gezwungen."

Sie lachte. "Wie? Mit Betäubungspfeilen?"

„Ich bin groß, aber ohne mein Biest waren sie stärker." Ich blitzte Ryston an. „Damit ist jetzt Schluss." Du bist gewarnt, du Scheißer.

„Ich habe mich dafür entschieden, eine Braut zu werden, anstatt ins Gefängnis zu gehen. Ich wurde getestet, ja, aber ich hatte das letzte Wort. Keine Braut auf der Erde kann ohne ihre Zustimmung zugeordnet werden."

„Das stimmt", raunte Rachel.

Mein Biest ächzte. Ich konnte dem Gouverneur oder seiner Gefährtin nicht sagen, dass sie gehen sollten, oder sich verpissen. Ich musste ihre Anwesenheit ertragen.

„Es ist offensichtlich, dass du mit mir fertig bist", fuhr sie fort. „Du hast bekommen, was du wolltest. Du hattest einen Quickie, und du hast dein Biest wieder. Herzlichen Glückwunsch." Sie klang überhaupt nicht begeistert. Sie klang sauer.

„Das, was ich mit dir vorhabe, hat mit Quickie nichts zu tun. Ich werde dich nicht verlassen, Gefährtin." Meine Stimme war scharf. Dominant.

„Dann verlasse ich dich." Sie schritt zur Tür, blickte nach links und rechts auf der Suche nach etwas, aber als die Tür lautlos zur Seite glitt, rannte sie geradewegs hindurch. Dann war sie fort.

„Gehst du ihr nicht nach?", fragte Maxim und starrte auf die Tür, die sich wieder schloss. „Sie hat keine Ahnung, wohin sie geht."

Ich schüttelte langsam den Kopf. „Sie geht nirgendwohin." Ich hielt eine Hand hoch, um sie an die Fesseln zu erinnern. Meinem Biest gefiel der Zorn unserer Gefährtin nicht, aber auch er begnügte sich damit, kurz zu warten und sie diese Lektion selbst lernen zu lassen. Kein Krieger auf der Basis würde ihr etwas tun, nicht mit meinen Schellen an ihren Handgelenken. Und die Schellen hatten eine weitere Sicherheitsvorrichtung, eine weitere Art, sicherzustellen, dass ein Biest das Paarungsfieber überleben würde. „Ich gebe ihr drei Sekunden."

Wir alle warteten schweigend. Der elektrische Schlag traf mich wie eine

Ionen-Kanone. Stärker als das, was sie spüren würde. Stark genug, um ein rasendes Biest daran zu erinnern, um seine geistige Gesundheit zu kämpfen und zu seiner Gefährtin zu eilen. Den Dämon vom Abgrund zurückzuholen. Die Fesseln waren eine Sicherheitsvorkehrung, die so gebaut war, dass sie rasende Monster, Atlanen in den Wirren des Paarungsfiebers, davon abhalten konnte, sich zu verlieren, die Beherrschung zu verlieren. Aber der Schlag war nicht einseitig. Wir konnten es uns nicht leisten, dass unsere Gefährtinnen weit von uns weg waren, wenn das Biest so nahe unter der Oberfläche lauerte—wo doch die sanfte Stimme einer Gefährtin, ihre Berührung, das Einzige waren, auf das die Wildheit im Inneren reagieren würde. Wo sie doch das Einzige war, was zwischen einem Biest und seiner Hinrichtung stand.

Ich zuckte zusammen, nicht über meinen Schmerz, sondern über ihren. Die anderen zuckten auch, als wir alle ihren gedämpften Schrei hörten.

Ich stand auf. „Vielen Dank, Doktor, dass Sie bestätigt haben, was ich bereits wusste. Gouverneur, wenn ihr mich nun entschuldigt, ich habe eine Gefährtin, die Antworten braucht." Mein Anführer nickte, und ich ließ sie zurück, fand rasch meine Gefährtin auf dem Boden im Flur direkt vor der Krankenstation. Ich kniete mich neben sie.

„Besser so, Gefährtin?"

Der Schmerz war nun vorbei, da wir einander wieder näher waren.

„Was zum Teufel war das?", fragte sie und drehte ihr Gesicht zu meinem. Sie hielt sich eines ihrer Handgelenke, die Hand eng um die Schelle geklammert.

„Das hier sind Gefährten-Schellen. Wenn wir uns zu weit voneinander entfernen, fügen sie uns Schmerz zu."

„Du hast das auch gespürt?"

„Natürlich." Das schien sie ein wenig zu besänftigen.

Sie funkelte mich weiterhin an, und eine frische Flut von Tränen sammelte sich in ihren Augen. „Gut."

„Es tut mir sehr leid, meine Dame. Ich bin mit dem hier, dir"—ich seufzte— „uns, nicht besonders gut umgegangen."

„Das ist ja wohl klar wie Kloßbrühe."

Ich runzelte die Stirn über diesen Erden-Ausdruck, aber verstand seine Bedeutung.

„Wenn du keine Gefährtin willst, warum trage ich die dann?", fragte sie.

So zusammengekauert auf dem Boden, mit ihrem langen Kleid um sich wogend, sah sie so wunderschön aus, aber auch so verloren. Es fiel mir schwer, daran zu denken, dass die starke Frau, die mein Biest aus mir herausgelockt und hervorgezerrt hatte, auf diesem Planeten zudem neu war. Dass alles um sie herum neu für sie war. Mich eingeschlossen.

„Mein Biest hat sie dir angelegt. Es ist sehr besitzergreifend. Und ich habe festgestellt, dass ich das auch bin."

„War ja klar." Sie wandte den Kopf von mir ab und wischte sich über die Wange. Es tat ihr weh. Inakzeptabel.

„Ich werde dir alles in meinem Quartier erklären. Wirst du mir erlauben, dich dorthin zu geleiten?" Als sie schwieg, fügte ich hinzu: „Bitte."

Das schien zu funktionieren, denn sie legte ihre Hand in meine. Die Berührung, nur über unsere Fingerspitzen, reichte als

Erinnerung daran, warum ich so verdammt falsch gelegen hatte. Ich wollte sie. Mit Verbissenheit, und ich würde sie in Besitz nehmen. Sie behalten. Sie niemals gehen lassen.

Es *würde* mir gelingen, ihr Herz für mich zu erobern. Herz. Körper. Seele. Sie gehörte mir. Alles an ihr.

8

J, Rezzers Privatquartier

Ich verwandelte mich langsam in eine Zicke, ein weinerliches, emotionales Wrack. Ich war überempfindlich und sauer, eine Nörglerin. Ich fühlte mich benutzt. Meine Gründe waren schon irgendwo verständlich. Ich war auf eine neue Welt gereist. War einem Gefährten begegnet, der mich nicht wollte, der versucht hatte, mich fortzugeben. Ich war ein Risiko eingegangen, hatte alles aufs Spiel gesetzt, um sein Biest aus ihm hervorzulocken. Ich hatte einem völlig

Ihr Cyborg-Biest

Fremden die Kontrolle über meinen Körper überlassen. Hatte mich von ihm benutzen lassen. Ficken. Mich mit seinem Schwanz füllen. Und dann? Die Tatsache feiern, dass ich eine magische Pussy hatte; dass ich ihn irgendwie geheilt hatte, und er mich nun *verlassen konnte* und in den Kampf zurückziehen?

Was. Soll. Der. Scheiß.

Ich verstand nichts davon. Also ja, es war ein anstrengender Tag gewesen. Aber wenn mir etwas nicht gefiel, dann war es, benutzt zu werden. Benutzt und beiseitegeschoben. Die gierigen Top-Manager in meiner Firma hatten das mit mir gemacht. Ich war in ihrem Plan zum Insider-Handel benutzt worden und hatte dafür bezahlt. Sie waren unbeschadet davongekommen, hatten mich der Justiz zum Fraß vorgeworfen, einem grausamen Schicksal im Gefängnis überlassen. Ja, ich war schuldig. Aber wir waren *alle* schuldig.

Und nun, da ich das Biest wieder zum Leben gefickt hatte, würde er mich wegwerfen und zu seinem alten Leben zurückkehren. Als wäre ich nicht mehr als ein Werkzeug. Medizin? Seine letzte Hoffnung?

Ohne mich.

Ich sah mir sein Quartier an. Es war wie eine bescheidene Hotel-Suite ohne jeglichen Charme. Schlicht. Einfach. Schnörkellos. Das Bett allerdings war riesig. Größer, als ich je eines gesehen hatte, aber das ergab auch Sinn, denn er war größer, als ich je einen Menschen gesehen hatte.

Als Rezzer nichts sagte, drehte ich mich herum. Er lehnte an der Wand gleich neben der geschlossenen Tür. Sein Biest war fort, und er war wieder normal groß, was bei ihm immer noch riesig war, und muskelbepackt, und überhaupt völlig verwirrend. Die Kleidung, die sich eng um sein Biest gespannt hatte, schmiegte sich nun wieder gerade mal so an seinen Körper. Er sah zerknittert und sexy aus, gut durchgefickt. Selbstzufrieden. Was komplett unfair war, während ich alles infrage stellte, mir wie eine Idiotin vorkam, eine hoffnungslose Romantikerin, mit Betonung auf hoffnungslos.

Seine rechte Wange war von

Kratzspuren gezeichnet, rot unter den dunklen Bartstoppeln. Seine grünen Augen betrachteten mich aufmerksam, seine Arme vor der breiten Brust verschränkt. Er war umwerfend.

Ich seufzte, denn obwohl ich immer noch aufgebracht und verletzt war, wollte ich ihn. Meine Pussy schmerzte von der Größe seines Schwanzes, und sein Samen triefte immer noch aus mir. Er war so männlich, und ich spürte seine animalische, magnetische Anziehungskraft. Wie die Motten zum Licht. Es würde mich zu Asche verbrennen.

Mich störten nicht einmal die blauen Flecken, die ich auf meinem Rücken spüren konnte, von als er mich gegen die harte Wand des Transporterraums gestoßen hatte, oder die, die ich auf meinem Hinterteil spürte, von seinen Händen.

„Du warst ein Kämpfer? Im Krieg?", fragte ich und strich mit den Fingern über den kleinen Esstisch.

„Ich bin ein atlanischer Kampflord. Ich habe sieben Jahre lang gedient, bevor der

Hive mich gefangen nahm. Habe Tausende von ihnen getötet." Er klang merkwürdig stolz über diese Tatsache, und mein Herz wurde schwer.

„Du hast das Kämpfen geliebt, nicht wahr?", fragte ich, aber ich kannte die Antwort bereits.

„Ja. Wir sind für den Kampf geboren, Caroline. Aber ich war müde. Wir sind alle müde. Dieser Krieg wütet schon seit Jahrhunderten. Schon lange, bevor ich geboren wurde."

„Warum bist du also hier? Warum bin ich hier? Du kannst nicht mehr kämpfen, weil dein Biest fort war?" Wir standen einander gegenüber in unterschiedlichen Ecken des Zimmers, und die Spannung, die Anziehung lag so dick in der Luft, dass es sich anfühlte, als würde man Karamell atmen.

„Ich habe gekämpft. Ich wurde gefangengenommen und gefoltert. Aber ich hatte noch Glück. Ich habe überlebt. Und das einzige, was sie mir hinterlassen haben, war das hier." Er deutete auf die silbrige Haut auf seiner linken Seite. „Andere haben Schlimmeres erlitten, wurden in das kollektive Hirn des Hive hineingezogen. Für immer verloren. Aber wir hier auf der Kolonie schafften es, mit gesundem Verstand zu entkommen."

„Jeder auf der Kolonie hat Hive-Implantate?" Der Gedanke daran war verstörend, aber ich konnte nicht ganz genau sagen, warum. Mein Kopf bemühte sich zu verstehen, was er mir erklärte. Zusammen mit dem Bisschen, das Aufseherin Egara mir erzählt hatte.

„Ja. Wir sind alle verseucht."

„Verseucht?" Was zur Hölle war das denn für ein Wort? „Ich verstehe nicht. Verseucht mit was? Gift? Seid ihr alle krank? Habt ihr irgendeine seltsame Krankheit? Wovon redest du?"

Er seufzte, und ich kannte den niedergeschlagenen Ausdruck in seinen Augen schon von vorhin im Transporterraum, als er versuchte, mir zu erklären, dass er unwürdig war. Das gefiel mir nicht.

„Wir sind alle hier, weil wir Hive-Technologie in unsere Körper integriert bekommen haben, die nicht entfernt werden kann. Wir werden als Gefahr für unser Volk betrachtet, für unsere Planeten. Und so wurden wir verbannt, um den Rest unseres Lebens hier zu verbringen, auf der Kolonie mit den anderen, die den Fluch ihrer Zeit in Hive-Gefangenschaft auf ihrer Haut tragen."

„Warum hier? Ich verstehe nicht, warum ihr nicht alle nach Hause gehen könnt." Das war doch—eine Schande. Das war es. Kriegshelden. Soldaten, die gekämpft hatten, gestorben waren, gelitten hatten. Und nun waren sie für immer *verbannt* von ihren Heimatwelten, wegen eines silbernen Auges wie Ryston, oder silbriger Haut wie Rezzer? „Das ist doch kompletter Schwachsinn."

Er seufzte. „Hier auf der Kolonie sind wir tief im Raum der Koalition. Die Kommunikations-Frequenzen, die der Hive einsetzt, um seine Soldaten und Späher zu steuern, können uns hier nicht erreichen. Aber wenn wir nach Hause zurückkehren würden, oder zurück in unsere Schlachtgruppen?" Er zuckte mit den Schultern. „Jeder Krieger hier läuft Gefahr, vom Hive benutzt zu werden, kontrolliert, reaktiviert, gezwungen, unser eigenes Volk zu töten. Unsere Freunde. Unsere Mitkämpfer. Wir sind keine Kinder mit Narben, Gefährtin. Wir sind abgehärtete Krieger, kampferprobt. Killer. Wir alle wissen, warum wir hier sind. Wir nehmen die Opfer hin, die wir hier erbringen, um unsere Heimatwelten zu beschützen, unser Volk."

„Das ist nicht richtig", protestierte ich. Ich konnte es nicht begreifen. Verbannt, wie Aussätzige? Dies hier waren Krieger, die den höchsten Preis bezahlt hatten, alles riskiert hatten, und sie konnten nicht einmal nach Hause?

War das der Grund dafür, dass so wenige menschliche Soldaten zur Erde zurückkehrten? Wir standen erst knapp zwei Jahre lang unter dem Schutz der Koalition. Das war auch der Zeitraum, für den sich freiwillige Soldaten zum Kampf verpflichteten. Und doch hatte ich erst ein oder zwei zurückkehren sehen. Jedes Mal, wenn einer von ihnen es zurück schaffte, dröhnten es die Nachrichtensender über den ganzen Planeten, als wäre es die große Story.

„Gibt es hier menschliche Soldaten?

Leute von meinem Planeten? Von der Erde?"

Er nickte langsam. „Ein paar. Nicht viele. Menschen sind tapfere Kämpfer, klein und schnell. Sie kommen in die Erkundungstrupps, Infiltrier- und Aufklärungseinheiten. Aber wenn sie in Gefangenschaft geraten, überleben die meisten das nicht."

Meine Hand fuhr an meinen Bauch. Mir wurde schlecht. „Das darf doch nicht sein. Das kann nicht richtig sein—"

„Es ist Krieg, Caroline. Er ist schmutzig, hässlich und schrecklich. Ich habe es überlebt, Gefährtin. Ich habe überlebt, wegen dir."

Mein Kopf fuhr hoch bei diesen Worten, aber sein Blick war ernsthaft. Beinahe feierlich. „Ich verstehe nicht."

„Koalitionskrieger, die ihren Dienst leisten, dürfen sich zum Zuordnungsprotokoll des Interstellaren Bräute-Programms melden. Uns wird ein perfektes Gegenstück versprochen, eine Gefährtin, die uns akzeptieren wird, lieben wird, sich von uns verwöhnen und beschützen lassen wird, lieben lassen wird, sich unseren Samen schenken lässt. Uns wird eine Zukunft versprochen, die nicht dreckig oder hässlich ist, sondern weich und schön und perfekt. Und deswegen bist du hier. Deswegen habe ich den Willen gefunden, zu kämpfen und zu überleben. Weil du mir versprochen worden bist." Mir brach das Herz. Es schmolz. Formte sich zu etwas, das ich nicht wiedererkannte. Für ihn. Gott hilf mir, ich verliebte mich in ihn. Genau in diesem Moment, in diesem kahlen Zimmer auf einer fremden Welt, während einer Unterhaltung über Tod, Folter und Verbannung.

Und Hoffnung. Seine Worte waren roh und aufrichtig, und ich schwankte auf meinen Füßen, schwindlig und überwältigt von dem, was er mir erzählte. Der Macht, die er mir gab, ihn zu zerstören. Es war zu viel. „Der Arzt sagte, dass das Hive-Protein oder was auch immer fort ist. Aus deinem Körper raus. Also warum kannst du nicht nach Hause?"

„Weil ich immer noch das hier habe." Er deutete auf seinen Hals. „Die Integration mit meinem biologischen

Gewebe ist vollzogen und läuft tief. Das vom Hive verstärkte Gewebe zieht sich über meinen halben Hals, in meine wichtigsten Arterien, selbst in die Nerven am Rand meiner Wirbelsäule. Alles zu entfernen, würde mich töten."

Mein Mund stand offen. „Warte. Der Hive hat dir *das* angetan? Deine Haut silbrig gemacht?"

Er verzog das Gesicht. „Natürlich. So gut wie alle Hive-Integrationen haben diese Farbe."

„Ich dachte nur...nun, ich dachte, du wurdest so geboren. Aliens werden auf der Erde oft mit...solchem Zeug dargestellt. Und die anderen? Rystons Auge? Die Hand des Doktors? Der Gouverneur? Seine Haut ist kupferfarben und wunderschön, außer—"

„Sein Arm. Und seine Haut ist nicht wunderschön, Gefährtin." Rezzers kleine Eifersucht war irgendwie niedlich, also grinste er, als er mich auf die dunkle Seite zog. „Ich wurde zweimal vom Hive gefasst. Das erste Mal taten sie das hier." Er fasste sich ans Kinn. „Es tut nichts. Ich spüre es nicht. Das Implantat in meinem Ohr hat mir exzellentes Gehör verpasst, beinahe so gut wie das eines Elite-Jägers, also beschwere ich mich nicht darüber. Ich hatte Glück. Ich bin entkommen, bevor sie Schlimmeres anrichten konnten. Aber deswegen bin ich auf der Kolonie."

„Sie haben dich zweimal gefasst? Und du bist entkommen, *zwei Mal*?" Ach du heilige Scheiße!

„Ja. Es ist mein größtes Versagen als Krieger."

Ich verzog das Gesicht. „Ähm, nein. Es zeigt, wie stark du bist. Tapfer. Dem Hive zweimal zu entkommen. Wow." Ich war hin und weg. Und ein klein wenig stolz auf ihn. Verängstigt, das auch. Ich konnte mir nur vorstellen, was er durchgemacht hatte. Hive-Silber? Von seinem Kiefer bis hin zu seiner Wirbelsäule? Ich schauderte.

Ich räusperte mich, wechselte das Thema. „Und was jetzt? All die Krieger, die Kämpfer, sie kommen hierher zum Arbeiten und Sterben?", fragte ich.

Er zuckte mit den Schultern, als wäre es ihm egal. „Jahrzehntelang war das unser Schicksal. Aber dann hat der Primus auf Prillon, deren Herrscher, seinen Sohn an den Hive verloren. Als Prinz Nial zurückkehrte, war er einer von uns."

„Ist er hier?"

„Nein. Sein Vater starb und der Planet, die gesamte Interstellare Koalition, wäre ohne einen starken Nachfolger verloren gewesen. Er schnappte sich seinen Sekundär, einen Krieger namens Ander und reiste zur Erde, um seine zugeordnete Gefährtin abzuholen und dann in der öffentlichen Arena seinen Anspruch auf den Thron einzufordern."

„Sie ist auch von der Erde?" Der Herrscher über die gesamte Koalitionsflotte war einer Menschenfrau zugeordnet worden? Das war eine Frau, die ich wirklich gerne kennenlernen wollte.

„Ja. Und eine Kriegerin. Sie sagte, sie war in eurer amerikanischen Armee."

„Hast du sie etwa kennengelernt?"

„Ja. Sie heißt Jessica. Sie kamen zur Kolonie, um die Ankunft von Lady Rone zu feiern, der ersten Gefährtin, die hierher zugeordnet worden war."

Mein Herz raste. Jessica? War das sein Ernst? „Sie ist aus den USA?"

„Was ist U-S?"

Ich winkte die Frage ab, die ich gestellt hatte. „Und? Was ist passiert? Wo ist sie jetzt? Wo ist euer Prinz?"

„Er ist nun Primus Nial. Er herrscht über Prillon Prime und ist Kommandant der gesamten Interstellaren Koalitionsflotte. Seine Gefährtin, Lady Deston, gab uns eine neue Bezeichnung. Wir werden nicht länger als die Verseuchten bezeichnet. Wir sind nun Veteranen. Primus Nial hat auch die Verbannung aufgehoben und uns erlaubt, auf unsere Heimatplaneten zurückzukehren."

Nun war ich so richtig verwirrt. „Warum bist du denn dann hier? Warum ist irgendjemand noch hier?" Ich wäre so schnell von hier abgehauen, dass ihnen immer noch die Köpfe wackeln würden. Nach Hause. Grünes Gras und Bäume und blauer Himmel. Schokolade und Apfelkuchen und mexikanische Restaurants. Kino und Popcorn und Sitcoms.

„Die Arbeit, die wir hier erledigen, ist wichtig. Wir könnten nach Hause, aber nur, weil der Primus es erlaubt, heißt das noch nicht, dass wir auf unseren Heimatwelten willkommen wären. Die Leute fürchten uns und unsere Cyborg-Implantate. Wir sind anders. Wir verängstigen die Frauen und Kinder, und die anderen Krieger fühlen sich unwohl in unserer Gegenwart. Eine Frau wird nur selten einen verseuchten Krieger zum Gefährten wählen. Man tut es einfach nicht."

„Aber—"

„Nein, Caroline. Hoffnung ist schlimmer als Hinnahme. Wir sind hier nützlich. Wir dienen. Wir opfern, und wir leben so gut wir können. Wir schützen Ressourcen, die für die Flotte überlebenswichtig sind. Wir haben hier immer noch Arbeit zu erledigen. Wenn wir nach Hause gehen würden, wären wir dort...nichts. Unsichtbar."

„Du bist zu verdammt groß, um unsichtbar zu sein."

Darüber musste er lachen. „Ich bin durchschnittlich groß für einen Kampflord."

„Du sagst, dass Kampflords

Gefährtinnen bekommen. Also nennen sie dich Kampflord Rezzer", sagte ich und kostete das Gefühl auf meiner Zunge.

Er legte den Kopf schief. „Und du bist Lady Caroline."

„Lady?"

„Alle Frauen mit festen Gefährten werden als Lady bezeichnet. Es ist ein Ausdruck höchsten Respekts."

„Aber ich habe keinen festen Gefährten."

Er kniff seine grünen Augen zusammen und richtete seinen Fokus auf mich, als kämen Laserstrahlen aus seinen Augen hervor. „Das hast du. Die Fesseln an deinen Handgelenken kennzeichnen dich als mein Eigentum. Der Samen, der aus deiner Mitte tropft, kennzeichnet dich als mein Eigentum. Du gehörst mir."

Ich blickte weg. „Aber du willst mich doch nicht."

Er drückte sich von der Wand ab und kam zu mir. Türmte sich über mir auf. „Da irrst du dich. Ich wollte nicht getestet werden. Aber ich gehörte dir von dem Augenblick an, als ich dich sah. Ich werde dich nicht aufgeben."

Er sagte nichts weiter, und ich wandte mich ab, konnte ihm nicht glauben, so sehr ich es auch wollte. „Ist das ein Fenster?", fragte ich und deutete auf ein Stück Wand neben dem Tisch. Es sah aus, als würde eine Art Vorhang die Außenwelt aussperren, und ich brauchte eine Ablenkung.

Rezzer streckte die Hand aus, drückte auf einen kleinen Knopf an der Wand, und der Vorhang hob sich langsam und offenbarte mir den Planeten, die Kolonie, zum ersten Mal.

Ich ging darauf zu und legte meine Hand aufs Glas, starrte nach draußen. Die Landschaft war karg und felsig, der Boden eine gebrannte Mischung aus rotem und braunem Stein, mit zerzaust aussehender Vegetation, die ums Überleben kämpfte, mit sichtlicher, merkwürdiger Hartnäckigkeit. Es erinnerte mich an Bilder von den roten Wüsten in Arizona. Die Salbeisträucher. Die Kakteen. Ich fragte mich, ob sie hier Skorpione hatten. Oder Schlangen.

„Ist hier irgendetwas wie auf der Erde?", fragte er hinter mir.

Ich erkannte, dass er geschwiegen hatte, während ich meine neue Welt zum ersten Mal anschaute. Ich schüttelte den Kopf. „Nicht da, wo ich gewohnt habe. Mein Ausblick war auf Gebäude. Gebäude, die den Himmel berührten. Achtzig Stockwerke und mehr. Überall Beton. Kein Grün. Menschenschwärme. Ich lebte in einer Großstadt. Aber ich habe Bilder gesehen von Orten wie diesem."

„Ich glaube nicht, dass mir das besonders gefallen würde. Atlan, wo ich aufgewachsen bin, ist grün. Saftig. Weitläufig." Er legte eine Hand auf meine Schulter und drückte sie sanft. „Caroline, ich wollte keine Gefährtin. Das ist wahr. Aber ich will dich."

Ich ließ meine Finger über das Glas gleiten. „Was ist da der Unterschied?"

„Eine Gefährtin war irgendeine Frau im Universum. *Du* bist einzigartig. Meins."

Ich dachte darüber nach, und er fuhr fort.

„Ich kann nun sehen, dass du mich absichtlich provoziert hast, mich zornig gemacht, mein Biest herausgelockt. Es hat funktioniert, und dafür werde ich dir ewig dankbar sein. Warum hast du es getan?"

Da drehte ich mich herum, streckte mein Kinn hoch und blickte zu ihm hinauf. Er zog einen Stuhl unter dem Tisch hervor und setzte sich. „Besser so?", fragte er.

Ich nickte, dankbar darüber, dass ich meinen Hals nicht mehr anstrengen musste.

„Warum, Caroline?"

Ich seufzte, und es gefiel mir allmählich, dass er mich nicht CJ nannte. „Denn als du sagtest, dass du mich zum Arzt bringst, wo ich mir einen anderen aussuchen könnte, da warst du nobel, hast an mich gedacht, nicht an dich selbst."

„Du hast dich nackt ausgezogen, weil ich nobel war?", fragte er.

Da wurde ich rot, dachte zurück an meine Verwegenheit. Doch im Moment fühlte ich mich so gar nicht verwegen. „Ich wollte dir helfen. Und ich..."

„Du was?"

Er hatte seine Seele vor mir entblößt. Wie konnte ich dem nachstehen? „Ich wollte die Hoffnung auch nicht aufgeben."

„Welche Hoffnung? Was war dein Traum? Dein Herzenswusch?"

Ich seufzte, fühlte mich plötzlich wieder leichtgläubig. Wie ein Narr. „Aufseherin Egara, nun, das gesamte Abfertigungs-Zentrum für Interstellare Bräute, hat wirklich gute Arbeit geleistet mit der Rekrutierung von Gefährtinnen. Sie versprechen Frauen etwas, das für jemanden wie mich unmöglich scheint."

Er verzog das Gesicht. „Ich verstehe nicht."

Und—raus damit. „Ich bin zu groß. Ich bin zu massig. Ich habe eine große Nase und einen runden Hintern, und die meisten Männer sind entweder von meinem Bankkonto eingeschüchtert, von meinem Bildungsstand oder von meinem Benehmen. Niemand wollte mit mir ausgehen. Ich war die ganze Zeit alleine. Ich wollte...ein anderes Leben."

„Einen Gefährten."

Ich hatte keine Ahnung, warum dieses eine Wort meine Wangen heiß werden ließ, aber so war es. „Ja. Einen Gefährten. Und Aufseherin Egara hatte mir versprochen, dass das

Zuordnungsprotokoll funktionierte. Dass du von allen alleinstehenden Männern im Universum mein perfektes Gegenstück sein würdest. Und das wollte ich nicht einfach so kampflos aufgeben."

„Deshalb war deine Pussy feucht, als ich dich gegen die Wand gedrückt habe?" Seine Stimme wurde tief.

Ich musste mich abwenden, konnte seinem Blick nicht länger begegnen. „Ich war erregt, weil ich dich wollte. Weil deine Kraft berauschend ist. Ich liebe deine Muskeln und deine Oberarme und die Art, wie du—"

Er hob eine Hand, legte mir einen Finger ans Kinn und hob mein Gesicht seinem entgegen. Genau das war es—was er in diesem Moment tat. Und ich konnte den Satz nicht zu Ende führen.

„Die Art wie ich was?"

„Mich ansiehst, als wolltest du—"

Er führte den Satz für mich zu Ende, und meine Pussy war nass und heiß, sehnsüchtig, als er fertig war. „Dich ficken. Dich schmecken. Dich verschlingen. Dich besitzen. Dich beschützen. Dich versorgen. Dich zum Wimmern und

Betteln bringen. Dich dazu bringen, meinen Namen zu schreien, während ich dich mit meinem Schwanz fülle. Dir meinen Samen geben. Dich kennzeichnen. Dich erobern. Dich für immer zu meinem Eigentum machen?"

„Ja. Alle diese Dinge."

„Und ich will sie alle tun." Er strich mir das Haar aus dem Gesicht und steckte es mir sanft hinters Ohr. „Und was willst du?"

Ich blinzelte. Gefährlich. Gefährlich. Gefährlich. Warum verriet ich ihm all diese Dinge? „Dich." Einfache Antwort. Kompliziert, ebenso.

„Da hast du's, Gefährtin. Du wolltest *mich*." Ich sah Erleichterung in seinem dunklen Blick, und ein wenig Schmerz. Er war ein riesiger Krieger, aber es war mir gelungen, ihn zu verletzen. „Wärst du wirklich auf der Suche nach einem anderen Krieger nackt durch die Gänge gelaufen?"

Ich dachte an meine provokativen Worte zurück und schüttelte den Kopf. „Nein. Ich wollte dich."

„Und ich will dich."

Er schlang eine Hand um meine Taille und zog mich an sich, und ich fiel auf seinen Schoß. Er fühlte sich beruhigend an, so groß und warm und sanft. Zum ersten Mal fühlte ich mich recht klein.

Ich seufzte wieder, lehnte meinen Kopf an seine Brust. Atmete einfach nur, sog seinen Duft ein, fühlte seinen Herzschlag an meiner Wange.

Das dicke Stoßen seines Schwanzes an meinen Schenkel war deutlich spürbar, und meine Gedankengänge, füllten meinen Kopf mit Bildern davon, wie er wohl aussah, wenn er in mich stieß, die Augen seines Biests zugleich wild und sanft. Gott, es machte süchtig, so angesehen zu werden.

„Es ist verrückt", sagte ich nach einer Weile.

"Was?"

„Dich so sehr zu begehren. Ich kenne dich noch nicht einmal."

„Dann sollten wir das nachholen." Seine Hand glitt über meinen Rücken hoch an meinen Nacken, wo seine riesigen Finger meine schmerzenden Muskeln mit einer Sanftheit massierten, die ich noch nie zuvor gespürt hatte. „Ich werde mich nun um dich kümmern, Gefährtin. Lass mich."

Ich entspannte mich und lehnte mich in seinen Griff, völlig in seinem Bann. „Was meinst du?"

„Ein Bad. Etwas zu essen. Reden. Ich möchte dich auch kennenlernen. Ich muss alles über dich wissen."

Meine Augenlider flatterten, und ich sah, dass sein grüner Blick auf mich fixiert war und in seinen Augen etwas lag, das völliger und totaler Verehrung sehr nahe kam. Er meinte es erst.

„So interessant bin ich gar nicht", raunte ich.

„Du bist faszinierend, Caroline. Ich möchte erfahren, was du liebst. Was du hasst. Deine Lieblingsspeisen. Was du gerne tust. Was dich zum Lachen bringt." Er beugte sich näher zu mir, und seine Lippen streiften über meine Wange. „Wo du gerne berührt wirst. Was dich zum Wimmern bringt, zum Betteln und Schreien."

Er lehnte sich zurück, und unsere Blicke trafen sich. Ich vergaß, zu atmen.

Ich hatte diesen Blick noch nie in den Augen eines Mannes gesehen, und mein Inneres rumorte, meine Brust schnürte sich zu. Was zum Teufel machte er mit mir? „Bist du Hypnotiseur oder sowas?"

Er runzelte die Stirn, aufrichtig und niedlich. „Ich bin ein Kampflord. Ich verwende keine Gedankenkontrolle oder Tricks an einer Frau."

Dann stand er auf, trug mich, als wäre ich federleicht, zu einem Badezimmer, das zu meiner Begeisterung völlig modern eingerichtet war. Er ließ mich an den Rand einer Badewanne hinunter und ließ dampfend heißes Wasser ein. Er runzelte die Stirn, blickte auf meine Haut und griff nach den Hebeln, um das Wasser kühler zu machen. „Du bist zu zart für solche Hitze."

Darüber musste ich lachen. „Ich bin keine Treibhaus-Orchidee."

Seine Finger glitten über meine Schulter zur Schnalle an meinem Kleid. So wie ich es vorhin getan hatte, öffnete er sie . Das Kleid glitt mir von der Schulter und fiel auf den Fußboden. „Brauchst du meine Hilfe mit deinem Bad?"

Oh, Junge... Aber erst mal nicht. Mir tat

alles weh. Ich war müde. Hungrig. Und ich fühlte mich *viel* zu verletzlich, um ihn so bald schon wieder in mich hinein zu lassen. Ich musste meine Gedanken sammeln und wieder ein wenig die Schutzmauern um mein dummes Herz herum aufbauen. Die Fesseln zwangen ihn vielleicht dazu, bei mir zu bleiben, und ich bei ihm, aber ich kam nicht über Rystons Erinnerung daran hinweg, dass er Rezzer niederdrücken musste und ihn zwingen, sich den Tests zu unterziehen. Dass er es selbst nach meiner Ankunft so richtig eilig gehabt hatte, mich abzugeben. Dass er nun, da er sein Biest wiederhatte, nichts weiter wollte, als in den Kampf zurückkehren. Zum Kämpfen und Töten. Zur Jagd auf den Hive mit irgend so einem Sicherheitsteam.

Ich schüttelte den Kopf. „Nein."

Sein Schweigen zog sich in die Länge, während die Wanne sich füllte, und ich wusste, dass er mich beobachtete und versuchte, mich zu ergründen. Aber ich hatte nicht so viel Zeit an der Wall Street verbracht, ohne zu lernen, wie man ein gutes Pokerface aufsetzte. Mein pubertärer Anflug von Nerven und Drama war vorbei. Ich war eine erwachsene Frau, keine Vierzehnjährige, die ihre Emotionen nicht unter Kontrolle bringen konnte. Drama war nicht mein Ding. Schon seit Jahren nicht mehr. Nicht, bis er kam. Und diese Leute. Und die Menschenfrau Rachel, und der schöne runde Bauch, der wie ein Schlag in die Magengrube für mich gewesen war. Babys. Gott, ich hatte es mir nicht erlaubt, dass meine Gedanken in diese Richtung gingen, schon jahrelang nicht. Aber der Gedanke daran, ein Kind zu halten, ein kleines Wesen mit meinem schwarzen Haar und Rezzers grünen Augen? Das Sehnen danach tat mir weh, ein wahrer Abgrund, das sich in mir auftat, und den ich zuvor nie gefühlt hatte. Eine Leere, von der ich nun wusste, dass sie gefüllt werden musste. Kinder zu wollen war eine Schwäche, die ich mir auf der Erde nicht gestattet hatte. Keine Ehemänner, keine Aussichten. Das hieß, keine Kinder, denn den Teufel würde ich tun und Kinder alleine großziehen. Zu schwer. Viel zu verdammt schwer. Ich kannte Alleinerzieherinnen, die es auf die Reihe bekamen, und sie jagten mir eine Höllenangst ein. Sie waren stärker als ich. Das mussten sie sein. Kinder großzuziehen war eine Schlacht, die ich nie alleine austragen wollte. Aber jetzt? Mit Rezzer? Ich fuhr mir mit der Hand über den Bauch und mir wurde klar, dass er mich ohne Schutz gefickt hatte. Ich hatte noch nie zuvor ungeschützten Sex gehabt. Noch nie. Aber zu sagen, dass das Biest mich vergessen hatte lassen...nun, das wäre eine Untertreibung. Ich hatte diesen riesigen Schwanz gepackt, und jeder rationale Gedanke hatte sich verflüchtigt. Da ich gerade selbst nicht die Pille nahm—im Gefängnis wurde die ja nicht gerade ausgeteilt—könnte ich genau in diesem Moment bereits auf dem Weg dazu sein, sein Kind in mir zu tragen. Der Gedanke begeisterte und verängstigte mich gleichermaßen, und ich hasste diese Schwäche in mir.

Er drehte das Wasser ab, die Wanne nun voll mit dampfendem Schaum, der wunderbar roch, nach Rosenblüten und

Zitrone, und stand auf. „Ich werde eine Mahlzeit für dich bereiten, Gefährtin."

Ich nickte, aber wartete, bis er aus dem Zimmer war, bevor ich mich ins warme Wasser gleiten ließ.

Die Hitze zog in meine Muskeln ein, und ich lehnte mich zurück und stützte den Kopf am Rand der Wanne ab. Paradiesisch. Dieser Moment war paradiesisch.

Mein Biest hatte die Tür offenstehen lassen, und ich war mir nicht sicher, ob das für mich war—damit ich wusste, dass er in der Nähe war—oder für ihn, sodass er mich im Auge behalten konnte. Beides war mir recht. Es war mir gleichgültig. Er hatte mich schon nackt gesehen. Mich gefickt. Für Verschämtheit gab es keinen Grund mehr. Es gefiel mir, dass ich hören konnte, wie er sich im Nebenzimmer bewegte. Seltsame Düfte erfüllten die Luft, und mein Magen reagierte mit einer Reihe von hungrigen Knurrlauten. Ich stand auf und suchte tropfend nach einem Handtuch.

Wie dumm. Da war gar nichts. Warum

hatte ich nicht um eines gebeten, *bevor* ich in die Wanne stieg?

Als hätte er gewartet, war Rezzer da. Er hatte sich umgezogen, trug nun lose braune Hosen und ein Hemd. Der Stoff sah aus, als wäre er weicher als meine Haut. Ich fragte mich, ob das sein Schlafanzug war, oder ob er nackt schlief. Er hob mich aus der Wanne und wickelte mich in eine riesige, flauschige Decke, die das Wasser von mir trocknete. Ich dachte, dass er mich abrubbeln und absetzen würde, aber nein. Nichts davon.

Er schwang mich hoch in seine Arme, trug mich ins Nebenzimmer, wo ein Tisch mit Essen angerichtet war, und setzte mich auf seinen Schoß. „Ich habe mehrere Erdengerichte bestellt. Ich hoffe, eines davon sagt dir zu."

„Erdengerichte?" Ich wand mich in seinen Armen, aber sein Griff wurde nur noch fester.

„Die anderen Erdengefährtinnen haben eine Sonderprogrammierung für die S-Gen-Geräte beantragt. Die Maschinen, die unser Essen machen." Die Erklärung fügte er wohl für mich hinzu. „Ich habe mehrere Menüs von deinem Planeten ausgewählt."

Neugierig inspizierte ich die Gaben. Da waren ein paar Dinge, die ich nicht erkannte und die wohl von Atlan stammten, aber auch eine Art Reisgericht mit Gemüse und Huhn, Spaghetti mit Marinara-Sauce, Essiggurken—über die ich grinsen musste—ein Sandwich mit Erdnussbutter und Marmelade, und ein dampfendes Filet Mignon mit Spargel und Kartoffelpüree. Das Ganze war eine unsinnige Riesenmenge an Essen.

Ich machte den Mund auf, um ihm das zu sagen, aber der hoffnungsvolle Ausdruck auf seinem Gesicht bremste mich sofort. Er hatte das getan, ein Erdnussbuttersandwich mit Spargel gemischt, um mir etwas Gutes zu tun. „Es ist perfekt. Danke."

Sein selbstzufriedenes Grinsen war die kleine Notlüge wert. „Du wirst nun essen. Was möchtest du, dass wir als erstes probieren?"

„Wir?"

Er legte mir seine Hand an die Wange und hob mein Gesicht zu seinem hoch. „Ja.

Wir. Ich lerne dich kennen, Gefährtin. Ich werde essen, was du isst. Und du wirst auch ein paar milde Atlan-Gerichte probieren."

Seltsam. Niedlich. Verdammt, ich wusste nicht einmal, was ich dazu sagen sollte. „In Ordnung." Ich sah mir die Auswahl noch einmal an. Ich war am Verhungern. „Das Steak."

Er griff nach Messer und Gabel und reichte sie mir. „Schneide es in gleich große Stücke. Aber nimm nicht auch nur einen Bissen in den Mund."

"Wie bitte?"

„Tu es, Gefährtin. Zwing mich nicht dazu, dich wieder für deinen Ungehorsam zu verhauen."

9

Was. Soll. Der. Scheiß? Ich blinzelte ruckartig, während er mir die Decke von den nackten Schultern zog und mich auf seinem Schoß herumdrehte, bis ich dem Tisch zugewandt war. Meine untere Hälfte war immer noch bedeckt und der weiche Stoff raffte sich um meine Hüften, aber er hatte meine Beine über seinen auseinandergespreizt, sodass ich zwar bedeckt, aber meine Pussy weit offen war. Nass. Für ihn bereit. Aber meine obere Hälfte? War nackt.

Es war erotisch. Unanständig. Ich liebte es.

Einen Moment lang war ich starr, unsicher darüber, wie weit er das hier treiben würde. Aber seine Hände ruhten auf meinen Hüften und bewegten sich nicht. Es gelang mir, die Ruhe zu bewahren, obwohl sein Körper fünfhundert Grad verströmte, die mich überhitzten. Ich zog den Teller mit dem Steak näher heran und tat, was er mir aufgetragen hatte. Messer. Gabel. Schneiden.

Es erschien mir wirklich seltsam, das zu tun, während meine nackten Brüste so entblößt waren. Meine Nippel wurden hart, entweder von der kühlen Luft oder von der Vorstellung, nackt zu essen.

Gott, ich war *wirklich* hungrig auf einen Bissen von diesem Kartoffelpüree.

Er schob mein Haar zur Seite und legte meine Wirbelsäule frei, küsste sie. Gemächlich. Hoch. Runter. Seine Zähne knabberten an meiner Schulter, und seine Hände wanderten um meine Taille, dann hoch zu meinen Brüsten, und umfassten sie. Ich keuchte auf, und die Gabel fiel klappernd auf den Teller, als er meine empfindlichen Nippel zwischen seinen Fingern rollte und sein Mund sich in die zarte Stelle zwischen Nacken und Schulter vergrub. Meine Pussy zuckte, und eine feuchte Hitze schoss mir durch den Körper, während ich mich bemühte, mich darauf zu konzentrieren, was ich tun wollte.

„Rezzer", keuchte ich.

„Mach fertig, Gefährtin. Ich habe Hunger." Er meinte nicht auf Essen. Oder doch? Ich hatte keine Ahnung.

Mit zitternden Händen kam ich seiner Aufforderung nach und schnitt das Fleisch in Stücke. Es war schwierig, zu schneiden, während er mit meinen Brüsten spielte, aber ich tat es. Endlich war ich fertig und legte das Besteck hin.

Ich hielt absolut still. Wartete darauf, dass er lange genug mit den Liebkosungen aufhörte, um es zu bemerken.

Als er schließlich mit einem leisen Knurren von meinen Brüsten abließ, räkelte ich mich. „Meine wunderschöne Gefährtin. So groß. Voll. Weich. Ich habe große Lust, sie zu schmecken."

„Ich habe Hunger." Ich starrte auf das Essen. Ablenkung.

„So wie auch ich. Leg deine Hände in den Schoß."

Ich tat umgehend, was er mir auftrug. Instinktiv. Oh Mann, wer war diese Frau, die meinen Körper bewohnte?

Als er mich in seinem Schoß herumdrehte, mich seitlich hinlegte wie eine heidnische Opfergabe, da vergaß ich, darüber nachzudenken. Seine Lippen schlossen sich um einen Nippel, und der Laut, der meiner Kehle entfuhr, war mehr Tier als Mensch. Er saugte an mir, wechselte zwischen ihnen, nahm sich alle Zeit der Welt. Als ich keuchte, hob er den Kopf und hielt mir einen Bissen an den Mund.

„Was tust du da?", fragte ich und beäugte die Gabel.

„Ich umsorge meine Gefährtin."

Ich blinzelte, erwachte aus den Tiefen einer erotischen Trance. „Ich kann alleine essen. Ich bin kein Kind."

Er starrte nur. Wartete. Verwirrt öffnete ich den Mund und nahm den Bissen entgegen. Eine Explosion von

Gewürzen und Aromen ließ mich vor Genuss aufstöhnen. „Gott, das ist so gut."

Er nahm selbst einen Bissen, kaute langsam. Bedächtig. Für ein hitzköpfiges Biest war er unerträglich gemächlich. „Rachel sagte, dass das Rezept von einem berühmten Koch von deiner Welt stammt."

„Wirklich?" Also nicht nur, dass ich keine seltsamen Alien-Tentakel und bizarren Insekten von anderen Planeten essen musste, wir hatten noch dazu Gourmetküche von der Erde in ihr System programmiert? „Damit sollten sie auf der Erde Werbung fürs Bräute-Programm machen. Dann hättet ihr gleich viel mehr Gefährtinnen."

Die Art, wie er neugierig den Kopf schief legte, war faszinierend, so wie auch sein absolut ernsthafter Tonfall. „Das werde ich Lady Lindsey vorschlagen, der Gefährtin von Jäger Kjel. Sie produziert Werbe-Videos für Aufseherin Egara, um potentielle Bräute von der Erde zu rekrutieren."

"Was?" Ich war nackt, erregt, wurde von einem Alien-Biest auf einem fremden Planeten gefüttert, und wir unterhielten

uns über Werbekampagnen auf der Erde? Und das alles, nachdem ich quer durch die Galaxis transportiert worden war und besagtes Alien verführt hatte, das wiederholt gesagt hatte, dass er mich an jemand anderen abgeben wollte. Und dann, dass er es sich anders überlegt hatte.
Kein Wunder, dass mir der Kopf schwirrte und ich die Orientierung verlor. Das war der eigenartigste Tag in der Geschichte der Welt. Und ich hatte schon so einige eigenartige Tage erlebt.

Er hob wieder die Gabel an meinen Mund, diesmal mit einem Bissen mit Speck sahnigem, mit Schnittlauch und Sauerrahm gemischtem Kartoffelpüree. Ich öffnete sofort den Mund und ließ mich füttern.

Zwischen den Bissen spielte er. Seine Hände wanderten unter die Decke, fuhren mir über die Innenschenkel, spielten mit der nassen Hitze meiner Mitte, aber tauchten nie tief ein. Er spielte mit meinen Nippeln, rollte sie. Küsste jeden Zentimeter Haut, den er erreichen konnte. Folter.

Exquisite. Unvergleichbare. Folter. Ich

wollte, dass es niemals aufhörte. Und wenn es nicht bald aufhörte, würde ich den Verstand verlieren. Als ich voll war, sagte ich ihm das, und er hörte auf mich. Noch ein Pluspunkt für ihn. Mit einer überlegten Ruhe, die mich nervös machte, aß er rasch auf, was ich übriggelassen hatte. Seine Hand lag fest auf meinem Bauch, als könnte er spüren, wie sehr ich mir plötzlich wünschte, dass dort ein neues Leben heranwuchs.

Ich ließ meinen Kopf auf seine Schulter zurückfallen und schwelgte in seiner Kraft, seiner Wärme, der dominanten und doch beschützenden Hand auf meinem Unterbauch. Seine Handfläche ruhte dort, still und leise und so besitzergreifend, dass ich mir ein Seufzen verkneifen musste. Ich war noch nie so gehalten worden. Gefüttert. Verwöhnt. Erregt. Ich fühlte mich wie der Mittelpunkt seines Universums, schockiert darüber, dass all die Männer, mit denen ich über die Jahre hinweg zusammen gewesen war, mir nie dieses Gefühl gegeben hatten.

Andererseits, wenn einer das getan hätte, wäre ich nun nicht hier, oder?

Er bewegte sich, aber ich ignorierte es, bis er mich ohne Warnung hochhob. Ich ruderte mit den Armen, und er wickelte mich rasch wieder ein und legte mich mit dem Rücken auf den Tisch. Ein rascher Blick nach links und rechts zeigte mir, dass er irgendwie alle Teller beiseite geräumt hatte. Nun, fast alles. Ein köstlich aussehendes Stück Schokoladentorte mit Karamellguss stand auf einer Seite neben mir, und auf der anderen ein saftig aussehendes Stück Kirsch-Käsekuchen.

Lecker. Nachtisch.

So, wie er über mir thronte, mich auspackte, als wäre ich sein Geburtstagsgeschenk, wurde mir nur allzu klar, dass er definitiv etwas im Schilde führte mit mir—und diesen Süßspeisen.

„Weißt du, was mir Maxim und Ryston über ihre süße Menschenfrau erzählt haben?", fragte er mich mit diesen grünen Augen, die nun dunkel waren vor Verlangen.

„Rachel?", flüsterte ich.

„Ja. Lady Rone." Seine Hände senkten sich an meine Schenkel, und er spreizte meine Beine weit, legte meine Pussy vor seinen Augen frei, zum ersten Mal, seit wir zum Tisch gekommen waren.

Als ich den Kopf schüttelte, zog er sich das Hemd über den Kopf und entblößte seine wohl definierten Bauchmuskeln und seine breite Brust. Die silbrige Haut an seinem Hals verschmolz um das Schlüsselbein herum und in der Mitte seiner Schulter mit glatter, sündiger Haut. Gott, er war perfekt. Zu perfekt, um echt zu sein.

„Sie liebt etwas namens Schokolade. Besonders diese Torte." Er deutete mit dem Kinn auf die Torte, während er sich die Hosen auszog.

Wie sollte ich an Schokoladentorte denken, während er zwischen meinen Beinen stand, nackt und mit seinem riesigen, harten Schwanz nur wenige Zentimeter vor meiner Mitte?

Anscheinend war seine Geduld zu Ende, denn er nahm zwei Finger, fuhr über meinen nassen Schlitz und schob sie langsam in mich hinein. Die Berührung war ein Schock. Plötzlich, aber nicht unwillkommen. Die Wände meiner Pussy bebten zum Gruß, hüllten seine Finger in nasse Hitze. Ich war bereit. Mehr als bereit. Ich war schon eine halbe Stunde lang bereit.

„Ich kann meinen Samen in dir spüren. Hast du eine Ahnung, was das mit mir anstellt?", raunte er in seiner dunklen, rauen Stimme.

„Rezzer", hauchte ich.

Seine freie Hand wanderte zu meinen Brüsten, während er mich mit den Fingern fickte. Aber er redete weiter. Verdammt.

„Aber weißt du, was mir Tyran und Hunt über ihre süße Gefährtin Kristin erzählt haben?" Als ich nicht antwortete, schnippte er gegen meinen Nippel, und der scharfe Stich ließ mich aufstöhnen und noch fester um seine reglosen Finger zucken.

„Nein."

Sein Grinsen war breit, aber als er sich über mich beugte und seine Finger tiefer bewegte, nur ein klein wenig schneller, da keuchte ich, mein Rücken streckte sich vom Tisch hoch und er verschlang jede Nuance, jedes Flackern in meinen Augen mit absoluter Hingabe. „Sie bevorzugt die rote Süße dieses Kirsch-Käsekuchens." Er schob seine Finger noch tiefer, fuhr mit seinem Daumen über meinen Kitzler, und sein Gesicht schwebte direkt über meinem. Er wartete, bis ich meinen Blick zu ihm hob. „Hände hoch, über deinen Kopf, Gefährtin."

Rein. Raus. Seine Finger pumpten, arbeiteten sich in mich hinein und öffneten mich, sorgten dafür, dass ich seine Invasion spürte. Seine Hitze erstickte mich nun. So heiß. Zu heiß. Wenn er mich nicht bald fickte, würde ich auf diesem dämlichen Tisch noch schmelzen. Ich konnte nicht atmen.

Wenn mich jemand fragen würde, warum, dann hätte ich es nicht erklären können, aber ich wollte ihm geben, was immer er brauchte, was immer er von mir wollte. Ich brauchte es, dass er glücklich war. Ich wollte ihm Freude bereiten, genau das sein, was er begehrte.

Ich hob meine Arme über meinen Kopf, und er fasste nach ihnen und befestigte etwas, das ich zuvor nicht gesehen hatte. Ich war ausgestreckt, und meine Schellen waren miteinander verbunden und an etwas befestigt, das mich unten hielt. Weit offen. Er wartete wieder, betrachtete mich, als hätte er stundenlang Zeit, den Anblick meiner Brüste zu bewundern, die durch die Haltung nach oben gestreckt waren. Meine weit offenen Knie, meine Füße, die auf der Tischkante aufgestützt waren. Ich war ihm absolut ausgeliefert.

„Was hättest du lieber, Caroline?"

"Was?" Wovon zum Teufel redete er? Ich konnte nicht klar denken. Nicht, wenn seine Lippen meinen so nahe waren, sein Körper über mir hing, seine Finger tief in mich tauchten.

„Schokolade oder Kirsch?"

Gott. Nachtisch. Er redete vom Nachtisch. „Ich mag beides."

Darüber musste er lachen, und er gab mir einen kleinen Kuss auf die Lippen, gerade genug, dass ich mehr wollte. „Natürlich tust du das."

Er richtete sich auf, zog die Finger aus meinem Körper und legte die Spitze seines

Schwanzes stattdessen dort an. Langsam, ganz langsam, leckte er seine Finger ab, während er seine Hüften nach vorne schob, seinen riesigen Schwanz in mich presste, Zentimeter für berauschenden Zentimeter. Ich rückte herum, versuchte, ihn schneller aufzunehmen, aber er hielt meine Hüften mit seinen riesigen Händen fest und sorgte dafür, dass ich mich auf dem Tisch nicht rühren konnte. Da meine Hände über meinem Kopf festgeschnallt waren, konnte ich nichts tun, als jeden massiven Zentimeter aufzunehmen. Mich ihm zu öffnen. Mich ihm hinzugeben.

Als seine Eier schließlich meinen Hintern berührten, waren meine Augen fest geschlossen. Und doch sah ich Sterne. Schon alleine dieser einzelne, glatte Stoß mit seinem Schwanz würde mich noch zum Kommen bringen. Ich war so nahe dran. Gleich würde ich—

„Nein. Du kommst erst, wenn ich es dir sage, Gefährtin." Seine Hand landete mit einem scharfen Stich auf meinem Schenkel, und ich riss meine Augen auf. Er war bis zum Anschlag in mir vergraben, stand über mir wie ein Gott, und er griff nach dem Schokoladekuchen. Er zupfte mit den Fingern ein kleines Stück ab, dick mit Glasur bedeckt, und hielt mir die Gabe direkt vor den Mund. „Schokolade für meine Lady." Seine Augen waren dunkel, eindringlich. „Lutsch dran."

Ich wollte genauso gut austeilen, wie ich einsteckte, also hob ich den Kopf und nahm das köstliche Stückchen in den Mund, lutschte an dem Finger. Die Schokolade war vollmundig, dunkel, und das süßsalzige Karamell war wie eine dekadente Explosion auf meiner Zunge. Und unter all dem war er. Rezzer. Mein Biest. Und ich. Meine nasse Hitze. Der erotische Duft meines Verlangens nach ihm.

Es war das erotischste Erlebnis meines bisherigen Lebens, an seinem Finger zu lutschen, bis er stöhnte, bis der riesige Schwanz, der mich füllte, zuckte und in mir noch größer zu werden schien.

„Du bist absolut unwiderstehlich, Gefährtin."

Er zog sich heraus und stieß zu, und die Bewegung brachte meine Brüste zum

Wippen und befreite seinen Finger aus meinem Mund. Aber ich war noch nicht mit ihm fertig. „Jetzt will ich den Käsekuchen."

Rezzer trat näher heran, hob meine Füße vom Tisch und legte sie sich auf seine Schultern. Als er sich vorbeugte, um seinen Finger in den Käsekuchen zu stecken, drückte er meine Beine nach oben und hinten, stieß tiefer in mich, während er die Gabe an meine Lippen hielt.

Ich verschlang ihn, das süße Kirschsirup, den cremigen, weichen Geschmack des Käsekuchens. Und meinen Gefährten. Meins.

Noch nie war etwas so sexy gewesen. Selbst meine schamlosen Freundinnen zu Hause hatten nie von so etwas erzählt. Das hier war nicht nur Sex. Es war... eine Abrechnung. Eine Besitznahme. Etwas so Einzigartiges und Intimes, dass ich wusste, ich würde nie wieder an diesem Tisch sitzen—oder Kuchen essen—können, ohne an diesen Augenblick erinnert zu werden. Nie wieder.

Rezzer ruinierte mich hiermit für

jeden anderen, und ich wusste, dass ich nie mehr die Alte sein würde.

Als ich die Lippen öffnete, zog er seinen Finger heraus und blieb herabgebeugt, aber drückte meine Schenkel weit auseinander. Ich schlang sie um seine Taille und blickte in seine Augen hoch. „Jetzt bin ich an der Reihe", sagte er. „Füttere mich."

Er fasste über meinen Kopf und befreite eine meiner Hände, damit ich tun konnte, was er mir auftrug. Ich nahm ein klein wenig von dem Schokoladenkuchen mit den Fingern auf und hielt es an seinen Mund. Er leckte sie sauber, sein Schwanz tief in mir vergraben, reglos. Es war sinnlich. Seltsam. Spannend.

Ich setzte meine inneren Muskeln ein und presste sie um seinen Schwanz herum zusammen. Als er stöhnte, durchflutete das meinen Kopf mit berauschender femininer Macht. Ich war so feucht von dem Gedanken daran, dass nicht nur mein Begehren ihm das Eindringen erleichterte, sondern auch sein Samen von vorhin.

„Den Kirschkuchen."

Diesmal musste ich mich

herumdrehen, fasste nach dem Käsekuchen und fütterte ihn erneut, und presste mich um seinen Schwanz herum zusammen. Ich spielte mit ihm, wie er mit mir spielte, mit seiner Zunge die Süßspeise von meinen Fingern leckte und saugte.

Mit einem Knurren zog er meine Hand aus seinem Mund und legte sie wieder über meinen Kopf, befestigte sie. Er war über mich gebeugt, auf die Ellbogen gestützt, und unsere Nasen berührten einander beinahe. „Wem gehörst du, Caroline Jane von der Erde?"

Ich wollte frech sein, ihm das hier verwehren, einen kleinen Teil meiner Selbst für später aufbewahren, aber es wäre eine Lüge gewesen. Das Bad, sein liebevolles Füttern, seine Fürsorge und seine Beherrschung. Er war perfekt für mich. Ich hatte mich noch nie so umsorgt gefühlt, so geschützt—geliebt—ich hatte mich noch nie in meinem Leben so geliebt gefühlt. Nicht von meinen Eltern, meinen Geschwistern, ehemaligen Freunden. Noch niemand hatte mir je diese Gefühle bereitet. „Dir, Rezzer. Du gehörst mir. Ich nehme dich in Besitz, und ich gebe dich nicht her."

Da küsste er mich, gierig, als wäre er am Verhungern nach meinem Geschmack. Seine Hüften aber bewegten sich langsam. Ruhig. Stetig. Nicht genug. Ich brauchte mehr.

Er steckte bis zum Anschlag in mir und senkte den Kopf an meine Nippel, saugte erst kräftig an einem, dann dem anderen. Er hielt sie sich mit der Hand wie eine Gabe an den Mund, als wollte er mich verschlingen.

„Rezzer."

„Ja, Gefährtin?"

„Beweg dich schneller."

Er lachte und biss mir sanft in den Nippel. „Nein."

Ich zappelte mit den Hüften. „Nein?"

„Nein. Du gehörst mir. Ich möchte mich an dir sättigen. Deinen Körper genießen."

„Aber—nein. Bitte. Ich brauche mehr." Ich war mir inzwischen nicht zu schade, zu betteln.

Er ließ einen Nippel stehen, widmete sich dem anderen, schmierte

Schokoladenglasur über die harte Spitze und lutschte daran, bis alles sauber war. Kirsche auf der anderen Brust. Es trieb mich in den Wahnsinn. Seine Stöße wurden nicht schneller. „Ich weiß, was du brauchst, Gefährtin."

Ich wollte meine Beine einsetzen, und ihn näher heranziehen, da ich meine Füße um seine Hüften geschlungen hatte. Aber mit nur einer kleinen Bewegung und einer großen Hand auf meinem Bauch war ich ganz und gar auf dem Tisch fixiert. „Du sollst doch ein Biest sein. Irgendwas von einem Paarungsfieber haben. Ein Biest, Rezzer. Du sollst doch ausrasten, die Beherrschung verlieren. Ich bitte dich—*verlier die Beherrschung.*" Ich bettelte nun ernsthaft. Traurig, aber wahr. Wenn er mir nicht bald das Gehirn rausfickte, würde ich noch einen Schlaganfall bekommen.

Er schüttelte den Kopf und küsste mich auf die Lippen, ein sanfter, verweilender Kuss. Ein Verschmelzen von Seelen. „Ganz im Gegenteil, Caroline. Ein Biest hat die ultimative Selbstbeherrschung. Ich werde sie niemals verlieren, nicht bei dir. Wenn ich die Beherrschung verliere, selbst für einen kurzen Augenblick, würde ich dir wehtun. Anderen wehtun. Ich war vorhin vielleicht wild nach dir, das Biest gerade erst wiederbelebt, aber nicht gefährlich. Wir lassen uns niemals richtig gehen, bis es zu spät ist, außer wenn unser Fieber zuschlägt und unsere Gefährtin nicht erscheint."

„Aber ich dachte—" Ich führte den Satz nicht zu Ende, denn er zog sich ruckartig heraus und fickte mich stärker. Tief. Ich schauderte, meine Hände ballten sich über meinem Kopf zu Fäusten, meine Beine zitterten so stark, dass ich sie auf dem Tisch absetzen musste, da ich sie nicht länger hochhalten konnte.

„Du bist alles für mich, Gefährtin. Dein Vertrauen bedeutet mir alles. Ich passe auf dich auf. Nichts ist mir wichtiger als du, nicht einmal mein eigenes Leben. Ich werde niemals die Beherrschung verlieren." Er bewegte sich schneller, sein Körper presste meinen gegen den Tisch, bis ich kaum noch atmen konnte. „Du allerdings wirst sie verlieren."

Es war das Biest, das mich aus diesen grünen Augen ansah. Er war nicht gänzlich verwandelt, aber sein Biest war da, knapp unter der Oberfläche. Abwartend. Beobachtend. Genauso gierig nach mir wie der Mann.

Er fickte mich mehrere Minuten lang, dann zog er sich heraus und schmierte mir Schokolade auf den Kitzler und über meine geschwollene Pussy.

Ich verlor die Beherrschung, noch bevor sein Mund sich an mir festsaugte. Heftig. Er saugte mich ein, ohne Erklärung oder Zögern, ließ drei Finger in mich gleiten und brachte mich dazu, seinen Namen zu schreien.

Bevor die Schockwellen meinen Körper verlassen hatten, war sein Schwanz wieder da, dehnte mich erneut weit, und mein geschwollener Körper war zu eng. Zu empfindlich.

„Komm, Gefährtin. Komm noch einmal."

Ich kam erneut, als er mich füllte. Konnte es nicht zurückhalten.

Meine Schreie trieben ihn an die Grenze, und das Biest kam zum Spielen hervor. Er wuchs über mir, in mir, sein Schwanz dehnte mich so weit, dass ich fast noch einmal kam bei dem erotischen Anblick des Riesen, der sich über mir auftürmte, mich fickte. Mich füllte. Mich in Besitz nahm. Ich riss an den Schellen, verzweifelt danach, ihn zu berühren, mich an etwas festzuhalten, während ich das Gefühl hatte, dass mein gesamtes Wesen davonschwebte. Er musste mein Bedürfnis gespürt haben, denn er bedeckte mich mit seiner Brust, verankerte mich in der Realität, in seiner Haut, seinem Duft, seiner Kraft, sodass ich mich sicher fühlte, obwohl ich in Stücke brach, in tausend Splitter, und mich in dem Sturm verlor, der in meinem Körper wütete.

Er hielt sich nicht länger zurück. Sein Biest fickte mich hart und fest, klatschende Laute hallten durch das Zimmer zusammen mit unserem holprigen Atem, meinen Lustseufzern. Er stieß seinen Körper gegen meinen, bis wir beide zersprangen. Ich molk seinen Samen, hungrig danach, begierig darauf, sein Leben in meinen Körper zu saugen und dieses Geschenk mit ihm zu teilen. Ein Baby. Ich wollte *sein* Baby. Mit dem ich kuscheln konnte, das ich küssen und beschützen konnte.

Er brachte mich um die Beherrschung. Das konnte ich nicht leugnen. Aber er brachte mich auch zum Träumen, und das war das größte Geschenk, das er mir nur machen konnte.

10

*R*ezzer, Zakar-Privatquartier

„AUSGEZEICHNETE ARBEIT", SAGTE ICH, stellte mich zwischen meine Freunde und klopfte ihnen beiden kräftig auf die Schulter.

Tyran und Hunt wandten ihre Augen nicht von ihrer Gefährtin und ihrem neugeborenen Baby ab, als wir hereinkamen. Ich bezweifelte sogar, dass sie es bemerkt hätten, wenn der Hive selbst durch die Tür hereinspaziert gekommen wäre. Aber bei der

Versessenheit, mit der sie ihre Liebsten anstarrten, hatte ich keinen Zweifel, dass sie sie bis zum Tod verteidigen würden.

Lady Zakar, ihre Gefährtin, saß aufrecht in ihrem Bett und lachte. Sie trug ein weißes Kleid, das sie anständig bedeckte, und die Decken waren um ihre Taille herum festgesteckt. Kristin von der Erde hielt ihr Neugeborenes in den Armen, das in ein weiches Tuch gewickelt war. „Danke, Rezzer, aber die ganze Arbeit habe ich gemacht", grummelte sie, aber ein Lächeln tanzte auf ihren Lippen.

Ich kannte sie gut, hatte mit ihr zusammengearbeitet, war an ihrer Seite in den Höhlen unter dieser Welt auf der Jagd gewesen. Sie war auf ihrer Welt dazu ausgebildet worden, das Gesetz zu vertreten, und dieses Bedürfnis hatte sie auf diese Welt mitgebracht.

Ihren Gefährten gefiel das nicht besonders, aber wie ich selbst allmählich lernte, waren unsere Gefährtinnen von der Erde feurig und eigensinnig.

Kristin sah mit ihrem kurzen, blonden Haar meiner Gefährtin überhaupt nicht ähnlich. Sie war auch kleiner, ähnlich groß wie Lady Rone. Caroline hatte sich selbst als Amazone bezeichnet, obwohl ich nicht wusste, was das bedeutete. Nur, dass sie die perfekte Größe für mich hatte.

Endlich blickte Kristin von ihrem Baby hoch, ignorierte mich aber und hatte nur Interesse an Caroline. „Ich bin so froh, dass wir uns endlich kennenlernen. Ich bin Kristin, aber hier nennen mich alle Lady Zakar."

„Ja, Hunt. Tyran. Es scheint, als hätten wir über die letzten zwei Wochen unsere Gefährtinnen aus völlig unterschiedlichen Gründen im Bett behalten", sagte ich. Ich hörte, wie Caroline leise aufkeuchte, bevor Lady Zakar die Stirn runzelte. Ich lächelte und erklärte. „Du hast dich ausgeruht, um die sichere Geburt deines Kindes zu gewährleisten, und ich habe Caroline im Bett behalten, um dafür zu sorgen, dass ich ein Kind in sie pflanze."

Caroline drehte sich zu mir herum und gab mir einen Klaps auf den Arm. „Rezzer", beschwerte sie sich.

Lady Zakar lachte. „Komm, setz dich zu mir, Caroline. Er benimmt sich ganz normal. Alle Gefährten sind besitzergreifend und stolz auf ihre Männlichkeit."

Tyran kam zum Bett, beugte sich hinunter und küsste Lady Zakar auf die Stirn. „Und sieh dir nur an, was unsere Männlichkeit hervorgebracht hat, Gefährtin", sagte er und bewunderte seine schlafende Tochter.

„Ihr steckt in großen Schwierigkeiten", sagte Caroline, während sie sich auf die Bettkante setzte. „Ein Mädchen. Sie wird euch beide um ihre kleinen Finger gewickelt haben, bevor sie laufen kann."

Hunt machte ein grunzendes Geräusch. „Das hat sie jetzt schon. Sie wird keinen Gefährten bekommen, bis sie zweiunddreißig ist, und sie werden bei uns wohnen. In getrennten Zimmern", fügte er hinzu.

Ich sagte kein Wort, denn ich wusste, dass ich genauso besitzergreifend sein würde, sobald ich an der Reihe war. Die Vorstellung davon, wie Caroline unser Baby im Arm halten würde, so wie es Lady Zakar gerade tat, ein Baby mit einem schwarzen Schopf, ein Kind, das genauso aussah wie meine Gefährtin, ließ mein

Ihr Cyborg-Biest

Herz größer werden, und mein Biest wurde zugleich unruhig und stolz.

Besonders jetzt. Wir hatten es geschafft, mein Biest und ich. Caroline trug mein Kind unter dem Herzen. Sie wusste es noch nicht, aber die Anzeichen waren da. In den letzten zwei Wochen, seit sie auf die Kolonie transportiert und meins geworden war, hatte ich ihren Körper gründlich kennengelernt. Jede Kurve. Jede Linie. Ihren Geschmack, ihre Laute der Lust, die Art, wie sie sich anspannte, bevor sie kam. Wie sich ihre Pussy anfühlte, nachdem sie ordentlich rangenommen worden war und mein Samen aus ihr tropfte. Natürlich hatte ich es mir zur Angewohnheit gemacht, ihn mit meiner Hand wieder in sie hineinzuschieben, sie noch einmal auf meinen Fingern kommen zu lassen, um sicherzugehen, dass der Samen tief in ihren Körper gesogen wurde.

Ich konnte meine Augen nicht von ihr nehmen. Alles an ihr hypnotisierte mich. Der sanfte Schimmer ihrer Haut. Ihr Lächeln. Ihre elegante, feminine Art, sich zu bewegen. Die Kurven ihrer Brüste, ihres Bauchs und ihrer Hüften. Sie war alles, von dem ich nie gewusst hatte, dass es mir fehlte. Mein Herz war leer gewesen, aber nun war es voll. Ich hatte keine Ahnung, dass es größer werden konnte als mein Biest, und sogar noch größer mit der Aussicht auf ein Baby. Etwas, das wir gemeinsam geschaffen hatten. Etwas so Perfektes, von dem kaum zu glauben war, dass es echt war.

Lady Rone und Lady Zakar schwanger und mit Kjels neuem Sohn Wyatt spielen zu sehen, hatte ein Bedürfnis in mir geweckt, das ebenso stark war wie das Biest. Vielleicht sogar stärker. Primitiver. Ich war besessen davon gewesen, meinen Samen in meine Gefährtin zu pflanzen und ihren Körper zu nehmen, wann immer ich es wollte und sie es brauchte. Wir beide waren ständig hungrig aufeinander. Unersättlich. Ich dachte, dass mein Schwanz zu viel für sie sein würde, dass sie Schmerzen haben würde, aber nein. Sie hatte mich in der Nacht geweckt, indem sie sich über meinen Schwanz stülpte und sich nahm, was ihr gehörte.

Ich wollte ihr um nichts nachstehen

und hatte sie wiederum damit geweckt, meinen Kopf zwischen ihre Schenkel zu stecken und unsere vermischten Aromen zu kosten. Das war erst ein paar Stunden her, und schon drückte sich mein Schwanz wieder voller Verlangen nach ihr gegen meine Hose, selbst während wir im privaten Familienquartier der Zakars zu Gast waren.

Ich holte tief Luft, kühlte mein Feuer, bis ich sie wieder alleine für mich hatte. Egal wo. Irgendwo, wo ich ihr Kleid hochschieben und sie füllen konnte. Oh, der Samen hatte bereits Wurzeln geschlagen, aber alleine das Wissen, dass ein Baby in ihr wuchs, machte mein Verlangen nach ihr nur noch stärker.

Die Veränderungen waren subtil: ihre Brüste größer. Schwerer. Ihre Nippel waren dunkler und empfindsamer; ich konnte sie alleine dadurch zum Höhepunkt bringen, sie in den Mund und zwischen die Finger zu nehmen.

Und weiter unten war ihr Bauch zwar immer noch flach, aber sie war ständig tropfnass nach mir, ihre Pussy geschwollen und empfindlich. Erregt auf eine Art, die sie geil nannte. Sie war *ständig* geil.

Ich grinste, und Tyran zog mich in eine überraschende Umarmung. „Bald bist du dran."

Geschockt von dieser überschwänglichen körperlichen Zuwendung wurde mir klar, dass ich mich in nur wenigen Monaten genauso verhalten würde wie er und sein Sekundär. Dieses Baby war zwar das erste, das auf der Kolonie zur Welt gekommen war, aber es sah so aus, als würde sie erst die erste von vielen sein.

„Ignorier sie einfach. Jetzt sind sie vielleicht glücklich. Aber du hättest sie während der Geburt sehen sollen." Lady Rone verdrehte die Augen, aber hinter der Geste steckte Belustigung. Und Liebe. Sie strahlte sie aus wie ein Leuchtfeuer für alle gefährtenlosen Männer auf der Kolonie.

Hunts Gesicht wurde grimmig. „Das war furchtbar. In dem Moment schwor ich, dich nie wieder zu ficken, wenn es bedeutet, dich dann vor solchen Schmerzen zu bewahren."

Kristin verdrehte die Augen. „Und sieh nur, was die Schmerzen uns eingebracht haben." Sie blickte auf das Baby hinunter, dessen winzige Hand sich aus der Decke hervorstreckte und zu einer Faust ballte. „Außerdem, so schlimm war es nicht. Nicht mit all diesen medizinischen Wunderdingern und den ReGen-Stäben." Sie blickte zu Caroline hoch. „Im Ernst, es ist unglaublich. Ich bekam das Baby, sie steckten mich in die ReGen-Kapsel für eine Stunde, und ich bin bereits wieder verheilt." Ihr Blick fiel auf ihre Gefährten. „Also werden wir sehen, wie lange euer Vorhaben anhält, die Finger von mir zu lassen."

Hunt kniff die Augen zusammen, aber sagte nichts. Sie hatte recht, und jeder im Raum wusste, dass es nur eine Frage der Zeit war, bevor ihre Gefährten nicht länger widerstehen konnten, sie zu berühren. Ihren Körper neu kennenzulernen. Sich bei ihr für das Wunder bedanken, das sie uns allen geschenkt hatte.

„Du hast zwei Gefährten", stellte Caroline fest. „Ich habe Rachel und ihre kennengelernt, aber es ist immer noch so neu für mich. Ich habe schon genug am Hals mit Rezzer und seinem Biest." Sie blickte zu mir hoch und zwinkerte.

„Genug?", schoss ich zurück. „Bin ich dir zu viel, Gefährtin? Gerade eben hast du dich aber nicht beschwert. Ich denke, deine Worte waren ‚mehr, mehr'."

Selbst nach all den Dingen, die wir miteinander angestellt hatten, wurde meine Gefährtin noch rot.

Das Baby gluckste, und wir alle traten näher heran. „Sie ist gesund?", fragte ich.

„Kerngesund", antwortete Tyran stolz. „Zehn Finger, zehn Zehen. Und sie ist ihrer Mutter wie aus dem Gesicht geschnitten."

„Wir waren von der bevorstehenden und stattfindenden Geburt abgelenkt", sagte Tyran und entfernte sich vom Bett und seiner Gefährtin. „Ich habe nichts Neues über Krael gehört."

Caroline beugte sich vor und strich dem Baby über den Kopf, und die beiden Frauen unterhielten sich über die Geburt.

Ich gesellte mich zu Tyran am anderen Ende des Zimmers, lehnte mich zu ihm und sprach leise. „Es gibt nichts Neues, trotz der täglichen Streifzüge durch die Höhlen." Krael war ein bekannter Verräter, und wir jagten ihm schon seit Wochen hinterher. Er arbeitete mit dem Hive zusammen, aus Gründen, die wir erst in Erfahrung bringen mussten. Aber seine Gründe waren egal. Mir zumindest. Ich wollte ihn tot sehen für den Schaden, den er angerichtet hatte. Der Tod von Captain Brooks war erst der Anfang gewesen.

„Die Teams sind seit deiner Gefangennahme größer geworden, habe ich gehört."

Ich knirschte mit den Zähnen. „Ja. Die Lektion habe ich gelernt. Keine Gruppen mit weniger als sechs Kriegern durchsuchen nun die Höhlen. Acht bis zwölf wird empfohlen."

Ich war Krael alleine gefolgt und war von seinem Hive-Trupp, der sich dort versteckt hatte, geschnappt worden. Es war dämlich von mir gewesen, das zu tun, aber wenn ich einen Teamkollegen dabeigehabt hätte, dann hätten sie auch den erwischt. Ich war nach zwei Tagen Tests und Folter entkommen, aber nicht unversehrt. Was immer sie mit mir vorgehabt hatten, es hatte mich mein Biest gekostet. Bis Caroline kam.

„Ja, aber denk daran. Wenn du nicht wieder in Gefangenschaft geraten wärst, wärst du deiner Gefährtin nie begegnet." Ich blickte über meine Schulter zu Caroline, die nun das Baby hielt. Mein Biest jaulte geradezu bei dem Anblick. Ihr Gesicht war liebevoll und sanft auf eine Weise, die ich noch nie zuvor gesehen hatte, als sie mit der Kleinen in ihren Armen sprach. Sie war noch schöner, als ich sie je gesehen hatte. Ich packte meinen Schwanz und rückte ihn mir in der Hose zurecht.

„Wie wahr. Ich kann in meinem Herzen keine Reue dafür finden." Ich räusperte mich, und mein Blick wanderte zu den üppigen Brüsten meiner Gefährtin, die sich unter der atlanischen Robe verbargen. Sie waren groß, und nun noch praller, da unser Kind in ihr Wurzeln schlug. Das Begehren, ihre Nippel zu schmecken, mich tief in ihr zu vergraben und sie und das Ungeborene als mein Eigentum zu markieren, rauschte mir durch die Adern,

bis ich Tyrans Worte kaum noch hören konnte.
Ich wollte nicht über den Hive reden, oder über meine Folter in ihren Händen. Nicht jetzt. Ich brauchte etwas völlig anderes. „Ich werde meine Gefährtin mitnehmen und euch eure Privatsphäre zurückgeben." Ich nickte dem frisch gebackenen Vater ehrerbietig zu, obwohl wir gleichen Ranges waren.
„Du willst doch nur *deine* Privatsphäre", entgegnete er mit einem wissenden Grinsen.
Ich erwiderte sein Lächeln, oder vielmehr, mein Biest tat es. Ich musste mich bemühen, es unter Kontrolle zu halten, da wir beide gierig nach Caroline waren.
„Ganz genau." Ich schritt auf das Bett zu, und sie blickte mit einem so reizenden Lächeln zu mir hoch, dass mir der Atem stockte. Das Baby war wunderschön und kostbar, und ich wusste, dass es nicht uns gehörte, aber die Szene war perfekt.
Caroline hob mir das kleine Bündel entgegen, und ich schüttelte den Kopf. Das Kind war zu klein. Zu zerbrechlich.

„Halte sie."

Ich sah die Entschlossenheit in ihren Augen und wollte nicht, dass sie dachte, ich könnte meine Rolle als Vater und Beschützer nicht erfüllen. Also streckte ich die Hände aus und stellte schockiert fest, dass sie zitterten. Ich hatte mich Hive-Spähern und Soldaten gestellt, Blut und Chaos und Tod, und das hatte mich nicht so sehr aus der Fassung gebracht.

Caroline lächelte sanft und legte mir die Kleine in die Hände, die viel größer waren als ihr ganzer Körper. So klein. So süß. So zerbrechlich und wunderschön und perfekt. Ich hielt das Kind, als wäre es aus Glas.

„Krieg dich wieder ein, Rezz. Sie wird schon nicht zerbrechen", bemerkte Kristin vom Bett aus. Caroline war zu sehr damit beschäftigt, sich auf die Zehenspitzen zu stellen, um mir einen Kuss auf die Wange zu geben. Warum mir das Halten eines Kleinkindes ein solches Geschenk einbrachte, verstand ich nicht, aber die Geste zwang mich in die Knie. Ich war in meine Gefährtin verliebt. Wahrlich und wahrhaftig in ihrem Bann. Es gab nichts, das ich ihr nicht geben würde. Nichts, das ich nicht für sie tun würde. Niemanden, den ich nicht töten würde, um sie zu beschützen.

Das Baby machte ein glucksendes Geräusch und riss mich aus meinen Gedanken. Das Kind blickte aus großen, unschuldigen Augen zu mir hoch, und ich konnte nichts tun, als zurückzustarren.

„Hallo, kleines Wesen."

Carolines Hand legte sich auf meinen Arm, und sie blickte auf das kleine Mädchen hinunter. So beieinander zu stehen, umgeben von Familie und Hoffnung und solch wundersamer Unschuld, bewegte etwas in mir, heilte. Machte mich weich.

Für das hier hatte ich gekämpft. Für diesen Augenblick, für Milliarden Familien auf hunderten Planeten. Wenn auch nur ein Vater einen solchen Segen erleben durfte, dann waren all der Schmerz und das Blut, die Folter und die Opfer nicht umsonst.

Caroline beobachtete mich und wischte sich eine Träne aus dem Auge.

„Gott, du bist so verdammt niedlich, wie du sie hältst."

Kristin beobachtete uns vom Bett aus, auf ein Meer von Kissen gestützt, und lachte. „Hätte mir nie gedacht, dass ich das sagen würde, Rezz, aber sie hat recht. Unglaublich niedlich."

Niedlich? Eine solche Frechheit konnte ich von meiner Gefährtin tolerieren, aber von Kristin, einem Mitglied meines Sicherheitsteams, die mit mir zusammenarbeitete? Mit mir jagte? Nein. Ich war ein atlanischer Kampflord. Ein Biest. Ich war *nicht* niedlich.

Ich zog eine Augenbraue hoch und blickte meine Gefährtin an. Aber sie sah nicht länger mich an, sondern das Baby, mit Sehnsucht in den Augen.

„Eines Tages, Rezzer. Eines Tages werde ich dir ein Baby schenken."

Kristin ächzte im Bett und ließ ihren Blick ganz langsam an mir hoch und runter wandern. „Na viel Glück damit, meine Liebe. Ich dachte, ein Prillon-Baby wäre groß. Ein atlanisches kann ich mir gar nicht erst vorstellen. Aber du bist ja auch fast zwei Meter groß. Da ist so viel mehr Platz." Sie rieb sich über den Bauch, aber sie lächelte. „Ich hasse große Leute. Es ist absolut unfair." Kristin seufzte, ein merkwürdiger Laut, aber Caroline schien zu verstehen, denn sie grinste, als teilten die beiden Frauen gerade ein Geheimnis.

„Eins Fünfundneunzig, genau gesagt." Caroline sprach diese Ziffern aus, als hätten sie eine Bedeutung. Ich würde sie später um eine Erklärung bitten müssen, denn die Worte gefielen der anderen Frau gar nicht.

„Gott, ich wusste es. Es ist so unfair." Die frischgebackene Mutter betrachtete meine Gefährtin mit einem Blick, den ich nur zu gut von unserer gemeinsamen Zeit im Einsatz kannte, auf der Jagd nach Hive. „Was hast du auf der Erde gemacht? Rachel war Wissenschaftlerin für einen riesigen Pharma-Konzern. Ich war beim FBI."

„Nicht doch."

„Oh ja." Kristin steckte die Decken um ihre Schenkel fest und streckte sich nach einem Kissen aus.

Sie hatte Mühe damit, und bevor ich

blinzeln konnte, war Tyran zur Stelle. Sie lächelte ihn mit einer Sanftheit an, die ich nicht kannte. Ich kannte sie mit einem Ionen-Blaster in der Hand, bereit zur Jagd. Diese neue Version von ihr, sanft und nachgiebig, liebevoll, war mir völlig fremd.
„Und Lindsey ist eine PR-Frau oder Journalistin oder so. Sie macht Videos und kümmert sich um die Marketing-Kampagne für die Kolonie auf der Erde."
"Die habe ich gesehen.", bestätigte meine Gefährtin. „Sie ist sehr gut."
„Nicht wahr?"
Kristin lehnte sich in ihren von Tyran zurechtgerückten Kissen zurück, während ich das Baby hielt. Die Kleine war eingeschlafen, und ich stellte fest, dass ich nicht aufhören konnte, auf ihre winzig kleinen Gesichtszüge zu starren, eine Mischung aus Erdenmensch und Prillon-Krieger. Sie hatte die sanfteren Gesichtszüge ihrer Mutter, aber einen hübschen goldenen Ton in ihrer Haut. Hunt und Tyran würden ein ganzes Arsenal brauchen, um sie vor interessierten Männern zu beschützen. Götter, was, wenn unser Kind ein

Mädchen war? Ich würde gleich mit dem Ansammeln von Waffen beginnen müssen..."

„Also?", sagte Kristin auffordernd.

„Also was?", fragte Caroline.

„Was hast du gemacht? Auf der Erde?"

„Ich war Börsenanalystin an der Wall Street. Aktienhändlerin. Ich stand kurz davor, meine eigene Firma zu gründen."

„Was ist passiert?"

„Wegen Insider-Handel drangekommen."

„Hast du es getan?", fragte Kristin.

Caroline musste lachen. „Genauso wie Martha Stewart." Ihr Blick fiel auf mich, dann zurück auf Kristin. „Das hier schien mir eine bessere Option als Gefängnis, zusammen mit den Strafzahlungen, und ich habe meine Lizenz verloren."

All das hörte ich zum ersten Mal, aber ich hatte auch nicht gefragt. Ich wusste nicht, was Wall Street war, oder diese Art von Handel, über die meine Gefährtin gerade sprach. Aber Kristin verstand es, und sie schien von diesen Enthüllungen unberührt.

„Also bist du Analytikerin."

Caroline zuckte mit den Schultern. „Ich bin gut in Mustererkennung und Geldangelegenheiten. Komme gut mit Finanzunterlagen zurecht und damit, zwielichtige Nummernspiele zu durchschauen."

„Ausgezeichnet."

Hunt trat vor, und ich übergab das Mädchen seinem Vater. Also, einem seiner Väter. Da Kristins genetische Schönheit so sehr im Vordergrund stand, war es unmöglich, zu bestimmen, welcher der Prillon-Krieger biologisch verantwortlich war. Und mir war gesagt worden, dass ihre Gefährten es so lieber hatten.

„Du kannst den Teams für Materialbeschaffung und Neuankömmlinge unter die Arme greifen. Da hier und auf den anderen Basen nun immer öfter Gefährtinnen eintreffen und wir mehr und mehr verseuchte Krieger in Empfang nehmen, können wir jemanden mit deinen Fähigkeiten gut brauchen, der uns bei der Planung dessen hilft, was wir von der Flotte an Vorräten und Personal brauchen."

Tyran trat vor und hob das Baby aus

Hunts Armen, mit einem hungrigen Ausdruck in den Augen, dem Hunt offenbar nichts entgegnen wollte. "Ja, Lady Caroline. Hunt hier könnte Ihre Kenntnisse gut gebrauchen. Die ganze Basis könnte Ihre Kenntnisse gut gebrauchen. Gouverneur Rone erstellt außerdem gerade neue Verteidigungsanlagen, und wir müssen ausrechnen, wie wir die Krieger auf Patrouille versorgen sowie Zeitpläne für Zahlungen und Lieferungen an die Flotte erstellen, während so viele Krieger mehr Zeit auf Patrouille verbringen."

"Zahlungen? Womit bezahlt ihr hier? Ich dachte, ihr seid hier alle von der Flotte unabhängig. Dass alles von den S-Gen-Modulen erstellt wird und niemand hier für irgendetwas bezahlt."

Hunt schüttelte den Kopf. "Nein. Wir bezahlen mit keiner Währung, die Sie als solche erkennen würden. Aber wir haben das größte Vorkommen des Minerals hier, das für unsere Transportertechnologie benötigt wird. Das war der Grund, warum der Primus von Prillon beschloss, die Kolonie hier anzusiedeln, auf dieser hässlichen, vergessenen Welt. Wir bezahlen für nichts, aber wir haben Produktionsquoten zu erfüllen."

„Ihr seid Bergleute?" Caroline keuchte empört auf. „Sie haben euch verbannt und zu Minenarbeitern gemacht?"

Ich legte ihr beruhigend die Hand in den Rücken, wollte sie nicht so aufgebracht sehen. „Nicht hier auf Basis 3. Wir sind die Einsatzzentrale der Kolonie. Aber auf den anderen Basen, ja. Manche der Basen hier sind unterirdisch. Die Krieger leben unter der Oberfläche, damit sie die Ressourcen der Flotte schützen können."

Kristin schloss die Augen und lehnte sich mit einem Seufzen zurück. „Das ist unserer Vermutung nach der Grund, warum der Hive tatsächlich hier ist. Wenn die Flotte diesen Planeten und die natürlichen Rohstoffe hier verliert, dann wäre das gesamte Transporter-System wochenlang lahmgelegt. Lange genug für den Hive, um"

Sie führte die Feststellung nicht zu Ende, und ich war froh darüber. Wir alle wussten, was auf dem Spiel stand, wie sehr ich mein Volk dadurch im Stich gelassen hatte, Krael und den Hive in den Tunneln unter dem Planeten noch nicht gefasst zu haben.

Tyran aber konnte es nicht lassen. „Lange genug für den Hive, um die gesamte Flotte zu besiegen. Wenn sie die Kolonie einnehmen, dann gewinnen sie den Krieg."

Carolines Kiefer spannte sich an, und ich sah einen Blick, den ich nur zu gut kannte. Dickköpfig. Kampflustig. „Ich bin dabei. Ich helfe gerne. Sagt mir nur, wohin ich muss und was ich dort tun soll."

Ich drängte meine Gefährtin in Richtung Tür, begierig darauf, die Unterhaltung über den Hive und mein Versagen zu Ende zu bringen. Ich würde meine Fehler wieder gut machen. Ich würde zurück in die Tunnel gehen. Krael würde sterben. Die Kolonie würde wieder in Sicherheit sein.

Die Tür glitt auf, und Kristin rief uns zum Abschied nach. „Wir werden alles einrichten!"

„In Ordnung!" Rief Caroline und drehte sich um, während die Tür hinter uns zu glitt. Es freute mich, dass sie sich ein Ziel setzte. Meine Gefährtin war intelligent und engagiert. Ich wusste, dass die Kolonie ihre Talente nicht vergeuden würde, und ich wusste, dass sie hier etwas brauchte, bei dem sie sich nützlich und bedeutsam fühlte, als ein Teil der Gemeinschaft. Aber das würde noch kommen. An einem anderen Tag. Noch gehörte sie ganz mir.

„Komm, Gefährtin. Wir haben einen Termin."

11

„Rezzer", stöhnte ich, meine Finger in seinem dunklen Haar vergraben. Ich lehnte mich an den Untersuchungstisch auf der Krankenstation, und Rezzer war vor mir auf den Knien. Er hatte den Saum meines Kleides gepackt und ihn hochgeschoben, sodass er meine Brüste umfassen konnte. Da ich darunter nackt war—er hatte mir keine Unterwäsche gegeben, und ich fragte mich, ob dieser Mangel seine Entscheidung war, oder ob es im All einfach keine gab—spielte sein Mund an mir, und seine Zunge verwöhnte meinen Kitzler, während er an meinen Nippeln zupfte.

„Der Doktor wird gleich hereinkommen."

Er knurrte nur zur Antwort und widmete sich umso aufmerksamer seiner Aufgabe.

Ich war knapp davor, zu kommen. Dazu brauchte es dieser Tage nicht viel. Ich war so empfindsam für auf das, was Rezzer mit mir anstellte. Er war *so* gut.

„Oh Scheiße, ich komme gleich."

Er knurrte wieder und sog ein wenig stärker an meinen Nippeln.

Ich war froh über den Tisch in meinem Rücken, ansonsten wäre ich wohl eine Pfütze auf dem Boden.

Mit gnadenloser Präzision schnellte seine Zunge über meinen Kitzler, auf eine Weise, die mich über die Grenze stieß. Ich biss mir in die Lippe, dämpfte meine üblichen Schreie. In unserem Quartier hielt ich mich nicht zurück, doch ich wusste, dass direkt hinter dieser geschlossenen Tür zum Untersuchungszimmer medizinisches Personal arbeitete. Was meinen Gefährten zu unanständigen Dingen inspirierte. So verdammt sexy.

Ich konnte kaum Atem schöpfen, während Rezzer sich erhob und sich seinen glänzenden Mund mit dem Handrücken abwischte.

„Gott, was war das?", fragte ich.

Er grinste und kreiste mit dem Finger in der Luft. „Dreh dich herum, Gefährtin."

Ich tat, was er mir auftrug—wie es inzwischen üblich geworden war—ohne nachzudenken.

„Wenn ich dir das erklären muss, dann habe ich meine Aufgabe nicht besonders gut gemacht."

Er hielt den Saum meines Kleides weiter in der Hand, und ich war von der Taille abwärts entblößt. Er drückte mich mit einer Hand in meinem Rücken nach vorne, bis ich über den Untersuchungstisch gebeugt war. Mit seinem Fuß schubste er meine auseinander.

Ich hörte, wie er seine Hose öffnete.

„Rezzer, ich verstehe nicht."

Mein Gehirn war vom Orgasmus ganz vernebelt, und als ich die heiße Spitze seines Schwanzes an meinem Eingang spürte, zerstreuten sich meine Gedanken.

„Ich werde dich nun ficken."

Er glitt mit einem tiefen, langsamen Stoß in mich hinein. Nach all den Malen, die er mich nun rangenommen hatte, war ich immer noch nicht an seinen Umfang gewöhnt, und es brannte ein wenig, so weit gedehnt zu werden.

„Du bist so eng, Gefährtin. Deine Pussy ist perfekt."

„Warum hier?"

„Weil du eine gierige Pussy hast und meinen Schwanz brauchst."

Er zog sich heraus, stieß tief zu.

Was er sagte, stimmte. Ich hatte ihn begehrt. Gott, er hatte mich im Bett gefickt, als ich aufgewacht war, und das war erst vor ein paar Stunden gewesen. Ich war süchtig. Sein Schwanz war wie eine verdammte Droge.

„Aber auf der Krankenstation?", fragte

ich, während ich mich an den Tisch klammerte, bis meine Knöchel weiß hervortraten. Die klatschenden Laute unseres Fickens erfüllten den Raum. Ich konnte den Stoff seiner Hose an meinem Hinterteil spüren und wusste, dass er sie nur so weit geöffnet hatte, bis er seinen Schwanz herausholen konnte. Der Gedanke daran, dass er vollständig bekleidet war und mich buchstäblich bediente, brachte mich beinahe gleich wieder zum Kommen.

„Der Doktor muss sich etwas zur Bestätigung ansehen."

Er fickte mich mit einem stetigen Rhythmus, legte eine Hand neben meine, beugte sich über mich.

„Was denn? Deinem Biest geht es sichtlich gut."

Er küsste mich auf die Wange, hinter meinem Ohr, und ich spürte, wie er lächelte. Ich konnte spüren, wie sein Schwanz in mir anschwoll, wie er in meinem Rücken größer wurde.

„Meinem Biest geht es gut, es ist sehr

glücklich tief in deiner engen, heißen, nassen Pussy."

Ich wimmerte. Ich liebte seinen Dirty Talk.

„Mein Biest freut sich auch über das Baby."

„Was soll...oh Gott." Er drang tief vor, und mein ganzer Körper bebte. Ich wollte ihm sagen, dass er schneller machen sollte, sich beeilen, mich zum Kommen bringen, aber ich wusste, dass meine Worte vergeudet sein würden. Er hatte die Kontrolle, und bei dem Gedanken wollte ich nur umso dringender kommen. So verdammt scharf. Ich schloss die Augen und konzentrierte mich auf das, was er sagte. „Was soll Kristins Baby mit deinem Biest zu tun haben und damit, dass du mich fickst?"

Er zog sich heraus und wartete an meinem Eingang, sodass die breite Krone über meinen G-Punkt strich. „Unser Baby, Gefährtin. Wir sind hier, damit der Doktor bestätigen kann, dass du unser Kind in dir trägst."

Ich blickte mit großen Augen über meine Schulter zu ihm, dann stieß er tief

Ihr Cyborg-Biest

in mich. Ich konnte die Lust nicht ertragen, und meine Augen fielen zu. Ein Schrei entkam meinen Lippen, während er die runden Wölbungen meines Hinterns packte und sie auseinander zog, mich für seinen Blick öffnete. Ich war mir sicher, dass er sich ansah, wie sein riesiger Schwanz in mich hinein und wieder heraus fuhr. Ein tiefes, grollendes Knurren ließ meine Pussy um ihn herum zusammenzucken wie eine Faust. So. Verdammt. Sexy.

„Unser Baby?"

Er beugte sich hinunter, knabberte an meiner nackten Schulter. Ich zitterte, meine Pussy bebte, so knapp am Orgasmus, so weit gedehnt um seinen Schwanz.

„Ach, Gefährtin, du bist so clever, und doch scheinst du deinen eigenen Körper nicht so gut zu kennen wie ich."

„Du meinst—"

„All dieses Ficken, all dieser Samen." Er schwoll in mir an, stieß tief zu, dann füllte er mich mit noch mehr. „Eine Ladung nach der anderen, es war alles für dich", stöhnte er. „Alles für diesen fruchtbaren

Leib, den du hast. Wir haben ein Baby gemacht."

Ich konnte an nichts denken als daran, wie knapp ich am Kommen war. Er war gekommen, war aber immer noch steif. Seine Hand wanderte herum, fand meinen Kitzler, streifte sanft darüber.

„Deine empfindlichen Brüste, dein unersättlicher Hunger nach meinem Schwanz, deine Fähigkeit, bei der leichtesten Berührung zu kommen."

Er rieb meinen Kitzler, grob, schnell, und ich zerbarst in seinen Armen, auf seinem Schwanz, und seine freie Hand legte sich über meinen Mund, um meine Lustschreie zu dämpfen.

„So ist gut. Komm für mich. Komm für deinen Gefährten. So gut. Ja. Ich kann es nicht erwarten, dich ganz rund zu sehen mit dem, was wir erschaffen haben. Zu sehen, wie du das Kind in den Armen hältst, das wir erschaffen haben. Du wirst mir alles schenken, was mein Herz begehrt."

Er küsste mich am Hals, während er mich so lobte, während ich wieder zu mir kam.

Erst als ich aufhörte, um seinen Schwanz herum zu pulsieren und zu krampfen, zog er sich heraus.

„Ah, ich liebe diesen Anblick. Wir brauchen es nun nicht mehr zurück in dich hinein zu schieben, nicht wahr?", fragte er, während er mich hochzog und mein Kleid wieder zu meinen Knöcheln hinabfallen ließ.

Ich war wackelig auf den Beinen, und er hielt mich in den Armen, ließ seine Wärme in mich fließen. Seine Hände strichen mir über den Rücken, während ich seine Worte in mich aufnahm. Spürte, wie sein Samen aus mir heraus und über meine Schenkel lief.

Er hatte mich über die letzten zwei Wochen hinweg so oft genommen, dass ich aufgehört hatte, zu zählen. Er hatte viel zu viel Samen für nur einen Mann. Aber er war Atlane, und riesig, also vielleicht kam das von seiner Größe. Es stimmte, dass meine Brüste schmerzten, aber ich dachte, das kam von Rezzers ständiger Zuwendung. Und meine Periode war ausgeblieben. Aber ich war erst zwei

Wochen hier, gewiss nicht lange genug, dass sie schon verspätet war. Woher wusste er es also? Ich fragte ihn danach.

„Ich weiß es einfach." Er lächelte selbstgefällig und umfasste durch das Kleid hindurch meine Brüste. Ich keuchte bei der sanften Berührung auf. „Oh, ich weiß es genau." Es schien mir ein wenig falsch, dass der Mann es zuerst wusste, aber er widmete meinem Körper eindeutig mehr Aufmerksamkeit, als ich das tat.

„Kannst du alleine stehen?", fragte er.

Ich verdrehte die Augen. „Es war gut, aber nicht *so* gut", entgegnete ich.

„Ach, Gefährtin, du forderst mich heraus. Wenn der Doktor mit dir fertig ist, werde ich dich zurück in unser Quartier bringen und dafür sorgen, dass deine Beine gar nicht mehr funktionieren. Du wirst sie einfach gespreizt halten müssen, damit ich mich an dir vergnügen kann."

Er grinste, drückte mir einen Kuss auf die Nasenspitze und ging dann zur Tür. Sie öffnete sich leise, und Rezzer steckte

Ihr Cyborg-Biest

den Kopf hinaus und sagte: „Doktor, wir sind nun soweit."

Hastig strich ich die echten oder vermeintlichen Falten auf meinem Kleid glatt und musste hoffen, dass der Doktor nicht die Absicht hatte, es hochzuziehen. Gott, wenn ich meine Füße in Steigbügel stellen musste und er die Indizien dessen sah, was wir gerade angestellt hatten...

Der Doktor hielt einen Stab hoch und lächelte mich an. Doktor Surnen war groß, ein Prillon-Krieger mit ihrer typischen goldenen Färbung und schärferen Gesichtszügen, und wie bei jedem anderen hier hatte der Hive auch bei ihm seine Spuren hinterlassen. Seine linke Hand war völlig aus Silber, aber sein Lächeln war aufrichtig. „Keine Sorge. Das hier wird nicht wehtun."

Er schwenkte den Stab ganze zwei Sekunden lang durch die Luft, dann schaltete er ihn aus, und das rote Licht verblasste. Es sah aus wie ein Mini-Lichtschwert aus *Star Wars*, aber das Leuchten kam von innen, nicht oben heraus.

„Herzlichen Glückwunsch. Sie sind guter Hoffnung."

"Was?" Mein Mund stand weit offen, und Rezzer grinste. Das war alles? Nur ein paar Sekunden Herumwedeln mit einem kleinen Leuchtstab? Rezzer beugte sich hinunter, zog mich an sich und küsste mich zärtlich. „Siehst du, ich hatte recht."

Ich wollte, dass der Doktor sich irrte, nur, damit Rezzer nicht so angab, aber dann wäre ich ja nicht schwanger. Und ich wollte sein Baby mit einer Heftigkeit, die mich schockierte.

„Ich bin schwanger? So schnell schon?", frage ich mit stockender Stimme, und der Arzt nickte. „Das war alles? Das war der gesamte Test, den Sie durchführen müssen?"

Der Arzt schenkte mir ein Lächeln, eines, das nur freundlich war, nicht ekstatisch wie das von Rezzer. „Sie sind vollständig gesund, Lady Caroline. Sie bekommen ein Baby. Die Zeit wird es zeigen, wenn Sie dem Test nicht glauben."

„Vielen Dank, Doktor."

Rezzer führte mich aus der

Krankenstation und den Flur entlang. Wow. Er strahlte geradezu. Ich hatte noch nie ein so breites Lächeln auf seinem Gesicht gesehen. Er schien einen Kopf größer zu sein, und nicht nur wegen seines Biests. Er war stolz auf seine Manneskraft. Er hatte mich geschwängert, und er protzte geradezu.

Ich ließ mich von ihm führen, da ich zu überwältigt war. Ich war schwanger. Bekam ein Baby. Rezzers Baby. Das wir gemacht haben, indem wir viel, viel Sex hatten.

Ich bekam ein Baby.

Und er hatte es gewusst.

Er beugte sich herunter und raunte. „Ich bin noch nicht mit dir fertig, Gefährtin. Folgendes werde ich mit dir noch anstellen. Ich werde—"

„Kampflord Rezzer", unterbrach eine schneidende Stimme.

Der Typ trug eine Uniform ähnlich Rezzers und ebenso respektgebietend, aber er war um einiges kleiner. Aber nicht klein, immer noch mehrere Zentimeter größer als ich. Er hatte braune Haut und schwarzes Haar, das kurz geschoren war. Er sah menschlich aus, aber anstatt zwei normaler Augäpfel hatte er zwei Augen aus metallisch glänzendem Silber.

„Es tut mir leid, aber der Gouverneur verlangt Ihre Anwesenheit in der Kommandozentrale."

„Jetzt gleich, Leutnant Denzel? Ich habe etwas mit meiner Gefährtin zu feiern."

„Ja, er hat erwähnt, dass Sie eine Gefährtin haben. Herzlichen Glückwunsch an Sie und Lady Caroline." Er verbeugte sich ehrerbietend vor mir.

„Woher stammen Sie?"

Er sprach meine Sprache. Eindeutig menschlich. Aber Gott, diese Augen waren gruselig. Und plötzlich verstand ich, was Rezzer mir zu erklären versucht hatte. Nur, weil dieser Mann auf die Erde zurückkehren *durfte,* hieß das nicht, dass er dort ein glückliches Leben führen würde. Ich liebte mein Volk, meinen Planeten, aber wir waren immer noch Wilde, die über Religion und Revier stritten und darüber, wer mit wem Sex hatte. Schwul, hetero, trans, Christen,

Muslime, Afrikaner, Asiaten, und so weiter. Die Liste war endlos.

Aber silbrige Cyborg-Augen an einem groß gewachsenen, kampferprobten Schwarzen, der zwei Jahre damit verbracht hatte, Aliens im Weltraum zu töten? Die Leute würden ausrasten.

„New York. Sie?"

„Atlanta."

Aus einem Impuls heraus packte ich ihn und umarmte ihn fest. Noch jemand aus der Heimat. Jemand, der wohl schon lange nicht mehr umarmt worden war.

Er hielt mich ein paar Sekunden lang fest umschlungen, bevor er mich zögernd losließ. Die Stimmung war geladen, also tat ich, was ich am besten konnte. „Denzel? Im Ernst?"

Sein Grinsen war es wert, selbst wenn seine Augen immer noch erschreckend waren. „Meine Oma hat mich nach ihrem Lieblingsschauspieler benannt."

Ich lachte, das gefiel mir. „Denzel Washington? Ihre Oma war in Denzel Washington verschossen?"

„Wie sie leibte und lebte."

Ich blickte zu Rezzer hoch, der sich alles mit einer Ruhe ansah, die ich als trügerisch erkannte. „Können wir uns hier im Weltall Filme ausleihen?"

„Natürlich."

Ich klatschte in die Hände. „Großartig. Wir machen einen Denzel-Marathon."

Der Leutnant lachte auf. „Ich bin dabei. Ein paar andere Jungs bestimmt auch."

„Wie viele von uns gibt es hier?", fragte ich.

Er zuckte mit den Schultern. „Weniger als ein Dutzend Menschen auf dem ganzen Planeten, aber wir sind alle hier auf Basis 3. Und dazu zählen auch die Frauen. Wir sind nicht so groß wie die anderen Rassen. Sie wollen uns in den Minen nicht. Es verlangsamt die Produktion."

Ich hatte keine Ahnung, was ich dazu sagen sollte. „Was machen Sie dann?"

Rezzer legte mir seinen Arm um die Taille und zog mich an seine Seite, eine ausdrücklich besitzergreifende Vorführung. „Der Leutnant ist ein ausgezeichneter Scharfschütze. Seine verstärkte Cyborg-Sicht lässt ihn Ziele sehen, die beinahe zwei Meilen weit entfernt sind."

„Heiliger Strohsack. Ernsthaft?", fragte ich. Denzel nickte, aber winkte ab. „Hier draußen gibt es nicht viel, auf das ich schießen könnte."

„Noch nicht.", sagte Rezzer, und beide Männer wurden angespannt. Das war das offizielle Ende des fröhlichen Erdlings-Treffens.

„Gouverneur Maxim sagt, dass Sie wohl gerne erfahren würden, dass die Sensoren in den Höhlen Bewegung aufgezeichnet haben."

Ich spürte, wie Rezzer neben mir erstarrte. Er blickte auf mich hinunter.

„Komm. Ich gehe die Liste später mit dir durch."

Ich wusste nicht, was los war, aber ich wusste, dass es wichtig war. Nach dem, was sie mit Rezzer angestellt hatten, wollte ich selbst einem der Feinde begegnen. Ihm die Lichter ausblasen dafür, dass er meinem Gefährten Leid zugefügt hatte. Ja, ich konnte ebenso besitzergreifend und beschützerisch sein wie mein großes Alpha-Männchen. Und jetzt, da es auch darum ging, an unser Kind zu denken, würde nichts und niemand meinen Mann von uns trennen.

Der Koalitions-Krieger von der Erde eskortierte uns den Flur hinunter, und an Rezzers Seite gelangte ich zum Kommandoraum des Gouverneurs. Sobald sich die Tür öffnete, blickte Gouverneur Rone von einer Karte und Diagrammen hoch, die auf einem Schirm angezeigt wurden, der in die Tischoberfläche vor ihm eingebettet war.

„Rezzer. Ausgezeichnet. Marz und Kjel sind schon mit dem restlichen Team hierher unterwegs."

„Welches Team?", fragte ich.

Rezzer zog mich enger an sich, legte mir den Arm um die Schultern, und die anderen kamen nach und nach mit schwer stapfenden Schritten in den Raum. Er stellte mich den Männern vor. „Marz. Trax. Kjel. Kampflord Bruan. Das hier ist Lady Caroline. Meine Gefährtin."

Sie verneigten sich, was zugleich toll und einschüchternd war. Kjel war der einzige, der völlig menschlich aussah, aber er bewegte sich nicht wie ein Mensch. Er war zu still und hatte zu viel geballte Kraft in seinem Körper. Keiner von ihnen war klein, die Prillon-Krieger Trax und Marz mindestens 2 Meter groß. Marz war blond wie ein nordischer Gott, und er hatte einen seltsamen silbernen Ring unter der Haut um sein Auge, und das Auge selbst war...wie flüssiges Silber. Eigenartig schön. In einem Alien-Gesicht nicht ganz so schwer zu akzeptieren wie in einem menschlichen. Der Prillone Trax war viel dunkler, wie ein afrikanischer Mann zu Hause, aber sein Haar hatte eine tief rostbraune Farbe, wie Zimt auf Kaffee. Seine Augen waren bernsteinfarben, umringt mit Bronze, wie die Halbedelsteine namens Tigeraugen. Sie waren große Krieger, attraktiv und furchteinflößend, aber nichts im Vergleich zu meinem Gefährten und dem anderen Mann, Kampflord Bruan, den ich als Atlanen identifizierte. Ein Biest. So wie meines. „Hallo zusammen. Ich bin CJ."

Sie murrten eine Begrüßung, aber ich konnte sehen, dass sie abgelenkt waren vom Anlass für diese Zusammenkunft. Ich war ebenfalls neugierig. Sie versammelten sich um den Gouverneur herum, der etwas getan hatte, das die Karte, über der er gebrütet hatte, als Hologramm vor uns schweben ließ. Die Abbildung sah aus wie eine Reihe von Würmern, die sich in der Luft umeinander schlangen. Aber während ich den anderen zuhörte, wurde mir klar, dass es Höhlen waren.

„Die Sensoren zeigen Bewegung hier an." Gouverneur Rone hob die Hand an eine Stelle in den Tunneln, die bei seiner Berührung rot wurde.

„Das ist nahe", sagte der, den sie Marz nannten, aber ich erkannte schon daran, wie Rezzers Hand sich in meinem Rücken verkrampfte, dass das keine guten Neuigkeiten waren. Ich war nicht einmal sicher, dass er sich seiner Bewegung bewusst war. Er war über diese Neuigkeiten aufgebracht.

„Ihr zieht sofort los", fügte Gouverneur Rone hinzu. „Wir müssen die Patrouillen an der Südseite der Basis verdoppeln. Aber das wird nicht ausreichen."

„Wir müssen in die Tunnel zurück." Das Biest namens Bruan verschränkte die Hände, und ich bemerkte, wie viele

Waffen an seine Koalitions-Rüstung geschnallt waren. Sein Haar war hellbraun, beinahe golden, und die warme Farbe passte zu dem dunklen Gold seiner Augen. Er war, abgesehen von meinem Rezzer, der attraktivste Mann im Raum. Nicht, dass ich Atlanen zugunsten voreingenommen war. Oh nein. Das würde ich abstreiten, wenn mich jemand fragte.

Sie alle trugen die gleiche enganliegende schwarze Rüstung. Ich war umringt von einem Männer-Festmahl für die Augen. Ich wusste, dass der Gouverneur eine Gefährtin hatte und der kupferfarbene Kragen um seinen Hals die prillonische Variante eines Eheringes war, aber ich fragte mich, wie es bei den anderen aussah. So oder so waren ihre Gefährtinnen, oder zukünftigen Gefährtinnen, Glückspilze. Nicht einer der Krieger sah so umwerfend aus wie mein Rezzer, aber trotzdem. Nicht übel. Ganz und gar nicht übel.

Ich musste mit der Erdenfrau Lindsey sprechen, der PR-Spezialistin, der ich noch nicht begegnet war. Rezzer war viel zu beschäftigt damit gewesen, mir einen Braten ins Rohr zu schieben, als dass ich dafür bisher Zeit gehabt hätte. Vielleicht würde ein „Die scharfen Typen von der Kolonie"-Kalender mehr Bräute hierher bringen. Wenn eine solche Kampagne Spendengelder für die Feuerwehr zu Hause einbringen konnte...

„Ich führe das Team an." Rezzers rohes Knurren zerrte mich in die Gegenwart zurück.

Der Gouverneur erhob sich und wandte sich an meinen Gefährten, sein Blick betont auf die Schellen um Rezzers Handgelenke gerichtet. „Nicht möglich, Rezzer. Du wirst das Team von hier aus überwachen und koordinieren."

„Nein." Er verwandelte sich, das Biest trat an die Oberfläche. Ich sah fasziniert zu. Ich hatte es bisher nur gesehen, wenn sein Schwanz in mir war—was bedeutete, dass ich zu abgelenkt war, um genau mitzubekommen, was dabei vor sich ging. Seine Augen wurden heller; seine Schultern irgendwie fülliger. Sein ganzer Körper dehnte sich vor meinen Augen aus. Es war verrückt und faszinierend, und ich konnte an nichts anders denken als daran, wie unglaublich sich sein riesiger Schwanz anfühlte, wenn er mich fickte. Ich wollte an seinem Körper hochklettern und jeden Zentimeter kosten. Ich wollte...begehrte einfach nur. Jawohl, um mich war es absolut geschehen.

Ich spürte, wie meine Pussy nass wurde, und Rezzer erstarrte an Ort und Stelle, drehte sich herum und blickte zu mir hinunter. „Hive töten. Gefährtin. Dableiben."

Er hielt seine Fesseln hoch und blickte auf meine.

„Er kann nicht mit ihnen mitgehen, solange du deine Handschellen trägst, CJ." Rachel war aus dem Nichts erschienen und stellte sich neben ihren Gefährten, setzte ihren runden Bauch ein, damit die stämmigen Krieger ihr den Weg freimachten.

Ich erinnerte mich an die Schmerzen, die es mir verursacht hatte, als ich mich an jenem ersten Tag von Rezzer entfernte; als hätte ich in jedes Handgelenk einen elektrischen Schlag bekommen. Ich wollte auf keinen Fall, dass das noch einmal passierte, und ich hatte keine Ahnung, was das mit dem Baby anrichten würde.

Es gefiel mir nicht, dass er sich in Gefahr begeben wollte, aber ich wusste, dass er das hier brauchte. Dass er es zu Ende führen musste. Ich würde mit dem Fiasko mit dem Insider-Handel niemals abschließen können. Niemals. Und das war nicht mal wirklich eine große Sache im Vergleich zu dem, was der Hive Rezzer angetan hatte. Zweimal. Er brauchte es, diese Bösewichte zu Fall zu bringen, sein Biest an ihnen wüten zu lassen.

„Du solltest gehen, also warum nimmst du nicht einfach deine Schellen ab?", fragte ich.

„Nein!", brüllte Rezzer so laut, dass ich erschrak, und ich streckte mich instinktiv nach ihm aus. Er hob mich von den Füßen, wiegte mich wie ein kleines Kind an seiner Brust. Oh Mann, er war so richtig riesig im Biest-Modus. So verdammt sexy. Konnte er spüren, wie meine Nippel an seine Brust gedrückt härter wurden?

Ich hob meine Hand an sein Gesicht und streichelte ihn, sodass er mich spüren konnte. Wusste, dass er immer noch mir gehörte. Es funktionierte, und ich bemerkte, wie die anderen Krieger im Raum wieder entspanntere Haltungen einnahmen, die Hände von ihren Waffen nahmen.

Hatten sie wirklich gedacht, dass er die Kontrolle verlieren würde beim Gedanken daran, seine Schellen abzunehmen? Der Gedanke war ernüchternd.

Rachel legte ihre Hand auf ihren runden Bauch—sie würde schon bald ein weiteres Baby auf die Kolonie bringen—und legte mit einem traurigen Lächeln den Kopf schief. „Er kann sie nicht abnehmen. Wenn er das tut, steht es dir frei, einen anderen Gefährten zu wählen. Diese Schellen sind dein Besitzanspruch, deine Kennzeichnung. Sie abzunehmen, würde bedeuten, dass er nicht länger dir gehört. Er würde keinen Grund mehr haben, sein Biest unter Kontrolle zu halten."

Rezzer nickte, sichtlich dankbar darüber, dass sie erklärt hatte, was er nicht konnte. Nicht, während sein Biest wütete.

"Wie bitte?" Ich blickte in Rezzers grüne Augen. Ich wusste, dass die Fesseln wichtig waren, dass sie mir einen höllischen Schlag verpassten, wenn wir uns mehr als fünfzig Schritt voneinander entfernten, aber— „Ich dachte, die wären nur für mich. Um dafür zu sorgen, dass ich dir nahe bleibe. Wird es dir nicht wehtun, wenn du sie anbehältst?"

Er nickte erneut.

„Ja", antwortete der Gouverneur an seiner Stelle. „Aber gerade mal so stark, dass er daran erinnert wird, dass Sie hier auf ihn warten. Dass er Ihnen gehört. Dass er die Beherrschung nicht verlieren darf."

Ich blickte mit frischem Respekt auf die zueinanderpassenden Schellen, die wir trugen. Also konnte ich meine abnehmen, aber er würde lieber Schmerzen ertragen, als seine Verbindung zu mir zu verlieren? „Mein *Besitzanspruch*?"

„Ja." Rezzers Antwort machte mir klar, dass ich den letzten Gedanken laut ausgesprochen hatte. „Rezz. Gehört. Dir."

Ich sah die Wahrheit in diesen drei Worten in seinen feierlichen grünen Augen. Er gehörte mir auf eine Weise, die ich nicht ansatzweise verstehen konnte.

„Sie sind nicht menschlich, CJ. Es ist schwer, das zu begreifen, aber sie sind es nicht annähernd", bemerkte Rachel. Ich erinnerte mich an Aufseherin Egaras Worte zurück, dass kein Gefährte, dem ich zugewiesen werden würde, einem Kerl von der Erde auch nur ähnlich sein würde.

„In Ordnung." Ich blickte immer noch in die Augen meines Gefährten und hielt meine Schellen hoch. „Du willst jagen gehen? Den Hive zur Strecke bringen?"

„Jagen." Er wandte den Blick nicht von mir ab; das Wort war ein Versprechen, und mir wurde klar, dass er das hier tun musste, um mich zu beschützen, jeden auf diesem Planeten zu beschützen. Das neue Leben, das in mir heranwuchs.

„In Ordnung. Setz mich ab." Er stellte mich behutsam auf die Füße, und ich streckte ihm meine Handgelenke hin. Ich hatte keine Ahnung, wie man die Schellen abnahm. Da war keine Fuge. Keine Schnalle. Nichts. „Hier. Nimm sie ab."

Er tat es mit einer Sanftheit, die von jemand so großem schockierend war. Er zeigte mir, welches Muster ich nachzeichnen musste, mit welchem Trick sie sich öffneten.

Sie fielen in seine großen Handflächen

hinunter, und er zuckte nur einen Augenblick lang zusammen, und der Klang eines kleinen elektrischen Schlages ertönte von den Schellen an seinen Händen. „Bist du dir ganz sicher? Es wird dir keinen Schaden zufügen?" Ich ignorierte alle anderen im Raum, aber das war mir egal. Das hier war eine Sache zwischen ihm und mir.

„Meins." Er sprach nicht von den Schellen.

Nun, das war eine gute Zusammenfassung. Ich lächelte. Ich konnte nicht anders, während ich ihm die kleineren Fesseln abnahm. „Nun, du gehörst ja auch mir. Also beeil dich und tu, was du tun musst, und dann komm wieder zurück zu mir. Du wirst mir helfen, sie wieder anzulegen, und dann gehen wir diese Liste durch, die du da hast." Ich zog seinen Kopf zu einem Kuss zu mir hinunter, nur eine kurze Berührung unserer Lippen, aber ich wollte es hier tun, vor aller Augen. Das war meine Besitznahme.

Rachel nahm mich am Ellbogen, als ich ihn gehen ließ. „Komm mit. Wir tun so, als würden wir etwas essen und uns keine Sorgen machen, während die Jungs ihr Ding durchziehen."

Ich ging aus dem Raum und blickte nicht zurück. Das Gewicht der Schellen in meiner Hand war ein Versprechen. Er würde zurückkehren. Das musste so sein.

12

Rezzer, in den Tunneln unter Basis 3

Gemeinsam folgten wir Kjel durch die dunklen Tunnel. Seltsame, auf dem Planeten einheimische Würmer überzogen die Wände und gaben mit ihrer Biolumineszenz ein gespenstisches Leuchten ab. Wir waren tief unter der Oberfläche, tiefer, als wir es je auf einer solchen Aufspür-Mission gewesen waren. Aber ich hatte keine Zweifel an den Künsten des Jägers Kjel. Er war vor seiner

Ihr Cyborg-Biest

Begegnung mit seiner Gefährtin, einer Menschenfrau namens Lindsey, methodisch und effizient gewesen. Bevor er ihren Sohn als seinen eigenen adoptiert hatte. Aber wo er zuvor gnadenlos effizient gewesen war, hatte es ihn keineswegs weicher gemacht, eine Gefährtin zu haben. Das Gegenteil war der Fall. Von allen Kriegern auf der Kolonie wäre er wohl der, bei dem ich richtig Mühe hätte, ihn zu besiegen.

Everis-Jäger waren schnell. Aber Kjel war von der Elite, selbst unter seinesgleichen. Er konnte sich so schnell bewegen, dass das nackte Auge es nicht mitverfolgen konnte, und war im Jagdmodus beinahe so stark wie mein Biest. Jäger waren in der ganzen Interstellaren Flotte als Kopfgeldjäger und Auftragskiller berüchtigt. Dass Kjel der einzige Jäger auf der Kolonie war, hatte ihn zu einer Art Legende gemacht. Und als seine Gefährtin mysteriös aus dem Nichts erschienen war, in einem Versand-Container von der Erde, war seine Legende dadurch nur noch gewachsen.

Die Jäger waren berüchtigt dafür, ihre Beute rein aus Instinkt über ganze Sonnensystem hinweg aufspüren zu können. Manche glaubten, dass er seine Fähigkeiten eingesetzt hatte, um auf magische Weise eine Gefährtin zu sich zu locken, denn sie war hier, und er hatte sich nicht einmal fürs Interstellare Bräute-Programm testen lassen. Abergläubischer Unsinn, aber Kjel unternahm nichts, um die Gerüchteküche einzudämmen. Ich wusste es besser.

Er hatte Glück gehabt, dass Lindsey hier aufgetaucht war. So verdammt viel Glück.

„Bericht, Captain." Die Stimme des Gouverneurs kam über die Kommunikationssysteme in unseren Helmen herein. Wir blieben still und warteten ab, ob Kjel es als sicher einschätzen würde, zu antworten.

„Nichts bisher, Gouverneur", sagte Kjel. „Aber wir sind nahe dran. Ich kann sie riechen."

Ich konnte sie nicht riechen, aber jeder Instinkt in mir brüllte, dass etwas nicht *stimmte*. Und mein Biest hielt sich nur mit

Ihr Cyborg-Biest

Müh und Not im Zaum. Die Elektroschocks, die stoßweise durch meine Gefährtenschellen schossen, halfen mir dabei, bei Sinnen zu bleiben und mich daran zu erinnern, dass meine Gefährtin auf mich wartete. Dass sie brauchte, dass ich diese Mission zu Ende brachte und zu ihr zurückkehrte. Und doch waren meine Zähne gefletscht und meine Instinkte jagten durch mich hindurch. „Irgendetwas stimmt nicht."

Ich war das Schlusslicht, schützte unsere Flanke, und jede Sekunde, die wir verweilten, raste mein Herz schneller. Das letzte Mal, als ich hier unten war, wurde ich gefangengenommen. Hier war kein Ort, an dem ich verweilen wollte, aber diesmal war ich nicht alleine. Und doch, mein Bauchgefühl sagte mir—

„Er hat recht. Hier stimmt was nicht, Kjel. Ich spüre es ebenfalls." Captain Marz, der Prillon-Krieger, warf Trax einen Blick zu, und sie stellten sich an meine Seiten. Wir waren als achtköpfiges Team hier heruntergekommen, hatten uns aber vor etwa fünfzehn Minuten aufgeteilt, als der Tunnel sich gegabelt hatte.

„Hat das andere Team schon Bericht erstattet?", fragte Kjel.
Die Stimme des Gouverneurs war heiser. „Nein. Aber ihr müsst mir Rezzer zur Basis zurückbringen."
Mein Kopf schoss hoch, und ich spürte, wie meine Augen glasig wurden, als das Biest um Freiheit kämpfte. „Warum?" Es war weniger eine Frage als eine Forderung.
Maxims Stimme war klar, aber trug nichts dazu bei, mein Biest zu beruhigen. „Wir brauchen dich hier auf Basis 3, Rezzer. Mehr kann ich dir im Moment nicht sagen."
Etwas war mit Caroline passiert. Das war die einzige Erklärung. Er würde mich für nichts Geringeres von einer Mission zurückberufen. Und da er den Grund nicht über Funk nannte, war es schlimm. „Sag es mir gleich, Maxim. Sag schon, oder ich werde die Basis in Stücke reißen auf der Suche nach ihr."
„Beherrsch dich, Rezzer." Er widersprach meiner Vermutung nicht, dass Caroline verschwunden war. „Und

dann sieh zu, dass du zur Basis zurückkommst."

„Wir kehren zur Basis zurück. Sofort." Die Verwandlung war nahe, direkt unter meiner Haut, aber ich krallte mich mit den Fingernägeln an meiner Selbstbeherrschung fest. Für sie. Aber als Kjels Blick meinen traf, wusste er, dass das Team ohne mich weitergehen würde, wenn er es nicht umkehren ließ.

„Ich stimme zu", sagte Kjel. Er nickte Marz und Trax zu, und sie kamen langsam auf mich zu. Zwei Schritte später hatten sie alle drei ihre Ionen-Blaster gezogen und richteten sie auf etwas hinter mir. Ich drehte mich herum und sah, was wir schon seit drei Stunden jagten.

Drei Hive-Soldaten standen am Ende einer langen Höhle, einem Ableger, den wir noch nicht durchsucht hatten. Unglücklicherweise waren sie gerade außer Reichweite der Blaster. Scheiße. Mein Biest fauchte und wuchs.

„Jäger?", fragte Marz Kjel nach Anweisungen.

Als der Elite-Jäger im Team hatte Kjel das Kommando, und so sehr ich auch in vollen Biest-Modus gehen wollte, den Gang entlang stürmen und diese Bastarde in Stücke reißen, hatte ich eine Gefährtin, zu der ich zurück musste. Diese Arschlöcher standen auf meiner Prioritäten-Liste so weit unten, dass sie kaum zählten. In dem Moment, als Maxim mir indirekt gesagt hatte, dass etwas mit Caroline nicht stimmte, waren sie nichts weiter als ein Hindernis auf meinem Weg zu ihr geworden. Punkt, aus. „Erschießen wir sie und hauen wir ab."

„Sie sind außer Reichweite", sagte Kjel.

„Wir sind nicht außerhalb ihrer Reichweite. Sieh dir diese Kanonen an. Was ist das für eine Waffe? So etwas habe ich noch nie gesehen." Marz kniff die Augen zusammen, und ich wusste, dass sein Cyborg-Implantat ihn weiter in die Ferne blicken ließ als den Rest von uns. „In Deckung!", schrie er.

Zu spät. Ein scharfer Stich zuckte mir links durch den Brustkorb. Als ich hinunterblickte, sah ich einen seltsamen Pfeil aus meiner Uniform herausragen. Knurrend zog ich ihn mir aus der Haut, aber eine eigenartige Scheibe von etwa

Ihr Cyborg-Biest

der Größe eines Fingernagels blieb in der Uniform stecken. „Was soll der Scheiß?"

„In Deckung!", schrie diesmal Kjel. Er war auf dem Boden, wie auch die anderen beiden.

Ich war mir nicht sicher, was gerade passierte. Die Hive hätten mich töten können. Sie hätten mir den Kopf wegpusten oder mich mit dem Pfeil vergiften können. Aber sie taten weder noch. Ich betrachtete das Objekt, das an mir steckte, und streckte den Hals, um es besser sehen zu können. Die anderen standen auf, Marz trat links an mich heran und zerrte an meinem Arm.

„Komm schon, Rezzer. Bewegung."

Sobald ich mich in Bewegung setzte, ließ er mich los, und ich folgte ihm. Ich wollte so weit wie möglich von diesen verdammten Höhlen weg. Mit jedem Schritt war ich Caroline näher. Der pulsierende Schmerz von meinen Fesseln war meine Erinnerung daran. Wir schossen in einen Nebentunnel. In dem Moment, wo wir außer Sichtweite waren, hielten wir an, und die anderen scharten sich um mich, um das Objekt zu untersuchen.

„Sieh zu, dass das von deiner Uniform runterkommt. Sofort!" Noch während er das sagte, trat Kjel einen Schritt zurück.

„Runter damit. Es ist eine Ferntransport-Sonde."

"Was?" Marz machte ein schockiertes Gesicht. „Wie zur Hölle ist der Hive an eine Transport-Sonde geraten?"

Kjel rieb sich über die Augenbrauen, ohne den Tunneleingang aus den Augen zu lassen. „Eine medizinische Erkundungs-Einheit wurde vor ein paar Wochen angegriffen. Ein Trupp abtrünniger Klasse 5-Söldner hat ein gesamtes medizinisches Erkundungsteam der Schlachtgruppe Zakar außer Gefecht gesetzt. Geiseln für den Sklavenhandel genommen und die Waffen und Transport-Sonden geraubt."

„Bei allen Göttern, Kjel. Warum hat uns das keiner gesagt?", fragte Marz.

„Es war vertraulich." Kjel zuckte mit einer halbherzigen Entschuldigung die Schultern. „Sie hätten nie gedacht, dass die den verdammten Hive als Käufer nehmen würden. Und ich hätte verdammt noch mal nie gedacht, dass sie hier enden würden."

„Klar. Hier bei uns. Den Verseuchten", fügte Trax hinzu.

„Sie lagen falsch." Ich hob die Hand an das winzige Gerät, und Marz und Trax traten beide einen Schritt zurück. Ich konnte es ihnen nicht verübeln. Sollte dieses Ding losgehen, würden sie bestimmt nicht mit dorthin wollen, wohin der Hive mich transportierte. Wohin zur Hölle auch immer es programmiert worden war. Die Sonde war klein, fast zu klein, als dass ich sie mit meinen großen Händen fassen konnte. Und ich war mir nicht ganz sicher, dass ich sie entfernen wollte. Ich hatte so das Gefühl, dass das hier—zusammen mit Maxims Nachricht von vor ein paar Minuten—nur Teil eines größeren Gefüges von Machenschaften war. Etwas, das mit Caroline zu tun hatte. Der Hive hatte auf mich gezielt. Mich mit dem Pfeil getroffen. Sie waren exzellente Scharfschützen, die nicht nur zufällig auf uns vier gezielt und mich getroffen hatten.

Kjel rückte zur Öffnung vor und

blickte um die Ecke, um die Position der Hive-Soldaten zu überprüfen, die unseres Wissens nach hinter uns her waren. Sein verwirrter Gesichtsausdruck bestätigte meinen Verdacht. „Sie sind weg." Kjel trat weiter in den Korridor hinaus und streckte seine Nase in die Luft, um die Spur aufzunehmen. „Wo zur Hölle sind sie hin?"

Marz folgte ihm und setzte seine Cyborg-Augen ein, um die Höhle in beide Richtungen abzusuchen. „Du hast recht, sie sind fort." Beide Männer wandten sich zu mir.

„Nimm das verdammte Teil ab." Kjels Augen sahen glasig aus. Ich hatte ihn noch nie so nahe an einem Panikanfall gesehen.

Ich ignorierte seinen Befehl und blickte ihm direkt in die Augen. „Du hast einen privaten Kommunikationskanal mit dem Gouverneur?" Das war Standard. Der Kommandant einer Einheit hatte immer eine Möglichkeit, die Kommandozentrale zu benachrichtigen, ohne die anderen in seinem Team darüber zu informieren.

Er nickte nahezu unmerklich.

„Sag mir, was er mir nicht sagen

wollte." Ich ließ mein Biest in meine Stimme eindringen, und das tiefe Knurren grollte durch die kleine Höhle. Ich nahm mir den Helm ab, denn er war zu eng, wenn ich kurz davor war, mich in mein Biest zu verwandeln.

Kjel holte tief Luft und blickte mich an. In seinem Blick lag eine Resignation, die mir das Herz in den Magen rutschen ließ wie ein schwerer Stein.

„Ein Eindringling ist an CJ gelangt. Sie haben eine Transportsonde eingesetzt"— er deutete auf meine Brust— „genau wie diese."

„Der Hive war in Basis 3?" Marz bebte geradezu vor Zorn. Basis 3 war unser Zuhause, und wir hatten schon genug vom Hive eingesteckt, um den Rest unseres Lebens damit auszukommen. Und ich war fortgegangen, hatte sie dort alleine gelassen, wo der verdammte *Hive* ihr etwas antun konnte? Mein Biest knurrte, und die anderen konnten das Grollen hören.

Kjel schüttelte den Kopf. „Nein. Kein Hive. Ein Wartungsarbeiter. Von einem der Shuttle-Wartungsteams. Er ist erst seit ein paar Wochen hier."

„Also hatte der Hive Kontrolle über jemanden im Inneren, und der hat ihr die Sonde angesteckt."

„Sie ist nicht länger auf der Kolonie", antwortete Kjel grimmig.

„Sie haben meine Gefährtin gekidnappt?" Eiskalter Zorn hielt mich nun in Schach. Wie ein Biest zu wüten, würde meiner Gefährtin jetzt nicht helfen, nicht in diesem Moment. Sie brauchte mich ruhig und berechnend. „Konnten sie das Transporter-Signal zurückverfolgen?" Die Worte kamen bissig hervor, zischend.

„Sie arbeiten daran. Maxim hatte gehofft, dass sie einen Aufenthaltsort haben würden, bevor wir zurückkehrten."

Das Gerät an meiner Schulter begann zu surren, die Vibrationen eher eine Energie, die ich spüren konnte, als ein Laut. Aber ich wusste, was das bedeutete. Ich blickte von der Transportsonde zu Kjel hoch. „Ich kann nicht länger warten. Sag ihm, er soll sich beeilen und Verstärkung schicken."

„Was willst du damit sagen?", fragte

Trax, aber trat fluchend zurück, als die Energie aus der Sonde sich ausbreitete. Die Haare an meinem Körper stellten sich auf, und sie konnten bestimmt das Flirren der Transporter-Elektrizität in der Luft spüren.

Marz trat vor und legte mir eine Hand auf die Schulter. „Ich komme mit dir mit."

„Nein. Das wird nicht funktionieren", sagte Kjel. „Sie können nicht euch beide mit einer Sonde transportieren. Dafür sind sie nicht gebaut. Ein Krieger. Das war's. Wenn du ihn nicht loslässt, funktioniert es vielleicht überhaupt nicht."

„Gut", sagte Trax und packte meine andere Schulter.

„Nein." Ich schubste ihn kräftig von mir. Brach den starken Halt. Ich hätte Marz auch noch gestoßen, aber er war bereits zurückgetreten, mit Verständnis in seinen Augen, also verschwendete ich keine weiteren Worte an ihn. Ich wandte mich an Trax. „Das hier bringt mich zu meiner Gefährtin. Fass mich noch einmal an, und ich töte dich."

„Bei allen Göttern, Rezzer, du solltest warten, bis Maxim ein Rettungsteam zusammengestellt hat", sagte Kjel nachdrücklich.

Das Biest grollte, bevor ich es aufhalten konnte, und ich hatte Mühe, meine Stimme unter Kontrolle zu halten. „Und wenn der Hive deine Gefährtin hätte, oder deinen Sohn?"

Ich hatte gewonnen, das erkannte ich daran, wie Kjels Schultern zusammensackten. Dann richtete er sich mit brennendem Blick auf. Wenn es seine Gefährtin Lindsey wäre, die gefasst worden war, oder sein Sohn Wyatt? Nichts würde ihn davon abhalten können, zu ihnen zu gelangen. Rein gar nichts.

Das Surren erfüllte meine Ohren, bis ich mir nicht mehr sicher sein konnte, dass sie mich hörten, oder dass ich überhaupt sprach. „Das hier bringt mich zu Caroline. Ich weiß es. Sie haben auf mich gezielt. Sie geschnappt. Genau wir sind es, hinter denen sie her waren. Sagt Maxim, er soll eine verdammte Armee bringen. Er kann haben, was vom Hive noch übrig ist, wenn er dort ankommt."

Kjel warf mir seine Waffe zu, sodass ich zwei hatte. Ich nickte ihm dankend zu, dann sank ich auf ein Knie hinunter und nahm eine stabile Haltung ein, bevor die Transportsonde mich holte. Ich hatte keine Ahnung, wohin ich unterwegs war, aber ich würde alles und jeden zerstören, der sich dort zwischen mich und meine Gefährtin stellte.

13

Ich rieb mein Gesicht über das weiche Kissen und holte tief Luft. Rezzer. Es roch nach meinem Gefährten, und ich kuschelte mich in völliger Glückseligkeit hinein. Ich riss die Augen auf, als ich ein Läuten hörte. Zuerst dachte ich, dass es mein Handy war, aber der Ton war anders. Ich rollte mich herum, öffnete die Augen und blinzelte den inzwischen vertrauten Linien an der Decke unseres Privatquartiers entgegen. Der Raum hatte äußerst karg angefangen. Zweckmäßig, aber nicht gemütlich. Nicht warm. Ich hatte kleine Verbesserungen eingebracht, nachdem ich eingezogen war. Eine weiche, flauschig grüne Decke und passende Kissen auf der Couch. Lampen mit antiken Lampenschirmen und zwei neue Kommoden, damit wir nicht in der grellen, kalten Standardbeleuchtung sitzen mussten, die die Flotte eingerichtet hatte. Ich hatte sogar Rachel gebeten, mir mit der S-Gen-Maschine zu helfen und auf magische Weise Duftkerzen herzustellen, die nach Zimtkeksen rochen—wir mussten die Sicherheitsprotokolle des Computers überbrücken, um sie zu brennen—und eine große Pflanze mit roten Blättern geholt, die mir der fremde Alien-Mann, der hier für die Gärten zuständig war, empfohlen hatte, als ich ihm von meinem schwarzen Daumen erzählte. Ich musste hoffen, dass sie nicht umzubringen war. Unser Zuhause würde nicht gerade Preise für die Inneneinrichtung gewinnen, aber zumindest fühlte es sich nun wie ein

Zuhause an und nicht eine Kaserne. Ein richtiges Zuhause. Das uns gehörte.

Und schon bald würden wir in eine größere Suite umziehen, mit einem zusätzlichen Zimmer. Ich konnte es kaum erwarten, das Zimmer für das Baby einzurichten und lächelte bei dem Gedanken.

Das Läuten ertönte erneut, und ich ächzte. Ich hatte mich zu schnell bewegt, und Schwindel und Übelkeit schwappten über mir zusammen. Ich legte mich wieder hin, holte tief Luft und bemühte mich, nicht in Panik zu geraten, als mein Hirn sich wieder einschaltete. Ich hasste es, krank zu sein. Nein, ich war nicht krank. Jetzt war ich schwanger. Mit einem Alien-Baby.

Vielleicht würde ich mich daran gewöhnen müssen, mich nicht ganz so schnell zu bewegen...

Scheinbar konnten die Wissenschaftler der Koalition die Notwendigkeit von Handys eliminieren und jedermann mit einer ausgefeilten NPU bestücken—einer Neuroprozessor-Unit, dem tollen Gerät,

Ihr Cyborg-Biest

das in meinem Schädel eingepflanzt wie ein Universal-Übersetzer fungierte—aber wie sie morgendliche Übelkeit beseitigen konnten, hatten sie noch nicht rausgefunden. Ich würde mit Kristin und Rachel darüber reden müssen. Sie hätten sich bestimmt nicht damit abgefunden, sich übergeben zu müssen, wenn der Arzt ein Mittel hatte, um das zu vermeiden.

Hin und wieder schmerzte mein Kopf noch von der NPU. Aber ich verstand jede existierende Sprache. Das war technologisch gesehen toll, aber an ein Alien-Computersystem angeschlossen zu sein, das mich meinem neuen Gefährten zugeordnet hatte, war sogar noch toller.

Rezz. Mein Biest.

Er fehlte mir. Wir waren erst seit kurzer Zeit zusammen, aber ich stellte fest, dass ich es liebte, in seinen Armem zu schlafen, von seinen heißen Berührungen aufzuwachen. Ich liebte es, dass sein Biest gern hervorkam und unsanfte Spielchen mit mir spielte. Ich liebte es, dass er groß und männlich war und überhaupt kein Problem damit hatte, eine eins-neunzig

Frau mit vorlautem Mundwerk zur Gefährtin zu haben. Er hatte mich nicht Amazone genannt. Er wusste nicht einmal, was der Begriff bedeutete. Für ihn war ich klein. Und je vorlauter ich war, umso mehr Orgasmen schien ich mir einzuhandeln. Je mehr ich mich gegen seine Dominanz wehrte, umso mehr setzte er sie durch. Im Bett. Außerhalb des Bettes. Gegen die Wand gedrückt. Nackt. Angezogen.

Ich räkelte mich unter der Bettdecke, wünschte ihn an meine Seite. Vielleicht, wenn er Glück hatte, würde ich ihm die Kontrolle überlassen. Ja klar. Als würde er es anders haben wollen.

In Wahrheit hatte das Biest überhaupt keine Grenzen und absolute, unbestreitbare Kontrolle, wenn er mich so kunstfertig nahm, mich vor Lust zum Schreien brachte.

Er war noch nicht hinter meinen diabolischen Plan gekommen, der mir meine Orgasmen bescherte, oder zumindest tat er so, als würde er nicht wissen, was ich tat. Was noch besser war. Ich schloss die Augen und lächelte noch einmal, als das Zimmer sich endlich zu drehen aufhörte. Meine Pussy war ein wenig wund—auf eine gute Art—und ich war ganz klebrig von seinem äußerst potenten Samen. Er war männlich und wild, und er hatte mich erschöpft. Das, zusammen mit der Neuigkeit, dass ich ein Kind unter dem Herzen trug, hatte mich ausreichend beschäftigt, während er mit den anderen Kriegern auf seiner Mission war. Ich fühlte mich nackt ohne seine Schellen an meinen Handgelenken—mir war nicht bewusst gewesen, wie sehr ich mich an ihr Gewicht gewöhnt hatte, an das kühle Gefühl, bis sie entfernt worden waren—aber ich wusste, dass er zu mir zurückkommen würde.

Zum ersten Mal in meinem Leben hatte ich absolut keinen Zweifel daran, dass ich gewollt war. Gebraucht. Geliebt. Das Gefühl war sowohl berauschend als auch süchtig machend, und war wohl der Grund dafür, dass ich mich so schnell und so heftig in das Biest verliebt hatte. Es war verrückt. Ich dachte an die Unterhaltung mit Aufseherin Egara zurück. Wie ich darauf bestanden hatte, dass ich meinen

Gefährten ja nicht *mögen* musste. Kein Wunder, dass sie die Augen verdreht hatte. Ich war dumm gewesen. Naiv. *Ich weiß, wie wahre Liebe sich anfühlt. Wie es zwischen Gefährten sein kann.* Ihre Worte waren in meinem Kopf hängengeblieben, und ich würde sie über das Kommunikationsgerät anrufen und ihr sagen, dass sie recht gehabt hatte.

Ich öffnete die Augen, blinzelte den Schlaf weg. Dieser Raum fühlte sich jetzt schon wie ein Zuhause an. Er war sicher. Gehörte uns. Anstatt mit Rachel essen zu gehen, war ich hierher zurückgekommen und nur wenige Minuten nach seiner Abreise eingeschlafen.

Ich hatte versucht, für Rezzer wach zu bleiben, aber das war offensichtlich nicht passiert. Er war noch nicht zurück, denn seine Seite des Bettes war immer noch frisch gemacht und kalt. Ich sehnte mich nach ihm, aber ich war dankbar, dass ich mich trotz der Trennung nicht vor Schmerzen krümmen musste. Es hatte *weh getan*, das eine Mal, dass mir die Gefährten-Schellen einen Schlag verpasst hatten, und ich hatte kein Interesse daran, das noch einmal zu spüren. Aber ich sehnte mich auch danach, sie wieder anlegen zu können. Ich hatte mich daran gewöhnt, sie zu tragen, und nachdem ich die Intensität in Rezzers Augen gesehen hatte, als er sich weigerte, sie abzunehmen, da war mir ihr Wert bewusst geworden.

Sie waren mehr als nur Armreifen. Sie waren ein Symbol, Beweis für etwas viel Tiefergehendes. Er trug meinen Besitzanspruch weiterhin, hatte sich dafür entschieden, den Schmerz von den Schellen lieber zu ertragen, als sogar diese Verbindung zu mir zu verlieren. Ich fühlte mich mächtig geehrt, und auch etwas besorgt darüber, dass ich so viel Einfluss auf ein derartig mächtiges Wesen wie einen atlanischen Kampflord hatte. Fühlte mich berauscht und beängstigt und ernüchtert.

Würden die ständigen Schocks von den Schellen ihn ablenken? Würden sie ihn in Gefahr bringen? Ich schüttelte den Gedanken ab. Ich wusste, dass Rezzer ein Kampflord war. Ein geschickter Kämpfer. Er würde nichts Dummes tun.

Und doch waren die Fesseln auch ein

Hinweis darauf, wie verletzlich er war. Sein Biest war stark. Furchterregend für seine Feinde.

Und ohne mich war es verloren.

Ich legte mir die Hand auf den Bauch und dachte an das Baby darin. Unser Baby. Ich wollte, dass Rezzer in Sicherheit war, hier bei mir im Bett. Wenn ihm etwas zustoßen würde, nun, er war nicht der einzige mit einem inneren Biest, und meines würde toben.

Ein weiteres Läuten ertönte.

„Hallo?" Ich blickte mich im Zimmer um und erkannte, dass das Läuten von einer Art Türglocke stammte.

„Hallo? Ist da jemand?" Ich tappte barfuß durch den Raum. Das zerknitterte Kleid, das ich schon den ganzen Tag anhatte, war zwar etwas peinlich, aber nicht das Ende der Welt.

Klingel. Klingel.

Ich wischte mir das Haar aus dem Gesicht und erstarrte, als die Tür sich ohne meine Einwilligung öffnete, ein Stück der Wand zur Seite glitt und verschwand. Ein medizinischer Offizier— die grüne Uniform war mir inzwischen vertraut—verneigte sich vor mir. Er war kein Prillone oder Atlane. Er kam mir bekannt vor. Aber woher?

„Lady Caroline. Glückwunsch zu Ihrer Empfängnis mit Ihrem atlanischen Gefährten."

„Vielen Dank. Wir freuen uns sehr." Ich schenkte ihm ein kleines Lächeln. „Ich kenne Sie doch, oder nicht? Woher stammen Sie?" Er war kein Atlane. Nicht groß genug. Er war auch kein Prillone. Hatte die Hautfarbe nicht, und auch nicht die scharfen Gesichtszüge. Er bewegte sich nicht wie Kjel, der, wie ich gelernt hatte, von Everis stammte. Ich war mir nicht sicher, welche Planeten sonst noch auf der Kolonie vertreten waren, aber die Herkunft dieses Typen war mir neu.

„Ich stamme ursprünglich von einem Planeten namens Trion. Und nein, wir sind einander noch nicht offiziell vorgestellt worden."

Nun, von Trion hatte ich noch nie gehört. Aber egal. Er sah nahezu menschlich aus, die menschenähnlichste Alien-Rasse, die ich gesehen hatte, seit ich auf Basis 3 angekommen war. Es gab mehr als zweihundert Welten in der Interstellaren Koalition, und in Geografie war ich schon immer schlecht gewesen. So viele weitere Planeten mit neuen Orten und Merkmalen in meinen nicht vorhandenen Wissensstand aufzunehmen, war nicht realistisch.

Er trat auf mich zu, und ich wich zurück. Ich verzog das Gesicht. Er war mir ein wenig zu nahe, und ich fühlte mich wie ein Kindergartenkind, das sich beschwerte, weil er in meine „Zone" getreten war. Der Ausdruck auf seinem Gesicht war nicht bedrohlich...aber er war auch nicht freundlich gesinnt. Ein Schauer lief mir über die Haut, als die Tür sich automatisch hinter ihm schloss. Wir waren alleine. Zusammen.

„Warum sind Sie hier? Wo ist Rezzer? Ist ihm etwas zugestoßen?" Das hier gefiel mir nicht. Ich mochte nicht, wie er mich ansah, als wäre ich... Nein. Er sah mich nicht *an*. Er sah *durch mich hindurch*. Als wäre ich nicht da. In seinem Blick lag kein Mitgefühl und keine Wahrnehmung. Es war, als wäre er hypnotisiert. Oder ein Roboter.

„Ihrem Gefährten geht es gut."
Was war es dann? Was zum Teufel war los? Ich räusperte mich. „Sie müssen nun gehen. Rezzer wird jede Minute zurück sein."
Seine ruhige Haltung änderte sich, und mit einem Mal war er angespannt, seine dunklen Augen hart. „Es ist nun bestätigt, dass Sie ein Kind erwarten." Seine Stimme war tief und bedrohlich. Und doch schien er unbewaffnet zu sein. Ohne den sexy Bein-Halfter, wie Rezzer ihn trug.
„War das eine Frage?" Ich wich noch einen Schritt zurück und fühlte mich unwohl damit, dass sonst niemand hier war. Die Tür war geschlossen und bot somit eine Abgeschirmtheit, die ich nicht wollte. Niemand wusste, dass er hier war —zumindest nicht, dass ich wusste—und Rezzer war nicht in der Nähe. Und ich hatte keine Ahnung, wer dieser Kerl war. Was er wollte. Warum er überhaupt die verdammte Klingel benutzt hatte. Ich wich weiter zurück, bis ich meine Hand um den dünnen Ständer einer meiner neuen Lampen legen konnte. Gott, ich wollte sie wirklich nicht kaputt machen, aber es war

die einzige Waffe, die mir zur Verfügung stand. Er war groß, aber er war kein Biest. Vielleicht eine Handbreit größer als ich. Ich konnte ihm die Lampe über den Kopf ziehen. Ihn vielleicht in die Eier treten. Kein Kerl, ob Alien oder Mensch, bekam gerne einen direkt in die Nüsse.

Sein Blick ging zu meiner Hand, die die Lampe umfasste, aber er guckte amüsiert, nicht bedroht.

Mistkerl.

Er fasste in seine Tasche und holte eine kleine Scheibe hervor, etwa so groß wie ein kleiner Keks, und meine Gedanken rasten. Schossen hin und her wie Puzzlestücke, während Adrenalin durch meinen Körper flutete. Was machte dieser Alien-Mann hier? Was zum Geier war dieses kleine runde Ding? Sein Lächeln war definitiv *nicht* menschlich, und meinte er vielleicht, dass mich das *beruhigen* sollte? Ja klar.

„Ihr Gefährte ist weit weg, Lady Caroline. Aber keine Sorge, Sie sind nun sehr wertvoll für uns. Und er wird sich Ihnen bald anschließen."

Uns? Wer war *uns*? Und sich mir

anschließen? Warum klang das wie eine Drohung? Jeder Instinkt in mir schrie auf, dass ich tief in der Scheiße steckte, aber ich konnte nirgendwohin entkommen.

„Ich kenne Sie nicht von der Krankenstation. Ich denke, Sie gehen nun besser. Wie gesagt, Rezzer wird jeden Moment zurück sein, und ich versichere Ihnen, er ist äußerst besitzergreifend. Er ist Atlane, wissen Sie." Ich fügte diese letzte Info hinzu, um ihn daran zu erinnern, dass Rezzer sich in ein Biest verwandeln und ihm den Kopf abreißen konnte, wenn er mir irgendetwas tat.

Er zuckte mit den breiten Schultern, sichtlich unbesorgt darüber, von einem Atlan-Biest gnadenlos umgebracht zu werden. „Ich brauche nur einen Augenblick", antwortete er und trat näher. Zu nahe.

Ich schwang ihm die Lampe entgegen. Hoffte auf ein Wunder.

Scheiße. Er war stärker, als er aussah. Er wehrte meinen Angriff mit einer Hand ab und musste nicht einmal ächzen. Oder blinzeln. Sein Gesichtsausdruck änderte sich nicht im Geringsten. Er war leer. Einfach nur...leer.

Er hielt die Lampe weiter mit einer Hand fest, streckte die andere aus und klatschte mir die Scheibe auf meine nackte Schulter. Erst dann trat er zurück und gab mir den Freiraum, den ich wollte. Er nahm mir nicht einmal die Lampe ab. Ich blickte auf die Scheibe hinunter und sah zu, wie eine Reihe von Lichtern gelb blinkten. Das Muster sah aus wie ein...ein elektronischer Knopf.

"Was—"

Er verschränkte die Arme vor der Brust. Beobachtete. Wartete. „Ich befolge lediglich Befehle."

Ich wollte mir die Scheibe von der Haut ziehen, aber ich spürte ein Knistern, und jedes Haar an meinem Körper stellte sich auf. Dann war es, als würde die Welt mein Inneres hervorstülpen. Schmerzhaft. Seltsam. Ich wollte schreien, aber es gab keine Luft. Nichts, woran ich mich festhalten konnte. Einfach...nichts.

―――

CJ

Ihr Cyborg-Biest

Ich taumelte, streckte instinktiv den Arm aus, und er prallte gegen eine Wand. Ich blinzelte, mir war übel und mir wurde klar, dass ich transportiert worden war. Als ich die Erde verließ, war meine letzte Erinnerung, dass Aufseherin Egara rückwärts zählte und ein beruhigendes blaues Licht schien. Ich war frisiert und rasiert und in ein schönes Kleid gehüllt auf der Kolonie aufgewacht. Und das Beste daran? Rezzer war dort gewesen. Hatte auf mich gewartet. Kniete neben mir und sah mich mit diesen wunderschönen grünen Augen an.

Diesmal hatte ich während der Reise nicht geschlafen, und Junge, der Trip war alles andere als angenehm. Es machte keinen Spaß, so wie ich es mir gedacht hätte. Bei *Star Trek* sah es so einfach aus. Ich wusste, dass meine Ionen oder Zellen oder was auch immer neu angeordnet wurden und ich durch eine Art Vortex reiste.

Oh Gott. Das Baby. Hatte es auch das

Baby neu angeordnet? Wie viele Schwangere wurden transportiert? War das überhaupt erlaubt?

Ich legte meine Hände auf meinen Bauch, spürte nichts. Natürlich nicht. Aber es fühlte sich auch nicht so an, als würde ich das Baby verlieren. Keine Krämpfe oder Blutungen.

Ich blickte auf mein Kleid hinunter und rechnete damit, das zu sehen, was ich schon den ganzen Tag getragen hatte. Stattdessen aber trug ich ein schlichtes weißes Nachthemd, das mir gerade bis über die Knie reichte. Keine Schuhe. Keine Unterwäsche. Wenn es am Rücken offen gewesen wäre, wäre es genau wie ein Krankenhaus-Nachthemd zu Hause. Aber der Stoff war weich, wundersamerweise nicht zerknittert—nicht die geringste Falte—und schien eine Art Schaltkreis eingewoben zu haben. Wenn ich lange genug darauf starrte, sah ich kleine Lichtfunken oder Elektrizität...verdammt, ich hatte keine Ahnung, was es war, aber es sah aus, als würde ein Schaltkreislauf hin und her schießen, in scheinbar zufälligen Intervallen.

Ich rieb den Stoff zwischen meinen Fingern, stützte mich an der Wand ab und blickte wieder hoch. Ich war nicht in unserem Quartier. Ich war nirgendwo, wo ich schon einmal gewesen war. Ich war in einer Art Privatquartier. Das Bett an der einen Wand war groß, so groß wie das, das ich mit Rezzer in unserer Suite teilte. Ein kleiner Tisch war an den Boden montiert, auch Stühle festgeschraubt, und alle drei Gegenstände waren aus hellem Silber, wie glänzendes Chrom. Es gab keine Bilder, keine weiteren Möbelstücke. Ich blickte einen kleinen Flur entlang und sah eine Badekabine, ein Waschbecken und einen kleinen Wandschrank mit weiteren Kleidern identisch zu dem, das ich trug. Kein S-Gen-Gerät. Keine Dekorationen. Kein Duft. Warum roch dieser Ort nach *gar nichts*? Ich fühlte mich, als wäre ich in einer sterilen Blase. Kein Schmutz, keine Pflanzen, kein Anzeichen von Essen oder Leuten oder...sonst irgendwas. „Wo zur Hölle bin ich?"

Mein Herz raste, und ich hatte Mühe, die Ruhe zu bewahren, während die kleinen Schaltkreis-Lichter in meinem Kleid verrückt spielten.

„Wenn Sie sich vom Transport unwohl fühlen, setzen Sie sich."

Ich wirbelte herum und sah, dass drei Männer im Zimmer standen. Wie zum Teufel waren mir die entgangen? Ich schluckte und legte mir eine Hand aufs Herz, um es davon abzuhalten, mir aus der Brust zu springen. Nein, sie waren keine Männer...nicht wirklich. Sie hatten mit Männern von der Erde nichts gemeinsam. Sie waren auch keine Alien-Rasse, die ich kannte, und auch nicht so, wie der Kerl, der mir das Transporter-Dings angeklebt hatte.

Als ich mich daran erinnerte, zog ich es mir von der Schulter und zuckte zusammen, da es an meiner Haut klebte. Es war schlimmer als ein Pflaster, das mit Superkleber an zentimeterlange Haare geklebt war. Ich hatte Sorge, dass die obere Hautschicht mit abgehen würde, aber beschloss, dass es wie bei einem Pflaster am besten war, es mit einem Ruck abzureißen. Das Brennen ließ mich aufzischen. Ich packte es in meine Faust, dachte, ich könnte es vielleicht dafür benutzen, von hier wegzukommen—wo immer ich auch war. Wenn es mich hierher gebracht hatte, konnte es mich auch wieder fortbringen.

Die drei standen neben einem Fenster aus Glas, das etwa so hoch war wie Rezzer, aber zweimal so lang. Nein, kein Fenster. Eher eine Schiebetür aus Spiegelglas. Ich hatte das Gefühl, wer auch immer auf der anderen Seite war, konnte mich sehen, aber ich sie nicht. Nirgendwo schien natürliches Licht herein, und ich hatte keine Ahnung, ob es Tag oder Nacht war, hatte kein Zeitgefühl. Ich hätte genauso gut eine Meile unter der Oberfläche sein können, wie zehntausend Meilen hoch im Weltraum. Das war ich wahrscheinlich auch. Ich wusste nur, dass es sich nicht mehr so anfühlte, als wäre ich auf der Kolonie.

„Kommen Sie. Sie müssen sich vom Transport erholen." Der mittlere Alien war größer als die anderen beiden, seine Haut ein tiefes Mattblau, das ich bisher nur in meiner liebsten e-book-Reihe von Sci-Fi-Liebesromanen gesehen hatte. Aus seinem Hinterkopf trat ein seltsam aussehendes, hakenartiges Ding hervor, das irgendwie mit seiner Wirbelsäule verknüpft zu sein schien. Er war...einfach nur seltsam. Aber da die Flotte so viele Welten umfasste und ich erst insgesamt vier oder fünf Alien-Rassen kennengelernt hatte, konnte ich mir gut vorstellen, dass es so einiges Seltsames hier im Weltraum gab, das ich noch zu sehen bekommen würde. Egal, mir war jedenfalls in dem Moment nicht wirklich danach zumute, über andere Alien-Rassen zu lernen. Ich wollte zurück in mein Quartier auf der Kolonie. Mit Rezzer.

„Wer sind Sie? Wo bin ich?", fragte ich.

„Ich bin Nexus 4. Eine medizinische Einheit. Kommen Sie. Ihnen ist schwindelig." Er streckte mir seine blaue Hand entgegen, und ich ignorierte sie zwar—er schien nicht ganz so hypnotisiert wie der Trion-Mann, der mich überhaupt in dieses Schlamassel gebracht hatte—aber trat trotzdem näher an das Glas heran, mehr aus Neugierde denn sonst etwas. Keiner von ihnen machte bedrohliche

Bewegungen. Die Situation war beinahe wie in einem Traum. Surreal.

Ich näherte mich dem Glas, und sie blieben reglos stehen, während mich mein Spiegelbild aus der glatten Fläche anblickte. Als ich meine Hand flach dagegen drückte, fühlte es sich so kalt an wie eine Windschutzscheibe im New Yorker Winter. Ich nah, die Hand weg, und ein Umriss verblieb, wo die Hitze meiner Handfläche eine Veränderung in der Oberfläche bewirkt hatte.

Was ich getan hatte, hatte wohl funktioniert, denn das Glas glitt zur Seite und ich keuchte auf, schlang meine Arme um meinen Bauch und wich nach hinten, direkt in Nexus 4. Seine Hände legten sich wie eiserne Fäuste auf meine Schultern, und meine Angst kam mit voller Kraft zurück, als ich einen medizinischen Untersuchungsraum vor mir sah, komplett mit Untersuchungstisch...und Steigbügeln.

Ich zitterte unter der Berührung, zuckte zusammen vor dem Anblick. „Auf keinen Fall. Da gehe ich nicht hinein."

„Es ist notwendig, die Gesundheit des Babys nach dem Transport zu überprüfen."

Das Alien zu meiner Rechten deutete auf den Untersuchungstisch. Ein klinischer Raum mit grauen Wänden, grauem Boden. Das Licht kam von der Decke, aber ich sah keine Lampen. Wenn wir nicht bereits im Weltraum wären, würde dieser Raum dazu führen, dass ich an Außerirdische glaubte.

So wie auch die Drillinge um mich herum. Keine geborenen Drillinge, denn sie sahen einander nicht ähnlich. Der Rechte hatte mattes Haar, gelbe Haut. Der Linke hatte Haar, das so dunkel war wie meines, und ein starkes, kantiges Kinn. Und dann war da noch das blaue Alien, das mich an den Schultern festhielt.

Sie waren unterschiedlich. Aber was sie alle gemeinsam hatte, das waren die Hive-Integrationen, die ich von der Kolonie bereits kannte. Nur hatten diese drei keine vereinzelten Hautflecken oder Augen. Nein. Mindestens die Hälfte ihrer sichtbaren Haut war mit Metall überzogen. Bionischen Teilen. Augen, Ohren, Hals, Hände. Künstliche, verschlungene Wirbelsäulen.

„Es geht mir gut", raunte ich, aber bewegte mich von ihnen weg. „Dem Baby geht es gut." Da sie mir den Ausweg verstellten, bewegte ich mich nur noch weiter in den Raum hinein.

„Wir werden bestimmen, wie es um die Gesundheit des Kindes steht." Der Blaue schien der Anführer des Trios zu sein, da er mir antwortete. Zum wiederholten Male.

„Wo bin ich?", fragte ich.

Schweigen.

„Warum bin ich hier?" Ich blickte panisch von einem zum anderen, dann zurück auf die große blaue Kreatur, die beinahe beschützerisch neben mir stand. Die anderen beiden schienen unter seiner Kontrolle zu stehen, was mir irgendwie ein beruhigendes Gefühl gab, auch wenn es das nicht sollte.

„Weil Sie ein Hive-Baby bekommen."

Mein Blick hob sich zu seinem, und der Schock war wie eine Dosis der besten Droge, die ich mir vorstellen konnte. Mein Verstand hörte einfach...auf.

Meine Hand blieb instinktiv auf meinem Bauch liegen, obwohl nichts diese drei davon abhalten würde, mir wehzutun, wenn sie das vorhatten. Ich hatte keine

Waffen. Ich blickte mich im Raum um, sah aber keine scharfen Gegenstände, keine Möglichkeit, sich zu verstecken, und nichts, das ich als Schild verwenden konnte.

„Ein...ein Hive-Baby?", fragte ich, und ein Lachen entkam mir. Das war lächerlich.

Der Typ zur Rechten ging zu einer Wand und holte einen inzwischen vertrauten Stab hervor. Als das rote Licht anging, wusste ich, dass es der gleiche Stab war, den der Arzt auf der Kolonie dazu verwendet hatte, meine Schwangerschaft zu bestätigen.

„Wir werden uns Ihnen nun annähern, um zu bestätigen, dass das Baby den Transport überlebt hat."

Mein Herz machte bei seinen harten Worten einen Sprung. Dachte er, dass es—das *Baby*—das vielleicht nicht hätte? Oh Gott.

Ich nickte ihm zu, dass er fortfahren sollte, denn auch ich musste die Antwort erfahren. Ansonsten hätte ich ihn nicht an mich herangelassen, zumindest nicht willentlich. Ich hielt absolut still, während der Handlanger des blauen Aliens nähertrat und den Stab über meinen Bauch schwenkte.

Nexus 4 sah ohne mit der Wimper zu zucken zu. Sein gesamter Körper war in eine Rüstung aus dunklem Silber und Grau gehüllt, die ich noch nie zuvor gesehen hatte. Er war nicht ganz so groß wie die anderen beiden, von denen ich vermutete, dass sie unter all dem Silber Prillon-Krieger waren, aber er starrte, und ich blinzelte. Heftig. Bemühte mich, ein Gefühl von Akzeptanz und Wohlbefinden abzuschütteln.

Je länger ich Nexus 4 in die Augen blickte, umso mehr vergaß ich, Angst zu haben. Vergaß, wer ich war. Warum ich mich zur Wehr setzen sollte.

„Bestätigt. Das Kind hat unbeschadet überlebt."

Nexus 4 wandte seinen Blick von mir ab, als das andere Alien diese Erklärung abgab. Ich sackte vor Erleichterung beinahe zusammen, als ich die Gewissheit bekam, dass es dem Baby gut ging—und darüber, dass er den Blickkontakt unterbrochen hatte. War er Hypnotiseur?

Gott, was *war* Nexus 4? Ich blickte auf den Untersuchungstisch. Die Steigbügel. Die seltsamen leuchtenden Schaltkreise in meinem Nachthemd. „Ist das hier ein Krankenhaus? Was haben Sie mit mir vor?"

Nexus 4 stand still, während die anderen beiden in den Untersuchungsraum gingen und zu einer Tür hinaus, die mir bisher noch nicht aufgefallen war. „Ihnen wird nichts passieren, Lady Caroline, zugeordnete Gefährtin von Kampflord Rezzer. Wir werden nichts tun als zu beobachten, gelegentlich Tests durchführen und sicherstellen, dass sowohl Sie als auch das Baby gesund sind."

Mein Mund stand offen. Ich war eine Gefangene, aber beschützt. „Wie bitte? Sie können mich doch nicht hierbehalten?"

„Das können wir sehr wohl."

Das machte mich einfach nur sauer. Ich kniff die Augen zusammen. „Und wie lange?"

Nexus blickte auf etwas auf einem der Datenschirme hinter mir, als die anderen beiden zurückkehrten. „Noch weitere zweihundert und vierundsechzig Tage. Danach werden Sie erneut zur Zucht eingesetzt werden."

Mein Mund stand offen. „Zur Zucht eingesetzt?" Ich presste meine Lippen zusammen, nachdem mir diese drei Worte herausgerutscht waren, und rechnete nach. Zweihundert und vierundsechzig Tage? Das waren ungefähr neun Monate.

„Sie wollen mein Baby." Jetzt war mir so richtig übel. Ganz ohne Transport.

„Wir wollen gar nichts. Das Kind ist Hive. Das Kind gehört uns." Er blinzelte zum ersten Mal, wobei sich eine dünne, fast durchscheinende Membran ganz kurz über seine Augen stülpte, bevor sie sich wieder zurückzog. „Das Baby wird der erste geborene Hive sein, frei von Verseuchung."

Ich verschränkte die Arme. Mir war plötzlich kalt. Sie wollten mein Baby? Das war *nicht* drin. „Geborener Hive? Ich bin menschlich. Der Vater ist Atlane. Da ist kein Hive dabei."

Nexus 4 blickte mich an, und seine Augen waren gruselig dunkel, ohne Pupille, wie die eines weißen Hais. Aber während er meinen Blick festhielt, konnte ich nicht widersprechen, mich nicht bewegen. Wollte es gar nicht. Es war, als würde ich einfach...vergessen, wer ich war. Einer der anderen bewegte sich, was seinen Bann durchbrach, und ich kämpfte mich wieder zu unserer Unterhaltung durch. Das hier war wichtig. Er sprach immerhin von meinem Baby. „Dieses Baby ist meines. Ich will mit dem Hive nichts zu tun haben."

Das große blaue Alien legte den Kopf schief und blickte mich an, als wäre ich ein Vollidiot. Es gibt nichts Besseres, als von einem verdammten Alien-Mann die Welt erklärt zu bekommen. „Ihr Gefährte ist unser Ursprungs-Subjekt. Sein Körper ist so verändert worden, dass seine genetischen Nachkommen frei von Verseuchungen geboren werden."

„Was für Verseuchungen? Was reden Sie da?" Meine Hand legte sich wie ein Schild über meinen Bauch. Seine völlige Emotionslosigkeit wurde mir langsam richtig, richtig unheimlich. Das hier war der Hive. *Das hier war der Feind.* Der Vernichter von Welten. Sie hatten ganze

Planeten ausgerottet, ganze Zivilisationen. Sie ließen nichts und niemanden übrig, wenn sie eine Welt erst mal erobert hatten. Also was zur Hölle wollte er von mir? Oder Rezzer? Oder meinem Baby?

„Wir würden es nicht empfehlen, dem Menschenwesen Informationen zukommen zu lassen." Der dunkelhaarige Hive sprach mit Nexus 4, als würde er eine Nachricht übermitteln.

Nexus 4 ignorierte ihn, seine ganze Aufmerksamkeit war auf mich gerichtet. „Die Rasse der Atlanen akzeptiert Integrationen nicht besonders gut."

Ein grobes Lachen entkam mir bei seinem frustrierten Tonfall. Ein Biest? Ihre Implantate und die Schwarm-Mentalität akzeptieren? „Das ist nicht überraschend."

Er fuhr fort. „Atlanische Integration hat eine Überlebenschance von weniger als vier Prozent."

Ich war schockiert darüber, dass sie so hoch war, so, wie ich meinen Gefährten kannte. „Sie kämpfen gegen euch an, nicht wahr? Ihre Biester mögen die Gedankenkontrolle nicht. Sie halten sich nicht an Befehle."

Er nickte nicht so richtig, aber es war nahe dran. „Das Ursprungs-Subjekt wurde auf der genetischen Ebene modifiziert, um zu produzieren, was wir brauchen."

„Was haben Sie mit ihm angestellt? Mit Rezzer?"

Wäre Nexus 4 kein emotionsloser Freak gewesen, hätte ich gesagt, dass er vor Stolz protzte. „Wir haben seine DNA mit Instruktionen zur Protein-Synthese gespeist, die empfänglich für die Biotechnologie des Hive sind. Ein hoher Anteil der neuen Proteine führt zu Zell-Adaption und Evolution des gesamten biologischen Systems. Die Unterdrückung seines natürlichen Verwandlungsprozesses ist der Kern unseres Experiments."

Was zur Hölle sollte das heißen? Unterdrückung? Meinten sie den Grund, warum er sich nicht in sein Biest verwandeln konnte, als ich auf der Kolonie eintraf? Dieses blaue Alien redete in einer Sprache, für die mein Bildungsstand nicht ausreichte. Ich war ein Finanzmensch. Ich hatte Bio in der Schule gerade mal so bestanden. „Ich verstehe nichts von dem, was Sie hier sagen. Was hat das mit meinem Baby zu tun?"

„Die biologische Nachkommenschaft des Ursprungs-Subjekts wird mit den gleichen genetischen Verbesserungen auf die Welt kommen."

„Verbesserungen?" Ach du Scheiße. Die haben mein Baby gentechnisch verändert, damit es *empfänglich für die Biotechnologie des Hive* ist? Damit sein Biest unterdrückt wird?

Ich wich einen Schritt zurück, und mein Magen drehte sich. Die kleinen Lichter in meinem Hemd spielten wieder verrückt, als mein Puls unkontrolliert raste. War das der Grund, warum Rezzer sich nicht in ein Biest verwandeln konnte? Wegen ihrer genetischen Einspeisung? Gentherapie? Proteine? Mir brummte der Schädel, und nichts, was er sagte, ergab Sinn für mich. Aber ihr Trick hatte nicht funktioniert. Rezzers Biest war zurückgekommen. Wussten sie, dass ihr DNA-Ding an Rezzer nicht funktioniert hatte? Bedeutete das nun, dass mein Baby Hive war, oder nicht?

Ich würde mich gleich übergeben.

Nexus 4 war anscheinend richtig in Fahrt, denn er sprach weiter.

„Die neue Protein-Synthese lässt reinrassige Hive-Nachkommenschaft zu, ohne eine Verseuchung mit biologischem Fremdmaterial. Wir werden lebende Nachkommen mit Verbesserungen auf Zellebene auf die Welt bringen, perfekte Abkömmlinge ohne Bedarf für externe Integrationen. Unsere Rasse wird wieder aufblühen. Wir werden geboren werden, nicht integriert."

Und das Kind, das in meinem Leib heranwuchs, würde das erste einer neuen Generation sein. Genetisch verändert. Zu einer Hive-Kreatur verwandelt, bevor er überhaupt geboren wurde.

Tränen brannten hinter meinen Augenlidern, aber ich schluckte sie zornig hinunter. Mir war egal, ob das Baby mit silbernen Augen, grüner Haut und lila Haaren auf die Welt kam; es gehörte mir, und ich hatte ihn jetzt schon unglaublich lieb. Ihn? Sie? Es war egal. Meins. Das war das einzige Wort, das Bedeutung hatte. Und diese Arschlöcher von Aliens würden ihre Pfoten nicht an mein Kind bekommen.

Als ich schwieg, traten alle drei einen Schritt zurück, ohne sich umzublicken. „Das hier ist für die Dauer Ihres Aufenthaltes Ihr Quartier."

„Sie können mich nicht hierbehalten. Mein Gefährte wird mich holen kommen."

Niemand antwortete darauf. Ich versuchte es auf eine andere Tour. „Also ist das Baby Hive. Was dann? Sie nehmen mein Baby, und ich kehre nach Hause zurück?"

„Das Zuchtprogramm führte rascher als vorhergesehen zum Erfolg."

„Zuchtprogramm?" Ich starrte ihn an, mit großen Augen und offenem Mund. Ich fühlte mich wie eine Stute. Das *Bräute*-Programm war eine Sache, aber das hier? Nicht mit mir.

„Ihr zukünftiger Nutzen wird feststehen, sobald Sie das Hive-Kind geliefert haben."

„Und bis dahin?", fragte ich, nicht wirklich neugierig auf weitere Informationen über diesen Aspekt.

„Bis dahin inkubieren Sie das Subjekt Nummer Eins."

„Inkubiere was?" Hatten Sie meinem Baby gerade eine Hive-Bezeichnung verliehen? Ihm einen Namen gegeben? Mein Magen überschlug sich, und ich hielt mir eine Hand vor den Mund und würgte panisch. Ihre seltsamen Worte, ihr befremdlicher wissenschaftlich-medizinischer Jargon gab mir innerlich ein kaltes Gefühl. Aber meinem Baby einen Namen geben? Gott, dabei wurde mir schlecht. Es machte mir Angst. Ich wich vor ihnen zurück, bis mein Rücken gegen die kalte, sterile Wand stieß.

Sie drehten sich im Gleichschritt um, und die Tür glitt auf. „Wir werden mit Nahrung und anderer Kleidung wiederkehren, um Ihren Körper zu bedecken."

Als ich alleine war, stand ich einfach nur da. Verdutzt. Ungläubig. Verwirrt. Verängstigt.

Dann wurde ich sauer. Ich ging jeden Zentimeter des Raumes durch, des ersten Zimmers.

„Inkubiere Subjekt Nummer Eins, na

klar", raunte ich, auf der Suche nach irgendeinem Kommunikations-Gerät. Irgendeiner Waffe. *Irgendetwas.*

„Zuchtprogramm. Mein zukünftiger Nutzen. Ha!"

Ich brauchte eine Weile, bis ich mir eingestand, dass es keinen Ausweg gab. Ich hatte ein Schlafzimmer ähnlich dem Rezzers auf der Kolonie. Ich musste annehmen, dass ich nicht länger *auf* der Kolonie war, sondern an einem Hive-Ort oder -Planeten oder -Mond oder sonst was. Ich wusste nur, dass ich ein Schlafzimmer hatte und ein Untersuchungszimmer, die nur mir gehörten. Ich war eine Zuchteinheit für das erste Hive-Baby, und sie hatten nicht die Absicht, es mich behalten zu lassen, oder mich gar am Leben zu lassen, wenn es erst geboren war.

Außer zur weiteren *Zucht.*

Das würde ich *nicht* zulassen.

Ich hatte zweihundert und vierundsechzig Tage Zeit, mir etwas einfallen zu lassen, um verdammt nochmal von hier zu verschwinden. Ich musste nur hoffen, dass Rezzer sehr viel weniger Zeit brauchen würde, mich zu finden, und mich und unser Baby von diesen Drillingen fortzuschaffen.

Ich hoffte, dass er bald hier sein würde. Und ich hoffte umso mehr, dass sein Biest bereit war, diesen ganzen Ort in Stücke zu reißen.

14

ezzer

Von einem Augenblick auf dem anderen war ich nicht länger in der Höhle mit Kjel und den anderen. Ich kniete auf dem Boden eines glatten, hellen Innenraumes, und Caroline fiel neben mir auf die Knie.

„Rezzer, oh mein Gott!", rief sie, schlang die Arme um mich und riss mich zu Boden.

Ich war verdutzt; niemand warf mich so um. Aber mein Körper leistete keinen Widerstand, erkannte sie, bevor mein

Verstand sich einschalten konnte. Ich sah, dass ich keine Waffen in den Händen hielt —sie waren im Transport wohl nicht zugelassen gewesen—und schlang meine Arme um meine Gefährtin, um sie festzuhalten. Alles andere war egal. Nur Caroline war nun wichtig.

Götter, sie fühlte sich gut an. Weich und warm, und ihr Duft war für das Biest zugleich besänftigend und erregend. Ich hielt sie fest, auf dem harten Boden liegend. Ihr Mund war auf meinem, küsste mich leidenschaftlich.

„Caroline. Wo sind wir? Der Hive."

„Sie sind nicht hier. Zumindest nicht im Moment." Sie klammerte sich an mich, zitternd und panisch, berührte mich überall, wo sie hinlangte, als müsste sie sich versichern, dass ich echt war.

Sie war schockiert und zitterte—und sie roch nach ihnen—nach dem Hive. Mein Biest brüllte im Inneren, meine Hände wanderten über jeden Zentimeter von ihr, ich nahm den metallischen Geruch wahr, während ich mich versicherte, dass sie unverletzt war. Ihr Körper war von einem leichten Nachthemd notdürftig bedeckt, und ihr nackter Hintern füllte meine Hände, als sie sich meiner Berührung hingab, irgendwie wusste, dass ich das hier ebenso sehr brauchte wie sie.

Mein Schwanz wurde dicker, pulsierte zwischen uns. Jeder Biest-Instinkt erwachte brüllend zum Leben, als wäre er nie vom Hive eingeschüchtert gewesen.

Scheiße.

Der Hive.

Egal, wie sehr ich meine Gefährtin begehrte, ich musste wachsam bleiben, nicht unersättlich sein. Ich hatte keine Ahnung, wo zum Teufel wir waren. Ob wir in Sicherheit waren oder nicht.

Verdammt, wir waren *nicht* in Sicherheit. Wir waren Gefangene des Hive.

„Gefährtin", hauchte ich und blickte mich im Raum um. Soweit ich sehen konnte, gab es ein Bett und durch eine offene Tür hindurch ein Untersuchungszimmer, als wären wir auf der Krankenstation. Alles war ruhig. Kein Piepen. Kein Summen. Keine Hive-

Stimmen. Kein Zischen von unsichtbaren Gitterstäben. „Sind wir alleine?"

„Ich bin alleine. Das hier ist das Quartier, das sie mir zugewiesen haben."

„Quartier, oder Krankenzimmer?"

„Quartier. Dieser hübsche Untersuchungstisch ist auch für mich. Sie glauben, dass ich ein Hive-Baby in mir trage."

Mein Biest wurde still. Ich auch. Ich setzte mich auf und packte Caroline kräftig. „Sag das nochmal."

Ihre dunklen Augen trafen meinen Blick. Ich sah nur Wahrheit darin. „Sie sagten mir, dass ich ein Hive-Baby in mir trage."

„Das ist eine Lüge. Es ist unser Baby, Caroline. Unseres. Das Baby ist nicht Hive."

Sie schüttelte langsam den Kopf und klammerte sich an mich, die Hilflosigkeit in ihrem Blick war überzeugender als alle Worte, die sie hätte sprechen können. Was sie mir gleich sagen würde, hielt sie für die Wahrheit. Und es war nichts Gutes. „Die Drillinge nennen unser Baby Subjekt

Nummer Eins. Du bist das Ursprungs-Subjekt."

Ich versuchte, alles zu begreifen, was sie mir sagte. „Drillinge?", fragte ich.

„Die drei Hive-Kerle. Zwei Prillon-Krieger und ein gruselig blauer Typ. Er hat das Kommando."

Eine Nexus-Einheit. Heilige. Scheiße. Wir steckten in tieferen Schwierigkeiten, als ich geglaubt hatte.

„Stehen wir doch erst mal von Boden auf und besprechen wir die Lage." Ich hob sie hoch und stand auf. Ich blickte mich im Zimmer um, spähte ins Krankenzimmer und verzog das Gesicht. Der Raum war voller finsterer Vorahnungen, mit dem Wissen, dass die Geräte, der Tisch, alle dafür da waren, Caroline und unser Ungeborenes zu testen und zu vermessen. Ich setzte mich aufs Bett, das behaglichste Plätzchen in diesem Zwei-Zimmer-Quartier. Sie schlang die Beine um meine Taille, und das fühlte sich gut an. Richtig. Mein Biest beruhigte sich gerade genug, dass ich nachdenken konnte. „Jetzt erzähl mir, was du weißt."

Ich hörte entsetzt zu, wie sie ihre

Begegnung mit den Hive-Drillingen, wie sie sie nannte, beschrieb. Sie berichtete mir vom genetischen Spleißen, vom Protein, das mein Biest unterdrücken sollte, dem Grund, warum so wenige Atlanen die Gefangenschaft und Integration überlebten, und was sie mit ihr vorhatten. Mit uns.

Mit dem Baby.

Mein Biest war ruhig in mir und hörte zu. Baute Zorn auf. Ich hielt sie sicher und geborgen in meinen Armen. Es war das Einzige, was mich unter Kontrolle hielt.

„Du willst mir sagen, dass sie mein Biest unterdrückt und versucht haben, gentechnisch meinen Samen zu modifizieren? Dass all mein Saft vom Hive verseucht war? Dazu modifiziert, unser Kind anfälliger für Hive-Technologie zu machen?"

Sie zuckte leicht mit den Schultern. „Das haben sie so ausgedrückt."

Obwohl ich sie erst vor wenigen Stunden auf der Kolonie verlassen hatte, fühlte es sich an, als wäre so vieles passiert. Aber mein Biest fauchte bei der Vorstellung, dass unser Samen verseucht sein könnte. „Unser Baby ist nicht verseucht." Ich fauchte die Worte hervor und legte eine Hand zwischen uns, meine Handfläche war auf ihren flachen Bauch gepresst. „Was wir getan haben, war nicht vom Hive besudelt." Sie schenkte mir ein zaghaftes Lächeln, aber Tränen traten ihr in die Augen. „Was ist, wenn doch? Was, wenn mit dem Baby etwas nicht stimmt?"

Ich ließ eine Hand auf ihrem Bauch ruhen und hob die andere an ihr Kinn, umfasste es sanft und wischte mit meinem Daumen die Tränen fort. „Nichts, was von dir kommt, ist böse. Unsere Tochter wird perfekt sein."

Mein Herz trommelte geradezu in meiner Brust. Einerseits vor Zorn, davor, dass meine Gefährtin traurig über etwas so Wertvolles war, und vor Hoffnung auf das, was wir geschaffen hatten.

„Tochter?", fragte sie lächelnd mit Tränen in den Augen. „Hat dir das der Stab des Doktors verraten?"

Ich schüttelte den Kopf. „Ich weiß es einfach. Sie wird dein glattes Haar haben, schwarz wie die Nacht. Und sie wird mich um ihren Finger wickeln, genau wie ihre Mutter."

Sie lehnte sich an mich, legte ihren Kopf auf meine Schulter und weinte. Mein Biest knurrte, das Grollen in meiner Brust seine eigene Art, sie zu trösten, während ich meine Hand über ihren Rücken strich und sie auf das seidige Haar auf ihrem Kopf küsste.

Sie hatte so vieles durchgemacht. War einem Alien zugeordnet worden, quer durch die Galaxis gereist. Hatte ein Biest aus dem Halbschlaf gefickt und dann in ihren Bann gezogen. Ja, sie hatte mein Biest dazu gebracht, sich von ihr kontrollieren zu lassen, denn ohne ihre Nähe war es wild. Und nun war sie schwanger, trug ein Kind in sich, das der Hive für sich wollte.

„Sie werden sie nicht bekommen", sagte ich. „Ich bin hier, weil sie uns beide wollen. Ich werde dich beschützen."

Sie hob den Kopf, starrte mich mit glänzenden Augen an. „Was meinst du damit, dass sie uns beide wollen? Ich dachte, du bist hier, um mich zu retten."

Ich schenkte ihr ein kleines Lächeln. Es

war nicht voller Liebe oder Zärtlichkeit, sondern voll mit dem klaren Fokus meines Biests, das beschützte, was ihm gehörte. „Ich bin hier, um dich zu retten. Aber ich bin über einen Hive-Transport hierher gelangt, genau wie du." Ich lehnte mich zurück, packte die Transport-Sonde und pflückte sie mir von der Schulter. „Kommt dir das bekannt vor?"

Ihr Mund stand offen, während sie es anstarrte. „Das haben sie verwendet, um mich zu transportieren."

Mein Biest knurrte.

„Haben sie dir wehgetan?"

Sie blickte auf ihre nackte Schulter, und ich sah dort keine Verletzungen. „Nein. Aber ich bin davor noch nie im wachen Zustand transportiert worden. Es war wirklich schmerzhaft."

„Ja. Du hattest keine Ahnung, was vor sich ging, aber ich schon. Der Hive war in den Höhlen. Sie haben mich ebenfalls transportiert. Nicht Kjel, nicht die anderen im Trupp. Sie wollten speziell mich, und ich wusste, dass du entführt worden warst. Ich habe mich von ihnen schnappen lassen, Caroline. Ich musste zu dir gelangen."

„Was, wenn du dich geirrt hättest? Was, wenn sie dich woanders hingebracht hätten? Was sollen wir nur tun?"

Ich hörte die Angst in ihren Worten. Gruselige Aliens waren hinter ihr her. Der Gedanke daran, dass sie auch nur eine Stunde oder zwei mit den Drillingen alleine gewesen war, machte mich wütend. Ich kannte den Hive schon mein ganzes Leben lang, hatte sie jahrelang bekämpft. Sie wusste erst seit zwei Wochen etwas mehr über den Hive—Rachel und Lindsey hatten mir erklärt, dass man auf der Erde kaum etwas über die feindseligen Eindringlinge wusste—und hatte überhaupt noch nie Kontakt mit ihnen gehabt. Bis sie direkt in eine Hive-Höhle transportiert worden war, damit die ihr das Baby rauben konnten.

Auf. Keinen. Fall.

Mein Biest knurrte, und ich fing an, zu wachsen.

„Nein", keuchte sie. „Nicht. Hör auf und denk nach. Hör zu, Rezzer." Als sie meinen Namen sagte, beruhigte sich mein

Ihr Cyborg-Biest

Biest und konzentrierte sich. Beherrschte sich. „Gut. Warum wollen sie dich immer noch? Du hattest Sex mit mir, hast mir deinen Hive-Samen eingepflanzt und ein Baby gemacht. Deine Rolle ist vorbei. Es ist nun meine Aufgabe, dieses Kind auszutragen und es ihnen zu liefern, wenn es gut durchgebacken ist."

„Das Kind durchbacken?", fragte ich.

Sie verdrehte die Augen. „Das ist so ein Erden-Ausdruck. Wenn deine Aufgabe erledigt ist—und sie den Stab über mir geschwenkt und bestätigt haben, dass ich immer noch schwanger bin—warum brauchen sie dich dann?"

Ja, sie stellte eine wirklich ausgezeichnete Frage. Wofür brauchten sie mich? „Sie wollen meinen Samen."

Sie nickte. „Das haben sie auch gesagt. Du hast den Job einmal erledigt, warum dann nicht nochmal? Wenn sie einen Haufen Hive-Babys wollen, brauchen sie Zucht-Subjekte. Sie haben vor, unser Baby zu nehmen und mich erneut zu schwängern. Sie sagten, dass wir Teil eines Zucht-Programms wären."

Ich knurrte.

Sie strich mir mit der Hand übers Haar, und mein Biest schmiegte sich geradezu in die Berührung. „Ihre Worte, nicht meine."

„Du sagst, unsere Aufgabe wird es sein, zu ficken und Hive-Babys zu produzieren?"

Während ich vollauf damit zufrieden wäre, den Rest meines Lebens nichts anders zu tun als sie morgens, mittags und abends zu vögeln, würde ich das nicht auf Befehl tun, und ich würde es nicht für den Hive tun.

Sie zuckte mit den Schultern. „Aber sie glauben, dass dein Biest noch inaktiv ist. Dass das, was sie vor ein paar Monaten mit dir in den Höhlen angestellt haben, immer noch intakt ist."

„Aber du hast das Biest hervorgerufen." Ich hob sie mir vom Schoß und stand auf, schritt in dem kleinen Zimmer hin und her. Mein Biest knurrte darüber, Caroline wieder in meinen Armen zu haben, aber ich brauchte Luft zum Nachdenken. Wie sie sich anfühlte, wie sie duftete; zu wissen, dass ich nicht nur sie festhielt, sondern auch unser Baby, benebelte meinen Verstand. Ich dachte daran zurück, wie es gewesen war, kurz bevor Caroline auftauchte. Ich hatte kein sexuelles Verlangen. Kein Interesse an einer Gefährtin. Es war, als hätte mir der Hive die Eier abgehackt. Aber das lag daran, dass ich Atlane war, und mein Biest zu unterdrücken war damit gleichbedeutend. Ich hätte ficken *können*, hätte eine Frau mit Hive-verseuchten Samen schwängern können. Es wäre keine echte Paarung gewesen, aber der verseuchte Samen hätte von meinen Hoden produziert und hervorgebracht werden können, vielleicht sogar gegen meinen Willen.

Sie kniete sich hin, ein Strahlen von Aufregung, von Klarheit lag in ihren Augen. „Ich habe das Biest hervorgebracht, und das war das Gegenteil von dem, was der Hive wollte. Aber das wissen die nicht. Sie glauben immer noch, dass das Biest tot ist. Du musst es verstecken, Rezz. Beherrsche es, bis wir entkommen können."

„Was du da verlangst, ist nahezu

unmöglich." Das Biest tobte jetzt schon. Lief in mir hin und her wie etwas Wildes, gierig nach Vergeltung. Mir war heiß, ich schwitze, stand so knapp davor, die Beherrschung zu verlieren, dass mein Körper heiß zitterte, dann kalt, beinahe als hätte ich Paarungsfieber. „Er wird dich beschützen, Caroline. Ich werde ihn nicht aufhalten können."

„Ich dachte, dass du niemals die Beherrschung verlierst." Diese Herausforderung ließ mein Biest zugleich frustriert und begeistert aufheulen. Bei den Göttern, unsere Gefährtin war stark. Ich konnte sie nicht enttäuschen.

„Ich werde warten. Aber wenn sie dir etwas tun—"

„Ich weiß." Ihr Lächeln war den Schwur wert, den ich ihr gerade gemacht hatte. Sie legte ihre Hand auf ihren Bauch, und ihr Lächeln verblasste. „Glaubst du, dass das Baby wirklich Hive ist?"

Ich hatte keine Ahnung, was das bedeuten würde. Ob das Kind mit einem Cyborg-Auge herauskommen würde wie Ryston, oder vollständig verseucht. Silberne Haut von Kopf bis Fuß? Würde das Kind verstärkte Kraft oder Intelligenz haben? Oder würde das Kind menschlich aussehen? Atlanisch? Die Scans des Arztes auf der Kolonie hatten keine Anomalien festgestellt, aber er hatte natürlich nach einem Baby gescannt, nicht nach Hive-Verseuchung.

„Es ist mir scheißegal, was das Baby ist. Es ist unseres. Wir haben es gemacht. Mit Liebe. Als Gefährten. Es gibt nichts Reineres als das. Ich liebe sie, so wie sie ist. Und auf der Kolonie wird sie akzeptiert und verstanden sein. Sie wird ein Zuhause haben. Eine Familie. Geborgenheit."

Tränen füllten erneut ihre Augen. „Ach, Rezzer."

Da ging ich zu ihr hin, schlang meine Arme um sie, küsste sie. Sanft. Zärtlich.

„Ich will meine Fesseln wieder an dir sehen, Gefährtin." Das Gewicht von meinen an meinen Handgelenken war bisher das einzige gewesen, was mein Biest besänftigt hatte. Sie gehörte mir, und *nichts* würde uns auseinanderreißen.

„Schhh. Du fängst ja schon zu knurren an. Du musst dein Biest verstecken", sagte sie.

Das würde nahezu unmöglich sein.
„Solange sie dir nichts tun. So lange werde ich einen Weg finden, es zurückzuhalten, bis das Rettungsteam eintrifft."

„Wir werden gerettet?", fragte sie.

„Maxim war bereits an der Arbeit, deinen Transport zurückzuverfolgen, als sie mich auch noch schnappten. Es ist nur eine Frage der Zeit."

Die Tür zum Krankenzimmer glitt auf, und ich wirbelte herum und schob Caroline hinter mich. Drei Hive kamen ins Zimmer, standen vor mir, Ionen-Pistolen in der Hand.

„Ursprungs-Subjekt, wir werden Sie von Ihrem weiblichen Zucht-Subjekt trennen, wenn Sie sich widersetzen."

Mein Biest knurrte. Fauchte. Presste sich geradezu in meine Haut, um zu wachsen. Ich kämpfte gegen den Drang an, mich zu verwandeln und ihnen die Köpfe abzureißen. Ich kämpfte gegen die Verwandlung an, weil Caroline recht hatte. Sie glaubten, dass mein Biest noch inaktiv war. Kein Hive würde ansonsten einem Atlanen so nahe treten.

Ich nickte ihnen knapp zu, denn ich

wagte es nicht, zu sprechen.

„Weibliches Subjekt, setzen Sie sich auf den Tisch. Wir müssen weitere Tests durchführen." Der Dunkelhaarige gab den Befehl, und Caroline biss sich in die Lippe, blickte von mir zu der blauen Kreatur, die die anderen ignorierte und mich mit diesen schwarzen, bodenlosen Augen direkt anstarrte. Ich wusste genug über den Hive, hatte Gerüchte über die Existenz der Nexus gehört, der ursprünglichen Hive-Rasse. Sie waren die Kontrollzentren, die Verbindungspunkte zwischen den Gehirnen. Intelligent. Telepathisch.

Stark wie ein Biest.

Ich legte mir die Hände in den Rücken und packte eines meiner Handgelenke mit aller Kraft. Hielt mich zurück.

Caroline warf mir einen raschen Blick zu und ging zum Tisch, setzte sich darauf, ihre Füße baumelten über die Kante. Sie lehnte sich nach hinten; der Sitz glitt in eine halb liegende Position.

„Fasst sie nicht an", sagte ich, meine Stimme war unerwartet ruhig dafür, wie ich mich fühlte.

Das Trio blickte mich an.

Der Goldene sprach, der Mann, der einmal Prillone gewesen und nun im Hive-Gehirn verloren war. Ihre Gehirne waren verbunden. Was einer sprach, das dachten sie alle. „Widersetzen Sie sich uns, erschießen wir den Atlanen."

Caroline wurde blass, aber wagte es nicht, mich anzusehen. Ich betrachtete den goldenen Feind eingehend, stellte mir vor, wie befriedigend es sein würde, ihn in Stücke zu reißen. Ich beschloss, ihn als erstes zu töten.

„Ich sehe, dass Ihr Biest keine Gefühle für sie hat, abgesehen von schlichtem Zorn. Ausgezeichnet", sprach die blaue Nexus-Einheit, und ich beschloss, nicht zu antworten.

„Ich werde tun, was ihr sagt", antwortete Caroline in einem offensichtlichen Versuch, ihre verknüpfte Aufmerksamkeit von mir abzulenken. „Lasst ihn in Ruhe."

Ein Piepen setzte ein. Von der Test-Einheit. An der Wand. Caroline blickte zu mir hoch, ihre Augen panisch aufgerissen, als ein seltsames, biegsames Objekt über ihren Bauch gelegt wurde, tief unten über ihrer Gebärmutter. Es schmiegte sich an sie, und im Inneren der gelartigen Kapsel flackerten und blitzten schwache Lichter im Takt mit den Datenströmen, die auf den Schirmen hinter meiner Gefährtin angezeigt wurden.

„Protein A-T-Fünf-Sieben nicht zugegen. Keine Hive-Integration zugegen. Genetische Einspeisung im Nachkömmling nicht vorhanden. Abbruch wird empfohlen." Eine Computerstimme kam aus der Wand hervor und wiederholte diese Informationen wieder und wieder.

Der Test wies nach, was Caroline vermutet hatte. Sie hatte das Biest hervorgerufen, mich auf eine Weise geheilt, die ich nicht ganz verstand, und mein Biest hatte die Oberhand gewonnen. Hatte die Hive-Integration überschrieben oder ausgelöscht. Mein Samen war nicht verseucht. Das Baby war Biest und Mensch. Nicht Hive. Gehörte nicht ihnen. Meins.

Ein Hive drückte einen Knopf an der Wand, und Fesseln traten aus dem Tisch hervor und legten sich um meine Gefährtin.

„Was soll das?", schrie sie.

„Fötus-Terminierung beginnt umgehend."

„Fötus-Terminierung?", fragte Caroline mit schriller Stimme.

Was? Ich knurrte, hielt mein Biest in Schach. Meine Gefährtin war in Gefahr. Mein Baby war in Gefahr.

„Subjekt Nummer Eins ist nicht ordnungsgemäß integriert. Daher wird das Subjekt terminiert, und mit Ihnen wird erneut gezüchtet."

„Rezzer!", schrie Caroline, versuchte, sich aus ihren Fesseln zu winden, aber sie waren zu eng geschnallt. Der Tisch bewegte sich automatisch, hob und spreizte ihre festgeschnallten Beine, und ihr Nachthemd rutschte ihr dabei die Schenkel hoch. Ein Gerät fuhr von der Decke herab, mit einer langen Nadel an einem Ende.

Heilige. Scheiße. Nein.

„Rezzer!", schrie sie.

Mein Biest brach hervor.

15

PANIK. TERROR. ZORN.
Dieser Sturm von Emotionen erfüllte mich unbeherrschbar, während die Fesseln an meiner Haut rieben und zerrten. Ich kämpfte, bis meine Handgelenke blutig waren und ich durch die schmierige Nässe härter daran reißen konnte.
Etwas knackte in meiner Hand. Gebrochene Knochen? Es tat weh. Heftig. Aber es war mir egal. Dieser verdammte

blaue Hive-Mistkerl würde mich und mein Baby nicht anfassen.

„Niemals!", schrie ich laut jedem entgegen, der mir zu nahe kommen wollte. Ich wich zurück und verdrehte die Hand, mühte mich ab, herauszurutschen, als Rezzers Brüllen mich beinahe taub machte. Der Hive, der mich umringte, wandte sich völlig von mir und dem Untersuchungstisch ab, ihre Aufmerksamkeit nun auf die wahre Bedrohung gerichtet. Das riesige Atlan-Biest, das gar nicht hier sein sollte. Oh ja, ein volles verdammtes Atlan-Biest. Rezzer war zum Hulk geworden, ragte über dem Trio auf, keuchte schwer, seine Muskeln zuckten und bebten, zum Töten bereit.

Ein riesiges Biest, das ihres Wissens nach *unterdrückt* war. Inaktiv. Schwach.

„Überraschung, Arschlöcher." Ich flüsterte die Worte mit Freude, als Rezzer dem ihm am nächsten stehenden Hive entgegenstürmte und ihn in zwei Stücke riss. Mit bloßen Händen. Als wäre er eine Ken-Puppe, der er den Plastik-Kopf abriss.

Es war ekelhaft.

Ich musste würgen, unaufhaltsam. Der

Geruch von Blut und Tod machte mir das Atmen fast unmöglich. Aber ich konnte nicht aufhören, zu versuchen, mich aus den verdammten Fesseln zu befreien. Ich musste weitermachen. Ich musste so hart kämpfen wie Rezzer.

Rezzer hob seine riesigen Fäuste und riss den nächsten Stuhl aus seiner Verankerung am Boden. Nieten prallten von der Wand ab.

Damit hatten die dämlichen Hive nicht gerechnet. Ein Biest. Ein Atlane, der so viel mehr war als nur zornig, dass ich mir nicht einmal sicher war, ob er mich wiedererkennen würde. Seine Gefährtin.

Nexus 4 wandte sich von Rezzer ab. Sein Blick glitt über mich hinweg, und er gab etwas in den Schirm an der Wand ein. Er sah verwirrt aus, als wäre sein Plan so perfekt gewesen, dass es gar nicht möglich war, dass etwas schiefgegangen war. Bis es eingetroffen war. Bis das Biest tobte und zerstörte.

„Reaktivierungs-Protokoll initiiert."
Nexus 4 redete mit irgendwem, irgendwo. Ich hatte keine Ahnung, mit wem oder was, aber er legte den Kopf nur ein wenig

schief, als würde er auf etwas horchen, das nur er hören konnte. „Negativ. Keine Veränderung." Er warf Rezzer einen kurzen Blick zu, dann drehte er sich wieder zur Wand. „Übertragungssignal verstärken."

Ein Surren erfüllte den Raum, als würden uns tausende Moskitos umschwärmen. Rezzer hob sich vor Schmerzen brüllend die Hände an die Ohren und taumelte, wand sich von einer Seite auf die andere, als hätte er starke Schmerzen.

„Aufhören!", schrie ich Nexus 4 an, aber er und die verbleibende Wache beobachteten Rezzer und ignorierten mich völlig.

Nexus 4 blickte zu seinem Kumpan. „Schießen Sie mit einer weiteren Dosis aktiver Mikrobots auf ihn."

Der halb-silberne Prillone holte eine seltsame Waffe von irgendwo hervor, wo ich nicht hinsehen konnte, und richtete sie auf meinen Gefährten.

Er feuerte, traf Rezzer mit einem elefantengroßen Betäubungspfeil, der mit einer silbrigen Flüssigkeit gefüllt war.

Ihr Cyborg-Biest

Rezzer schrie, und der Klang ließ mein Herzschlag für einen Moment aussetzen und den Terror mit voller Kraft zurückkehren. Ich musste sie aufhalten. Musste stärker kämpfen. Kämpfen oder sterben. Sie würden mich nicht lebend fassen. Sie konnten mein Baby nicht haben. Und sie konnten meinen Gefährten nicht haben.

Mit einem Schmerzensschrei riss ich meine Hand aus den Fesseln, mit Sicherheit mehr als einen Knochen dabei brechend. Aber es war mir egal. Während der Nexus 4 etwas so schnell auf dem Bildschirm an der Wand eingab, dass ich seine Finger nur verschwommen sehen konnte, befreite ich meine andere Hand. Ich bückte mich nach unten, packte die Fesseln um ein Fußgelenk und zerrte daran. Die blaue Kreatur war so sehr damit beschäftigt, Rezzer beim Leiden zuzusehen, dass er nicht einmal zu mir blickte.

Bis er das plötzlich doch tat. Scheiße. Große blaue Hände legten sich über meine, als wäre ihm egal, ob das andere

Arschloch in Stücke gerissen wird, solange er seine Mission zu Ende brachte: Rezzer unter Kontrolle zu bringen und mein Baby zu terminieren. Ich kreischte panisch, denn das würde ich auf keinen Fall zulassen.

Rezzers Schrei bebte in meinem Brustkorb, und Nexus 4 hob den Kopf, während Rezzer seine Hände von seinem Kopf sinken ließ und sich zu seiner vollen Größe aufrichtete. Das verwirrte Stirnrunzeln auf dem Gesicht des blauen Aliens war das Schönste, was ich in meinem Leben gesehen hatte. „Reaktivierung fehlgeschlagen. Der Atlane verbleibt im Biest-Modus."

Er legte den Kopf schief, während seine Augenbraue seltsam zuckte. „Verstanden." Seine Verwirrung legte sich, und er konzentrierte sich auf mich. „Sie kommen jetzt mit mir mit." Nexus 4 legte beide Hände um die Fußfessel und zerrte daran, und zerriss sie mit einer Leichtigkeit, als wäre sie ein Stück Brot.

Aber es war kein Brot. Es war Stahl. Oder Titan. Etwas, das wesentlich härter war als Brot.

Scheiße. Er war stark. Viel, viel stärker, als er aussah.

Vielleicht sogar stärker als Rezzers Biest.

„Nein." Ich drückte seine Hand weg, als er nach der Fessel an meinem anderen Fußgelenk griff. „Nein!", Ich trat ihn mit meinem freien Bein, aber es war, als würde ich eine Ziegelmauer treten, und tat mir bis zur Hüfte hinauf weh.

Der Prillon-Hive links von mir schrie meinen Gefährten auffordernd an, und dessen Antwort-Knurren war umso beängstigender, da es beinahe lautlos war.

Rezzer befand sich in einem Kampf um sein Leben. Und ich in einem Kampf um meines. Meines und das des kleinen Wesens in mir.

Die Fußfessel zerriss, und die Hände von Nexus 4 legten sich um meine Schenkel, zerrten mich vom Tisch hinunter. Seine Kraft erinnerte mich an Rezzer, aber seine Berührung...

Ich wusste, wohin er mich bringen wollte. Zur Hintertür des kleinen Untersuchungszimmers, hinaus. Von meinem Gefährten weg. Und sobald er mich fortgebracht hatte, würde er unsägliche Dinge tun. Ich war ein *Zucht-Subjekt.* Ich war zwar nicht Hive, hatte nicht einmal irgendwelche Hive-Integrationen, aber für sie war ich trotzdem nichts weiter als eine Maschine. Eine Baby-Maschine. Nicht mehr als das. Ich konnte nicht mit ihm gehen.

Ich klammerte mich an den Tisch, aber meine gebrochene Hand und die glatte Oberfläche machten es für Nexus 4 zu leicht, stärker zu ziehen und meinen Griff zu lösen. „Nein."

Ich warf mich wild nach hinten, bemühte mich, davonzukommen, aber seine Hände waren beinahe so groß wie Rezzers. Und stark. „Widersetzen Sie sich nicht. Ich habe nicht den Wunsch, Sie zu verletzen."

„Das sagt doch jeder Psycho", fauchte ich ihn an.

Da musste er blinzeln, und mir gruselte vor dem durchsichtigen, fischartigen Augenlid, während Rezzer und der Prillon-Hive ineinander krachten, die Arme verkeilten und sich so kräftig gegen die Wand warfen, dass der Boden unter mir bebte. „Ich bin kein Psychopath. Es ist unlogisch, Ihnen oder dem Atlanen etwas anzutun. Es dient unseren Zwecken nicht."

Da er im Moment nicht an meinen Beinen zerrte, versuchte ich, ihn hinzuhalten und mich nach einer Waffe umzusehen. Das Licht blitzte auf dem Nadel-Ding, mit dem sie mich eben noch stechen wollten. Das Ding, das sie dazu verwendet hätten, mein Baby umzubringen. „Also was sind eure Zwecke?"

„Die perfekte Rasse zu schaffen, frei von verseuchter Integration. Eine pure Rasse."

"Wie bitte?"

Sein Blick blitzte zu Rezzer und dem Hive, die immer noch kämpften. Die Klänge von Fäusten, die auf Haut knallten, waren laut. Ich fragte mich, warum Rezzer den Kerl inzwischen nicht einfach in Stücke gerissen und erledigt hatte, so wie den anderen. „Töte ihn, Rezzer!", schrie ich.

Nexus 4 schüttelte den Kopf. Er war ruhig. Zu ruhig dafür, dass er einem Biest gegenüberstand. „Ihr Gefährte lebt, weil er das muss."

Ich drehte mich herum und sah, dass Rezzers Brustkorb sich heftig hob und senkte. Er war blutverschmiert, die Mordlust immer noch in seinen Augen, aber abgekühlt. Berechnend. Der Hive vor ihm kam nicht näher, starrte nur. Und wartete.

Was zum Teufel?

Und dann roch ich es. Süß und klebrig. Alles in mir begann, sich zu drehen, und ich keuchte auf, blickte hoch und sah, wie etwas Dünnes, Nebliges in die Luft im Raum gepumpt wurde. „Gas. Sie vergiften uns mit Gas."

Ich wollte schreien, aber ich hatte bereits Mühe, die Worte zu formen. Der Hive tötete Rezzer nicht, weil sie ihn lebend wollten. Sie wollten uns beide lebend. Für die Zucht.

Rezzer hörte mich und stürmte auf den Hive zu, im selben Moment, da ich die Nadel packte, sie aus dem Metall-Arm riss und sie dem Nexus in die Wange rammte. Er hob ruhig die Hände an sein Gesicht und zog das Metall heraus, und ich rollte mich rückwärts vom Tisch, von ihm weg. Nicht die Reaktion, die ich wollte, denn ich hätte mir zumindest gewünscht, dass er vor Schmerzen aufzischte, aber es hatte mir ein wenig Zeit verschafft.

Ich rannte in der Sekunde los, als meine Füße auf den Boden trafen, und ich bemühte mich, kein Gas einzuatmen. Selbst, wenn Nexus 4 und der Hive k.o. wären, würden wir außerhalb des Raumes immer noch von Feinden umzingelt sein. Und k.o. waren sie nicht. Wenn wir nun fielen, würden wir genau da aufwachen, wo wir vorher schon waren. Gefangene. Ausgeliefert. Und ich hatte das ungute Gefühl, dass mein Baby dann weg sein würde.

Rezzer warf den Hive quer durchs Zimmer, und sein Körper krachte durch die dicke Mauer, bevor er betäubt zu Boden sackte. Er war nicht tot, aber er bewegte sich auch nicht mehr allzu schnell.

Ich klammerte mich an die Wand, so weit wie möglich von dem Hive weg, den Rezzer bekämpfte, und bewegte mich auf meinen Gefährten zu. Nexus 4 beobachtete mich einfach mit emotionslosem Ausdruck. Er wusste, dass das Gas uns alle ausschalten würde. Wusste es, und wartete wie eine Spinne in der Mitte eines riesigen, ekligen Nests. Ich hasste Spinnen.

„Rezzer, die pumpen Betäubungsgas in den Raum. Wir müssen hier raus."

Das Biest wandte sich zu mir, die grünen Augen vor Kampflust geradezu leuchtend, aber er war sanft, als er mich an seine Brust zog, mich hochhob und auf seinen Rücken schwang.

„Halten. Fest", befahl sein Biest, und dann wandte er sich der Wand vor sich zu. Ich schlang meine Beine um seine Biest-großen Hüften, so gut ich konnte, meine Arme um seinen Hals, und drückte mich in seinen Rücken, um ihn zu schützen, während er beide Fäuste über den Kopf hob und brüllte. Nexus 4 würde vielleicht auf Rezzer schießen, aber nicht auf mich, sein wertvolles Zucht-Subjekt und künftige Hive-Baby-Maschine. Rezzer würde einen Schuss der Weltraum-Waffe vielleicht überleben, aber ich? Ich war menschlich. Wenn Nexus 4 auf mich schoss, hatte ich keine Ahnung, welchen Schaden das anrichten würde. Ob ich es überleben würde.

Anscheinend wusste Nexus 4 das auch nicht. Unsere Blicke trafen sich, als Rezzer noch zweimal rasch hintereinander gegen die Wand schlug. Die blaue Kreatur sah beinahe...traurig aus.

Die Wand zerbröselte unter Rezzers drittem Schlag, und er trat sich den Weg frei. Die frische Luft traf mich wie eine eisige Brise, und ich sog sie tief ein, schnappte nach Luft und versuchte, meinen Kopf und meine Lungen klar zu bekommen. Wir waren so gut wie hier raus.

Rezzer duckte sich tief durch die Öffnung und in einen langen, grauen Korridor hinaus.

Aber ich rutschte an ihm hinunter. Meine blutige, gebrochene Hand tat wahnsinnig weh und ich brüllte jedes Mal vor Schmerzen auf, wenn ich versuchte, mich festzuhalten.

„Rezz."

Sekunden später war ich in seinen Armen, und er drückte mich beschützerisch an seine Brust, während er den Korridor entlang rannte. Gott sei Dank. Meine Hand brachte mich fast um, und ich zitterte vor Schock. Ich konnte mich nicht länger zusammenreißen. Ich war so lange stark geblieben, aber ich war kein Krieger oder Kampflord. Ich war an solche Adrenalinrausch-Situationen nicht gewöhnt. An Leben und Tod. „Weißt du, wohin wir gehen?", fragte ich.

„Maxim. Transport."

Zwei Worte. Musik in meinen Ohren. Die Kommunikation mit dem riesigen Biest klappte ausgezeichnet. „Gott sei Dank. Die Kavallerie rückt an?"

„Rettung."

Was immer das hieß, aber ich begriff, dass er den Ausdruck Kavallerie vielleicht nicht verstanden hatte. Im Weltraum gab es ja keine Pferde, zumindest nicht, dass ich wüsste. Ich traute ihm zu, dass er mich beschützen konnte. Ich hatte keine andere Wahl. Wollte ich auch gar nicht.

Wir bogen um eine Ecke, und die Klänge von Rufen und Schüssen erreichten uns. Ich blickte hoch und sah Rezzer grinsen. „Rettung. Hier." Er beschleunigte, rannte schneller, als ich es einem Biest von seiner Größe zugetraut hätte. Zwei Ecken später stand ich Leutnant Denzel in voller Kampfmontur gegenüber.

Er warf mit seinen silbernen Augen einen Blick durch die durchsichtige Maske in seinem Helm auf uns und deutete dem großen Biest, sich hinter ihn zu stellen. Es war theoretisch lachhaft, dass ein Mensch ein Biest schützte, aber Rezzer nickte nur dankbar und stellte sich hinter ihn. Denzel hob sein Weltraumgewehr, um unseren Rückzug zu decken.

„Alles in Ordnung?", fragte Denzel, und ich erkannte, dass er nicht mit Rezz sprach, sondern mit mir.

„Ja, es geht mir gut." Und das tat es auch. Rezzer hatte mich in seinen Armen. Das Baby war in Sicherheit. Alles andere war egal.

Denzel nickte, und das Rettungsteam von der Kolonie, allesamt Erdenmenschen, umschwärmte uns wie Bienen. „Der Transporterraum ist im zweiten Korridor rechts, Kampflord."

Rezzer schnaubte zum Dank und

rannte los. Das Rettungsteam fiel wie Wasser hinter uns ein, schützte unseren Rückzug.

    Schüsse fielen. Die Männer schrien. Ich konnte mich nicht darauf konzentrieren, was vor sich ging, und konnte nicht weiter sehen als die massive Mauer von Rezzers Brust. Aber als wir alle auf die Transporter-Plattform zustürmten, begrüßte ich diesmal den elektrischen Zug, die quetschenden Schmerzen. Das verdrehte Unbehagen.

    Es bedeutete, dass wir nach Hause gingen.

16

„ICH GLAUBE IMMER NOCH, DASS DU ZUM Arzt musst und unter Beobachtung gehörst." Rezzers tiefe Stimme war lauter als das Plätschern des Wassers, und ich seufzte, steckte meinen Kopf wieder unter das heiße Wasser und ließ die Hitze über mich strömen wie eine Liebkosung.

Ich stand in der Duschkabine und wusch mir meine Zeit beim Hive vom Körper. Rezzer und sein Biest hatten mich vor den gruseligen Drillingen gerettet. Und doch, als Zuchttier gehalten zu werden, um Hive-Babies zu machen? Ja, das war etwas, das ich hinter mir lassen wollte.

Wir waren alle vom medizinischen Personal untersucht worden. Ich hatte mir die Hand von einem Ding namens ReGen-Stab heilen lassen. Es war ein wundersames technisches Gerät. Dem Baby ging es gut. Mir ging es gut. Auch den anderen ging es gut. Nur leichte Verletzungen in der Rettungs-Einheit, und der Stab heilte auch die.

Aber jetzt machte Rezzer sich Sorgen, dass ich ständige medizinische Überwachung brauchen würde, um sicherzugehen, dass die Drohungen, die Nexus 4 bezüglich unseres Babys gemacht hatte, nicht auf magische Weise wahr werden würden. Jeden Tag testen. Verdammt, er war so verschreckt, dass er mich seit unserer Rückkehr mindestens dreimal zu Doktor Surnen gebracht hatte. Wenn es nach ihm ginge, würde der Arzt einfach bei uns einziehen. Nein danke, ohne mich.

Dem Baby ging es gut. Rezzer ging es gut. Sein Biest hatte gewonnen, gegen das dämliche genetische Einspeisen gesiegt. Der Arzt hatte gesagt, dass Rezzers natürliche Physiologie die Proteine der Hive-Biosynthese destabilisierte. Kurz gesagt war Rezzers Körperchemie giftig für Hive-Technologie. Und wenn ein Atlane zum Biest wurde, war es noch schlimmer.

Also dieses Baby? Unser Baby? War perfekt. Gesund. Aber alle waren besorgt darüber, was der Hive zu mir gesagt hatte. Reinrassig geboren? Zuchtprogramme? Rachel insbesondere war von dem Konzept fasziniert gewesen, dass Nexus 4 gemeint hatte, andere Spezies in den Hive zu integrieren stellte eine Verseuchung dar.

Nexus 4 hatte mein Baby gewollt, um seine Rasse zu retten. Um eine Brücke zu schlagen zwischen dem synthetisch erschaffenen Hive und einer neuen Generation von Babys, die als Hive geboren wurden. Der Gedanke daran war sowohl beängstigend als auch unerträglich traurig.

Ich rieb mir mit der seifigen Hand über den Bauch und fragte mich, was mit ihrem

Volk wohl passiert war. Wie sie hier hergelangt waren, wo sie nicht länger alleine überleben konnten. Eigene Kinder haben konnten...

„Was ist los?" Rezzer riss die Tür auf und blickte mich finster an, aber mit einem Funken Furcht in seinen grünen Augen. Der Sprühregen benetzte seine Uniform mit Wassertropfen und saugte sich dann in den schwarzen Stoff.

Ich verdrehte die Augen. Dieser verdammte, besitzergreifende Gefährte.

Aber er war so unglaublich besorgt um mich—und zurecht—und ich musste Nachsehen mit ihm haben. Er war vielleicht die Atlan-Version des unglaublichen Hulk, aber er hatte ein weiches Herz. Außerdem hatte er zwar gerade gesagt, dass er *wünschte*, dass ich zum Arzt ging, aber er hatte mich nicht über seine Schulter geworfen und mich hingeschleppt.

Und so beschwichtigte ich meinen großen Gefährten. „Nichts ist los. Dem Baby geht es gut. Mir geht es gut." Ich hob die Hand und ballte meine Finger zur Faust, damit er sehen konnte, dass alles wieder gut war. „Doktor Surnen hat mich auf alles getestet, was er konnte. Dem Baby geht es gut. Es ist gesund. Du warst dabei. Ich habe nur darüber nachgedacht, wie sehr ich mich auf dieses Baby freue, egal, ob es Hive-Teile hat oder nicht."

Das besänftigte ihn, und die harten Linien an seinem Körper entspannten sich. „Unser Kind wird geliebt werden, Caroline. Geschützt. Keinem von euch beiden wird je wieder etwas zustoßen."

Und das war der Kern meines Problems. Der Grund, warum ich zitterte. Besorgt war. „Ich mache mir nur Sorgen, dass sie hinter uns her sind. Nochmal versuchen werden, mich zu schnappen. Das Baby zu schnappen."

Er umfasste mein Kinn, zwang mich, meinen Blick zu seinem zu heben. „Der Hive weiß, dass sein kleines Experiment nicht funktioniert hat. Sie haben die Daten in ihren Computern, konnten mitansehen, wie mein Biest ihr genetisches Spleißen besiegt hatte, sowie auch den Angriff mit der Mikrotechnologie und den Aktivierungsfrequenzen in ihrem Labor. Ich bin nun nicht mehr für sie greifbar, dank dir. Du hast mein Biest kräftiger gemacht als je zuvor. Ihr Experiment ist fehlgeschlagen."

„Aber was hält sie davon ab, es nochmal zu versuchen?" Ich zitterte, selbst unter dem warmen Wasserstrahl.

Er ließ seine Hand sinken. „Sie werden es höchstwahrscheinlich wieder versuchen, aber nicht an mir. Ich bin für sie ein Fehlschlag, und sie werden sich ein schwächeres Testsubjekt suchen."

„Ein schwaches Biest?" So etwas konnte ich mir gar nicht vorstellen.

Er betrachtete mich mit dunklen Augen. Ernst. „Der Regierungssenat auf Atlan ist von den Geschehnissen in Kenntnis gesetzt worden. Sie werden wachsam bleiben. In diesem Moment wird die Nachricht in der ganzen Flotte verbreitet. In wenigen Tagen wird jeder erwählte Atlan-Kommandant wissen, was auf dem Spiel steht, wenn sie dem Hive gegenübertreten. Mehr können wir nicht tun."

„Aber warum ein Atlane? Warum nicht ein Prillone oder eine andere Rasse? Wenn ihr von vorneherein schon so unmöglich zu integrieren seid, warum haben sie dann ein Biest für ihr Experiment gewählt?" Mir gefiel der Gedanke nicht, dass der Hive irgendeinen anderen Mann der Koalitions für sein Zuchtprogramm verwenden würde, aber die Analytikerin in mir berechnete, dachte über die Wahrscheinlichkeiten nach. „Du weißt, dass du wahrscheinlich nicht ihr einziges Test-Subjekt warst, oder? Es würde keinen Sinn ergeben, wenn du der einzige wärst."

Gott, ich hasse es, das auch nur laut auszusprechen, aber es musste gesagt werden. Der Gouverneur und die Flotte, die Wissenschaftler, oder wer auch immer das Kommando über diese Dinge hatte, musste die Sache nüchtern betrachten. „Das hier ist nicht zu Ende, Rezz."

„Für uns ist es das. Ich habe meinen Krieg ausgefochten, Gefährtin. Ich habe mein Leben und meinen Körper gegeben. Und jetzt...weißt du, was ich will?" Sein Blick war dunkel, aber nicht vor Sorge. Nein. Ich hatte diesen Blick schon zu oft gesehen, um ihn für etwas anderes zu halten, als es war. Lust. Liebe. Eine explosive Mischung der beiden, die meine

Knie schwach werden ließ und mein Herz zum Rasen brachte. Wir hatten überlebt. Unser Baby war wohlauf. Alles andere war nun egal.

„Nein. Aber ich weiß, was ich will", neckte ich.

Er riss sich das Hemd vom Leib, ließ seinen Schenkel-Halfter zu Boden fallen und zog sich dann in Rekordgeschwindigkeit aus. Seine Stimmung schwankte schneller als die eines Teenagers. „Sag es mir."

Ich beäugte ihn. Jeden großen, harten, köstlichen Zentimeter. Mir lief das Wasser im Mund zusammen, und selbst unter dem heißen Wasserstrahl wusste ich, dass meine Pussy nass war. Meine Nippel richteten sich auf, und meine ohnehin schon auf Hochtouren laufende Libido überschlug sich. Nun, da wir vom Hive frei waren, diesmal endgültig, wollte ich einfach nur Rezzer. Sonst nichts. „Dich. Ich will dich."

Wir hatten uns in Gefahr befunden, die ich mir auf der Erde nicht hätte vorstellen können. Als es um Leben und Tod ging, waren wir lebend davongekommen; und das wollte ich nun einfach nur feiern. Spüren, wissen, dass wir überlebt hatten. Dass wir ganz waren. Meine Liebe für Rezzer beweisen.

Er drückte sich nach vorne, und ich hielt ihn mit einer Hand auf seiner Brust zurück. „Du hast doch nicht etwa vor, hier zu mir herein zu kommen", sagte ich lachend. „Du wirst nicht herein passen."

Die Duschkabine war groß genug für Rezzer, aber nicht für uns beide. Es war keine Marmordusche für zwei mit sechs Duschköpfen, wie es sie auf der Erde gab. Das hier war zweckmäßig. Hmm. Vielleicht sollte ich mich darüber mit den anderen Damen von der Erde unterhalten. Und eine bauen lassen. Bestimmt würden sie sich ebenso über Liebesspiele in der Dusche freuen.

Als Rezzer per Knopfdruck das Wasser ausmachte, packte er ein großes Handtuch, zerrte mich an der Hand, bis ich aus der engen Dusche stieg, und wickelte mich ein. Er trocknete mich mit sanften Händen ab, und rieb überschüssiges Wasser aus meinem langen Haar.

„Nein", erwiderte er. „Wir brauchen viel Platz für das, was ich mit dir vorhabe."

„Vorhaben? Du hast etwas geplant?"

„Gefährtin, ich denke etwa zwanzig Mal pro Stunde darüber nach, was ich mit dir anstellen soll. Es ist ein Wunder, dass ich sonst noch etwas fertigkriege."

Da musste ich kichern. Dies war eine völlig neue Seite an Rezzer. Seine Überheblichkeit war verschwunden.

„Aufs Bett mit dir, Gefährtin. Knie gebeugt, Beine gespreizt. Ich will diese perfekte Pussy sehen."

Nun gut, nicht ganz verschwunden. Aber diese Art von Überheblichkeit störte mich nicht.

Ich schlüpfte aus dem Handtuch und ging ins Schlafzimmer, und ein leichter Klaps auf den Hintern sorgte dafür, dass ich mich beeilte. Ich glitt über die weiche Decke, legte mich hin und rollte mich auf den Rücken herum. Er verschränkte die Arme vor seiner breiten Brust und sah mir zu. Er wartete mit hochgezogener Augenbraue. Ich beugte die Knie und setzte die Füße an die Bettkante, weit gespreizt.

Ja, das gefiel mir ausgesprochen gut. Tun, was mein Gefährte mir sagte. Mich ihm entblößen. Nicht nur meinen Körper, sondern auch mein Herz. So, wie Rezzers Augen dunkel wurden, wie ein Wald in der Dämmerung, wusste ich, dass ihm der Anblick gefiel. Und obwohl er vielleicht derjenige war, der das Sagen hatte, konnte ich gewiss auch meine eigene Macht ausüben.

Ich steckte mir einen Finger in den Mund, lutschte daran, dann ließ ich ihn über meine Brust und zu meinem Nippel wandern, den ich umkreiste. Sein Blick folgte meiner Bewegung, und er kniff die Augen zusammen. Von dort aus bewegte ich ihn an meinem Körper entlang und zwischen meine Beine, wo ich diesmal meinen Kitzler umkreiste.

„Gefährtin", warnte Rezzer. Meine Augenlider waren schwer, und ich sah, wie das Biest an die Oberfläche trat.

Er holte tief Luft, und ich wusste, dass er sich bemühte, sein Biest zu beherrschen. Ich grinste innerlich.

Er stakste auf das Bett zu und legte sich darauf, den Kopf auf die Kissen. Ich musste über meine Schulter schauen, um ihn anzusehen. Ich verzog das Gesicht.

„Hoch, Gefährtin."

Ich rollte mich herum und kniete.

Er blickte zu mir und krümmte einen Finger. „Planänderung."

„Ach?", fragte ich unschuldig.

„Tu nicht so, Gefährtin. Ich weiß, was du vorhast."

„Ach?"

Sein Biest knurrte leise. „Diesmal habe ich die Kontrolle. Über dich. Und mein Biest. Ich werde dich nicht grob rannehmen. Oder wild."

„In Ordnung", antwortete ich, spürte, wie meine Pussy vor Erregung tropfte. Gott, ich war so notgeil, seit ich schwanger war. Und ich liebte es. Danach zu schließen, wie Rezzers Schwanz auf seinem Bauch hüpfte und pulsierte, liebte er es auch.

„Komm hier hoch und setz dich auf mein Gesicht."

„Ähm...wie bitte?"

Da grinste er. „Ah, etwas, das du noch nicht getan hast. Hoch mit dir, Frau. Ich will diese Pussy schmecken."

Meine Innenwände zogen sich bei der Vorstellung zusammen. Wann immer er mich bisher oral beglückt hatte, hatte ich mich auf dem Rücken liegend befunden, und meine Beine über seine Schultern gelegt. Er war sehr gründlich dabei gewesen. Aber das hier? Ich schluckte, sah ihn mir gut an. Sah die Entschlossenheit in seinen Augen. Den Lusttropfen auf seiner Schwanzspitze.

Ja, ich wollte auch ihn schmecken.

Anstatt ihm zu gehorchen, stützte ich meine Hand aufs Bett, beugte mich hinunter und leckte die salzige Flüssigkeit auf.

Das Grollen, das seiner Brust entfuhr und von den Wänden des Zimmers widerhallte, war ganz sein Biest.

Er keuchte auf, seine Hände packten mich und er hob mich hoch, bis ich über ihm schwebte. Ich blickte auf ihn hinunter, an meinen Brüsten vorbei, und sah seine Augen. Zuerst blickten sie in meine, dann bewunderten sie meine Pussy. Zweifellos konnte er sehen, dass ich angeschwollen und feucht war.

Langsam senkte er mich herab, gab mir

Zeit, meine Beine so zu positionieren, dass ich zu beiden Seiten seines Kopfes kniete. Aber sobald ich mich eingefunden hatte, packte er meinen Hintern und zog mich ihm entgegen, sodass ich direkt auf seinem Gesicht saß.

Ich klammerte mich an den schlichten Metallrahmen des Kopfteils und hielt mich fest. Er war gnadenlos, erbarmungslos, mit seiner Zunge, seinen Lippen. Leckte, saugte, schnippte. Und sonstige Verben, die seine unglaublichen oralen Künste beschreiben konnten.

„Heilige Scheiße", hauchte ich, die Augen fielen mir zu und ich hob mein Kinn zur Decke.

Es fühlte sich so gut an. Mein Kitzler schien dieser Tage ständig hart zu sein, einsatzbereit, und ich war kurz davor, zu kommen. Und mit seiner Zunge auf mir kam ich schnell.

„Rezzer!"

Lust rauschte durch mich, meine Schenkel pressten sich um seine Ohren zusammen, meine Pussy tropfte ihm übers Gesicht. Er hörte nicht auf, knurrte nur mit spürbarer männlicher Zufriedenheit darüber, dass er mich so schnell zum Kommen gebracht hatte.

Ich bemühte mich, wieder zu Atem zu kommen, aber er ließ nicht locker, brachte mich noch einmal an meine Grenzen, zu einem raschen, heftigen Orgasmus.

„Es ist zu viel. Oh!"

Tja, es war nicht zu viel, besonders, da er mich noch ein drittes Mal zum Kommen brachte, bevor er mich ein paar Zentimeter höher schob.

„Ich liebe es, wie du schmeckst. Ich könnte Stunden hier verbringen."

„Rezzer, ich bin zu empfindlich." Ich schwitzte, und ich keuchte. Meine Zehen kribbelten.

„Gut so."

Gut so?

Er bewegte seine Hand so, dass seine Finger über meine nassen Furchen glitten und dann in mich drangen.

Ich streckte den Rücken durch, als ich etwas in mir spürte. Selbst zwei seiner Finger kamen nicht an die Dicke seines Schwanzes heran. Aber sein Schwanz hatte nicht die gleiche Wendigkeit, denn er krümmte diese Finger über meinem G-

Punkt, und ich war schon wieder am Kommen.

Ja. Genau. So.

„Rezzer!", schrie ich erneut.

„So ist's gut, Gefährtin. Ja. Braves Mädchen."

Erst, als ich mich von diesem lustvollen Höhenflug beruhigt hatte, warf er mich auf den Rücken und bäumte sich über mir auf, mit einem seiner Baumstamm-großen Beine zwischen meinen. Als ich seinen Schenkel an meiner Pussy spürte, musste ich wieder aufkeuchen.

Oh ja, empfindlich.

„Ich kann nicht mehr." Das kühle Laken fühlte sich gut an in meinem Rücken. Ich wollte am liebsten einschlafen, zufrieden und gesättigt.

„Du kannst, und du wirst. Denkst du, ich bin mit dir fertig?"

Ich blinzelte, öffnete die Augen und sah, dass es ihm ernst war.

„Muss ich deine Schellen aneinander ketten?"

Diese Frage erinnerte mich an das erste Mal, dass wir gefickt hatten. Ich war gerade erst angekommen und war über die Fesseln überrascht gewesen—hatte ihre Bedeutung nicht gekannt—und hatte sie erotisch gefunden. Es gefiel mir, gefesselt und Rezzer ausgeliefert zu sein. Aber jetzt, da ich den Wert der Handschellen kannte, erinnerten sie mich an das Ausmaß unserer Verbindung.

Ich lächelte sanft zu meinem Gefährten hoch. Ich hob eine Hand, umfasste sein Kinn, spürte das sanfte Schaben seiner Bartstoppeln. „Du musst gar nichts tun, um mich hier zu behalten. Du bist mein Gefährte. Mein perfektes Gegenstück unter allen Männern im gesamten Universum. Du gehörst mir, Rezzer. Ich bin mit unsichtbaren Fesseln an dich gebunden. Fesseln, die niemand brechen kann."

Ein langsames Lächeln breitete sich über sein Gesicht. „Ja, Gefährtin. Ich sehe, dass du es verstehst. Die Schellen sind ein äußeres Zeichen unserer Liebe, unserer Hingabe. Unserer permanenten Verbindung. Aber das hier, dich unter mir zu haben. Dass du mir so sehr vertraust, mit deinem Körper, deiner *Seele*, das

bedeutet mehr, als ich, oder mein Biest, in Worte fassen könnten."
Wow. Das war tiefgehend. Gewichtig und wunderbar perfekt.
Tränen füllten meine Augen, obwohl ich lächelte.
„Du bist aufgebracht?", fragte er, wilde Besorgnis in seinem Blick, auch wenn ich durch die Tränen hindurch nicht viel davon sehen konnte.
Ich schüttelte den Kopf, spürte eine Träne meine Schläfe hinunterlaufen und in mein Haar hinein. „Ganz im Gegenteil. So glücklich."
Seine großen Hände umfassten mein Gesicht, und seine Daumen wischten die Tränen weg.
„Ich hatte vor, mich zu distanzieren. Ins Weltall zu gehen. Mich zuordnen zu lassen, aber ohne, dass es mir etwas bedeutete. Ich war darauf vorbereitet gewesen, dass es mir gleichgültig sein würde."
„Gefährtin", knurrte er.
„Schh", beschwichtigte ich ihn. Ich liebte es, wie er mich in die Matratze drückte, wie der dicke Umriss seines

Schwanzes sich an meinen Schenkel drückte. „Ich war nicht auf dich gefasst gewesen."

Er legte den Kopf zur Seite und betrachtete mich eingehend, dann senkte er den Kopf. Küsste mich. Entweder war das Biest unterdrückt, oder es hatte gelernt, sanft zu sein. Zärtlich.

Unsere Zungen trafen einander, spielten. Es war so scharf wie jeder andere Kuss, aber es war anders. Perfekt.

Das hier war mehr als nur Ficken. Zum ersten Mal in meinem Leben sah ich es als das, was es war. Liebe machen.

Mit meinem großen Cyborg-Biest.

Ich hob die Hüften an, auch wenn er mir nicht viel Bewegungsspielraum ließ, aber er spürte meine Bewegung.

Er hob den Kopf und murmelte an meinen Mund gepresst. „Du willst doch noch mehr?"

Ich nickte.

„Selbst nach all den Orgasmen?"

Ich wimmerte. Bereit für mehr. Ich fühlte mich immer noch liebesbedürftig und empfindlich, aber unsere kurze Unterhaltung hatte mich entspannt.

„Was für eine gierige Gefährtin", sagte er und rückte zur Seite, sodass er seine Hand zwischen uns schieben konnte, über mich. Seine Berührung war so federleicht, dass ich nicht sicher war, ob er mich wirklich berührte, oder ich mir das nur einbildete. „Keine Sorge. Ich werde mich immer um deine Bedürfnisse kümmern."

Ich fasste um ihn herum und packte seinen perfekten, muskulösen Hintern. Zog ihn an mich heran. „Ich *brauche* dich in mir."

Er knurrte. Da war mein Biest.

Er bewegte sich, ließ sich zwischen meinen gespreizten Schenkeln nieder und glitt direkt in mich hinein.

Ich keuchte auf, als ich ihn spürte, dick und hart. Mich dehnend. Mich füllend.

„Oh ja", zischte ich, liebte jeden Zentimeter von ihm.

Er stützte sich auf die Unterarme, hielt sein Gewicht von mir ab, aber ich spürte jeden langen, harten Zentimeter von ihm. Wir waren verbunden. Verschlungen.

Eins.

„Gefährte", sagte ich. „Meins."

Das Biest knurrte, und Rezzer setzte

sich in Bewegung. Langsam, beinahe gemächlich, nahm er mich, strich mir das Haar aus dem Gesicht, begegnete meinem Blick. Hielt mich auch auf diese Weise gefangen.

„Meins", antwortete er.

Aber sein langsames Tempo war nicht genug. Ich wollte mehr. Ich wollte, dass auch das Biest mich fickte. „Mehr", sagte ich und hob meine Hüften jedem Stoß entgegen.

Er hielt still. Ich knurrte. Ja, knurrte. Der Mistkerl spielte mit mir.

„Rezzer, ich brauche mehr."

„Sag mir ganz genau, was du brauchst."

Ich schluckte. „Heftig. Tief. Nimm mich in Besitz."

Er hielt noch eine Sekunde lang still, dann packte er meine Handgelenke an den Fesseln, hob sie über meinen Kopf und hielt sie dort mit einer Hand gefangen. Fessel an Fessel.

Seine andere Hand hakte sich unter ein Knie, drückte es zurück, öffnete mich weit für ihn.

„Wie meine Gefährtin wünscht."

Dann fickte er mich. Genau so, wie ich es wollte. Brauchte.

„Ja", hauchte ich.

Die nassen Sex-Laute erfüllten die Luft. Der Moschusduft wirbelte um uns herum. Die Hitze meiner Haut verschmolz mit seiner.

Seine Hüften klatschten an meinen Hintern, trieben mich diesmal an den Höhepunkt. Diesmal gab es keine Schmeicheleien. Es war ein direkter Angriff, und ich konnte mich nicht verteidigen. Wollte es auch gar nicht.

Ich schrie seinen Namen, wieder und wieder, jedes Mal, wenn er bis zum Anschlag anstieß.

Ich spürte, wie er steifer wurde, in mir schwoll und meinen Namen schrie. Bestimmt konnte man es auf dem Korridor hören. Aber ganz sicher dann, als mein eigener Lustschrei sich dazu mischte.

Es war mir egal. Ich wollte, dass die ganze Welt—das ganze Universum— wusste, dass Rezzer mir gehörte. Dass das Baby in mir aus unserer perfekten

Verbindung entstanden war. Unserer Zuordnung.

Rezzer sackte zusammen, fiel neben mir aufs Bett, eine Hand um meine Taille geschlungen, mich mit sich ziehend. Er zog sich nicht aus mir heraus. Ich spürte seinen Samen, dick und potent, aus mir fließen, aber er schien damit zufrieden zu sein, in mir zu bleiben.

Ich hatte nicht vor, mich zu beschweren. Ich hatte alles, was ich je wollte, aber nie wusste, dass es existierte.

Ich war die glücklichste Frau im Universum.

EPILOG

Ich lag quer über Rezzers Brustkorb, meinen Kopf unter seinem Kinn vergraben. Ich war so müde, dass ich Mühe hatte, die Augen offen zu halten, während Rezzers ruhiger Herzschlag mich in perfekter Zufriedenheit einlullte. Ich hatte schon gehört, dass Babys ihre Eltern zu Zombies machten, die nie genug Schlaf bekamen, aber mir war bis zu diesem Moment nicht klar gewesen, wie schlimm es war. Rachel und Kristin halfen aus, so gut sie konnten, aber sie hatten sich um ihre eigenen Kleinen zu kümmern.

Überraschenderweise waren es die älteren Frauen gewesen, die Großmütter, Lindseys Mutter Carla von der Erde und Lady Ryall, die Mutter des Prillon-Kriegers Ryston und Rachels Schwiegermutter, die meinen Geisteszustand retteten.

Der kleine RJ regte sich auf der Brust seines Vaters, machte ein niedliches kleines Grunz-Geräusch. Ich lächelte und blickte auf unseren schlafenden Sohn hinunter. Rezzer Junior.

Er war in den weichsten Stoff gewickelt, sein Kopf von einer winzigen Mütze bedeckt, die die Tatsache verbarg, dass er völlig kahl war. Er hatte einen Hauch von dunklem Flaum, aber sonst nichts. Seine Augen waren dunkelbraun wie meine, aber sein Gesicht? Er war Atlane, und das Baby-Biest sah seinem Vater jetzt schon so ähnlich, dass es fast weh tat, ihn anzusehen.

Mein Gefährte war groß genug, dass wir zusammen auf ihm liegen konnten, während wir unser Nickerchen machten.

Rezzer und ich versuchten, ein wenig Schlaf aufzuholen, während unsere Babys schliefen.

Ja Babys. Rezzer Junior—besser bekannt als RJ—und seine kleine Schwester. Um fünf Minuten jünger. Seine Zwillingsschwester. Caroline Junior. Ja, es war verrückt, eine Tochter mit meinem Namen zu haben, aber Rezzer war nicht von der Erde und hatte darauf bestanden, dass, wenn unser Sohn nach ihm benannt werden sollte, dann unsere Tochter meinen Namen bekommen würde. Und da er mich Caroline nannte, hieß unsere kleine schwarzhaarige Schönheit CJ.

RJ und CJ. Kitschig, schnulzig und völlig perfekt. Die halbe Basis war ihretwegen schon bei uns gewesen. Selbst Kampflord Bruan, der große Klotz, hatte ihnen kleine Geschenke gebracht, sie in seinen gigantischen Händen gehalten und ihnen mit der süßesten, tiefsten Stimme, die ich je gehört hatte, etwas vorgesungen. Ich hatte zu weinen begonnen, es auf die Hormone geschoben und zu welchen Göttern auch immer zuhörten gebetet,

Ihr Cyborg-Biest

dass sie diesem Atlanen bald seine eigene Gefährtin schickten.

Unsere ständig offene Tür war erst der Anfang. Ich hatte von Rachel gehört, dass die Gouverneure der anderen Basen bald für ein Festmahl eintreffen würden, bei dem alle Kinder als die Wunderwerke gefeiert werden würden, die sie waren.

„Schlaf, Gefährtin", sagte Rezzer mit tiefer, rollender Stimme. RJ lag auf seiner großen Brust, und CJ schlief in seiner Armbeuge. Sie erinnerte mich an eine winzige Erdnuss, ein Pfund leichter als ihr Bruder. Sie hatte einen Kopf voll mit tiefschwarzem Haar, und Rezzers grüne Augen.

Als wir beim Hive gefangen waren, hatte ich hiervon geträumt. Mit Rezzer und unserem Baby im Bett zu liegen. Ich hatte es bekommen. Und einen Bonus.

„Ich bin einfach hin und weg von ihnen." Ich konnte nicht aufhören, sie anzustarren. Ihre perfekten kleinen Hände. Ihre wunderbaren kleinen Gesichter. Wir hatten sie geschaffen. Rezzer und ich. Gemeinsam.

Ich spürte sein Lachen in seiner Brust.

„Nicht so hin und weg wie Doktor Surnen. Atlanen bekommen keine Zwillinge."

„Tja, ich bin eben keine Atlanin." Doktor Surnen hatte nicht einmal daran gedacht, nach einem zweiten Baby zu suchen. Und wie ein typischer Atlane hatte RJ seine Schwester versteckt und beschützt hinter seinem größeren Körper gehalten. Rezzer behauptete, dass es das Biest seines Sohnes war, selbst im Mutterleib schon bewusst über seine Rolle als Beschützer. Ich widersprach nicht. Bis der Kleine alt genug war, um zu sprechen, war ich nur zu gerne bereit, seinem stolzen Papa seine Fantasien zu lassen.

Ich hatte keine Ahnung, wie der Doktor *sie* hatte übersehen können. Einen zweiten Herzschlag. Zwei Babys. Ich war absolut riesig gewesen—wie ein gestrandeter Wal—als endlich die Wehen einsetzten. Aber alle, inklusive mir, dachten nur, dass ich ein riesiges Biest-Baby bekommen würde. Aber nein. Erst, als ich RJ auf die Welt gebracht hatte und dann das dringende Bedürfnis hatte, noch einmal zu pressen, entdeckten wir, dass ich zwei wunderschöne halb dass sie diesem Atlanen bald seine eigene Gefährtin schicken.

Unsere ständig offene Tür war erst der Anfang. Ich hatte von Rachel gehört, dass die Gouverneure der anderen Basen bald für ein Festmahl eintreffen würden, bei dem alle Kinder als die Wunderwerke gefeiert werden würden, die sie waren.

„Schlaf, Gefährtin", sagte Rezzer mit tiefer, rollender Stimme. RJ lag auf seiner großen Brust, und CJ schlief in seiner Armbeuge. Sie erinnerte mich an eine winzige Erdnuss, ein Pfund leichter als ihr Bruder. Sie hatte einen Kopf voll mit tiefschwarzem Haar, und Rezzers grüne Augen.

Als wir beim Hive gefangen waren, hatte ich hiervon geträumt. Mit Rezzer und unserem Baby im Bett zu liegen. Ich hatte es bekommen. Und einen Bonus.

„Ich bin einfach hin und weg von ihnen." Ich konnte nicht aufhören, sie anzustarren. Ihre perfekten kleinen Hände. Ihre wunderbaren kleinen Gesichter. Wir hatten sie geschaffen. Rezzer und ich. Gemeinsam.

Ich spürte sein Lachen in seiner Brust.

„Nicht so hin und weg wie Doktor Surnen. Atlanen bekommen keine Zwillinge."

„Tja, ich bin eben keine Atlanin." Doktor Surnen hatte nicht einmal daran gedacht, nach einem zweiten Baby zu suchen. Und wie ein typischer Atlane hatte RJ seine Schwester versteckt und beschützt hinter seinem größeren Körper gehalten. Rezzer behauptete, dass es das Biest seines Sohnes war, selbst im Mutterleib schon bewusst über seine Rolle als Beschützer. Ich widersprach nicht. Bis der Kleine alt genug war, um zu sprechen, war ich nur zu gerne bereit, seinem stolzen Papa seine Fantasien zu lassen.

Ich hatte keine Ahnung, wie der Doktor *sie* hatte übersehen können. Einen zweiten Herzschlag. Zwei Babys. Ich war absolut riesig gewesen—wie ein gestrandeter Wal—als endlich die Wehen einsetzten. Aber alle, inklusive mir, dachten nur, dass ich ein riesiges Biest-Baby bekommen würde. Aber nein. Erst, als ich RJ auf die Welt gebracht hatte und dann das dringende Bedürfnis hatte, noch einmal zu pressen, entdeckten wir, dass ich zwei wunderschöne halb

menschliche, halb atlanische Babys ausgebrütet hatte. Nicht ein Hauch von Hive an ihnen. Der Gesichtsausdruck des Doktors war unbezahlbar gewesen, aber Rezzers würde ich nie vergessen. Besonders, als er beide Neugeborenen in den Armen hielt. Sprachlos. Sein Biest war zur Abwechslung absolut besänftigt.
„Du hast besonders potente Schwimmer."
Rezzer war eine Minute lang still und verarbeitete meine saloppe Erdensprache.
„Wir sollten mehr davon machen."
Nun war ich an der Reihe, sprachlos zu sein. „Drück du erst mal so etwas aus deinem Penis—nein, gleich zwei davon—und dann reden wir weiter", grummelte ich. Ich hatte vor einer Woche entbunden und—wie Kristin versprochen hatte—die ReGen-Kapseln waren Wunderwerke. Mein Körper war fast wieder normal. Aber Zwillinge waren anstrengend, und ich war noch nicht ganz bereit dazu, meinen sexy Gefährten wieder an mich ranzulassen. Ich wusste, dass mein Verlangen zurückkehren würde, aber fürs

Erste begnügte ich mich damit, unsere Kleinen zu bewundern.

Er lachte noch einmal, dann küsste er mich auf die Stirn. „Eine faire Aussage. Ich werde es wieder vorschlagen. Später."

„Später", stimmte ich zu und wusste, dass er wahrscheinlich seinen Willen bekommen würde. Ich lächelte und drehte den Kopf herum, damit ich ihn auf die Brust küssen konnte, und sein Arm zog sich enger um mich zusammen, mit Kraft und Schutz, an die ich mich inzwischen nicht nur gewöhnt hatte, sondern die ich mittlerweile auch liebte. „Ich liebe dich, Rezzer."

„Du bist mein Herz, Gefährtin. Es schlägt nicht, ohne dich."

Liebe? Ein solch zahmes Wort dafür, was er mir bedeutete. Ich schmiegte mich an ihn, betrachtete die Gefährten-Handschellen, die wieder fest um meine Handgelenke geschnallt waren, wo sie hingehörten. Wenn ich zur Arbeit beim Materialbeschaffungs-Team ging, oder er auf seine Sicherheits-Runden, musste ich sie abnehmen. Aber er weigerte sich, seine abzunehmen. Sie verließen nie seine

Handgelenke, nicht eine Minute lang. Und ich wusste, dass sie das nie würden.

„Schlaf nun, Caroline. Die Babys werden uns bald schon wieder daran erinnern, wer das Sagen hat."

Er hatte recht. Rezzer hatte zwar gern die Oberhand, aber es waren zwei winzige Kinder gewesen, die sie ihm entrissen hatten. Und während ich einschlief, lächelte ich in dem Wissen, dass er völlig glücklich damit war, dass sie ihren Willen bekamen.

Und sein Biest auch.

WILLKOMMENSGESCHENK!

TRAGE DICH FÜR MEINEN NEWSLETTER EIN, UM LESEPROBEN, VORSCHAUEN UND EIN WILLKOMMENSGESCHENK ZU ERHALTEN!

http://kostenlosescifiromantik.com

INTERSTELLARE BRÄUTE® PROGRAMM

DEIN Partner ist irgendwo da draußen. Mach noch heute den Test und finde deinen perfekten Partner. Bist du bereit für einen sexy Alienpartner (oder zwei)?

Melde dich jetzt freiwillig!
interstellarebraut.com

Ihr Cyborg-Biest

BÜCHER VON GRACE GOODWIN

Interstellare Bräute® Programm

Im Griff ihrer Partner

An einen Partner vergeben

Von ihren Partnern beherrscht

Den Kriegern hingegeben

Von ihren Partnern entführt

Mit dem Biest verpartnert

Den Vikens hingegeben

Vom Biest gebändigt

Geschwängert vom Partner: ihr heimliches Baby

Im Paarungsfieber

Ihre Partner, die Viken

Kampf um ihre Partnerin

Ihre skrupellosen Partner

Von den Viken erobert

Die Gefährtin des Commanders

Ihr perfektes Match

Interstellare Bräute® Programm: Die Kolonie
Den Cyborgs ausgeliefert
Gespielin der Cyborgs
Verführung der Cyborgs
Ihr Cyborg-Biest
Cyborg-Fieber
Mein Cyborg, der Rebell
Cyborg-Daddy wider Wissen

Interstellare Bräute® Programm: Die Jungfrauen
Mit einem Alien verpartnert

Zusätzliche Bücher
Die eroberte Braut (Bridgewater Ménage)

AUCH VON GRACE GOODWIN

Interstellar Brides® Program
Mastered by Her Mates
Assigned a Mate
Mated to the Warriors
Claimed by Her Mates
Taken by Her Mates
Mated to the Beast
Tamed by the Beast
Mated to the Vikens
Her Mate's Secret Baby
Mating Fever
Her Viken Mates
Fighting For Their Mate
Her Rogue Mates
Claimed By The Vikens
The Commanders' Mate
Matched and Mated
Hunted

Viken Command

Interstellar Brides® Program: The Colony
Surrender to the Cyborgs
Mated to the Cyborgs
Cyborg Seduction
Her Cyborg Beast
Cyborg Fever
Rogue Cyborg
Cyborg's Secret Baby

Interstellar Brides® Program: The Virgins
The Alien's Mate
Claiming His Virgin
His Virgin Mate
His Virgin Bride

Interstellar Brides® Program: Ascension Saga
Ascension Saga, book 1
Ascension Saga, book 2
Ascension Saga, book 3
Trinity: Ascension Saga - Volume 1
Ascension Saga, book 4
Ascension Saga, book 5

Ascension Saga, book 6

Faith: Ascension Saga - Volume 2

Ascension Saga, book 7

Ascension Saga, book 8

Ascension Saga, book 9

Destiny: Ascension Saga - Volume 3

Other Books

Their Conquered Bride

Wild Wolf Claiming: A Howl's Romance

HOLE DIR JETZT DEUTSCHE BÜCHER VON GRACE GOODWIN!

Du kannst sie bei folgenden Händlern kaufen:

Amazon.de
iBooks
Weltbild.de
Thalia.de
Bücher.de
eBook.de
Hugendubel.de
Mayersche.de
Buch.de
Bol.de
Osiander.de

Hole dir jetzt deutsche Bücher von Grace Goodwin!

Kobo
Google
Barnes & Noble

GRACE GOODWIN LINKS

Du kannst mit Grace Goodwin über ihre Website, ihrer Facebook-Seite, ihren Twitter-Account und ihr Goodreads-Profil mit den folgenden Links in Kontakt bleiben:

Web:
https://gracegoodwin.com

Facebook:
https://www.facebook.com/profile.php?id=100011365683986

GRACE GOODWIN

Twitter:
https://twitter.com/luvgracegoodwin

ÜBER DIE AUTORIN

Hier kannst Du Dich auf meiner Liste für deutsche VIP-Leser anmelden: **https://goo.gl/6Btjpy**

Möchtest Du Mitglied meines nicht ganz so geheimen Sci-Fi-Squads werden? Du erhältst exklusive Leseproben, Buchcover und erste Einblicke in meine neuesten Werke. In unserer geschlossenen Facebook-Gruppe teilen wir Bilder und interessante News (auf Englisch). Hier kannst Du Dich anmelden: http://bit.ly/SciFiSquad

Alle Bücher von Grace können als eigenständige Romane gelesen werden. Die Liebesgeschichten kommen ganz ohne Fremdgehen aus, denn Grace schreibt über Alpha-Männer und nicht Alpha-Arschlöcher. (Du verstehst sicher, was damit gemeint ist.) Aber Vorsicht! Ihre Helden sind heiße Typen und ihre

Liebesszenen sind noch heißer. Du bist also gewarnt...

Über Grace:
Grace Goodwin ist eine internationale Bestsellerautorin von Science-Fiction und paranormalen Liebesromanen. Grace ist davon überzeugt, dass jede Frau, egal ob im Schlafzimmer oder anderswo wie eine Prinzessin behandelt werden sollte. Am liebsten schreibt sie Romane, in denen Männer ihre Partnerinnen zu verwöhnen wissen, sie umsorgen und beschützen. Grace hasst den Winter und liebt die Berge (ja, das ist problematisch) und sie wünscht sich, sie könnte ihre Geschichten einfach downloaden, anstatt sie zwanghaft niederzuschreiben. Grace lebt im Westen der USA und ist professionelle Autorin, eifrige Leserin und bekennender Koffein-Junkie.

https://gracegoodwin.com

www.ingramcontent.com/pod-product-compliance
Lightning Source LLC
LaVergne TN
LVHW011757060526
838200LV00053B/3614